私、能力は平均値でって言ったよね！

リリィのキセキ

God bless me? Lily's Miracle

Cランクパーティ『赤き誓い』

強気な新人ハンター。
攻撃魔法が得意。

異世界で"平均的"な
能力を与えられた少女。

剣士。新米パーティ
「赤き誓い」のリーダー。

新人ハンター。
優しい少女だが……

ロックウッド伯爵家の長女。
耳が聞こえず、存在を秘された。

伯爵家のメイド。
リリィのお付きをしている。

ナノマシン。
生物の思念波を受け、実現する。

Cランクハンターの少年。
スラムの子供達を守っている。

前巻までのあらすじ

アスカム子爵家長女、アデル・フォン・アスカムは、十歳になったある日、強烈な頭痛と共に全てを思い出した。

自分が以前、栗原海里（くりはらみさと）という名の十八歳の日本人であったこと、幼い少女を助けようとして命を落としたこと、そして、神様に出会ったことを……

出来が良過ぎたために周りの期待が大きすぎ、思うように生きることができなかった海里は、望みを尋ねる神様にお願いした。


『次の人生、能力は平均値でお願いします！』


なのに、何だか話が違うよ？

ナノマシンと話ができるし、人と古竜の平均で魔力が魔法使いの6800倍⁉

初めて通った学園で、少女と王女様を救ったり。

マイルと名乗って入学したハンター養成学校でも、同級生と結成した少女4人のハンターパーティ『赤き誓い』として大活躍！

王族やエルフの学者に目を付けられたり、戦争を邪魔してみたり、古竜達と戦ったり⁉

あちこちで大暴れ中のマイルたちが、国境の辺境伯領に来たのだが……

Lily's Miracle

CONTENTS

異世界と、そして地球にいるヒーローたちに捧ぐ。

邂逅

辺境伯ネイハム・ロックウッドの長女リリィは、生まれながらにして耳が聞こえなかった。だからその日の夜、自身と愛する家族、そして彼女らの住む館に何が起こっていたのか、わずか九年程度の人生経験では推し量ることができなかった。

気がついたときにはもう、室内に走り込んできたお付きの使用人であるラフィネに手を引かれ、狭く暗いクローゼットの中に引きずり込まれていた。

「うぁ?」

「――ッ」

ラフィネは険しい表情でリリィの口を手で押さえ、自らの唇に人差し指を立てて首を左右に振る。言葉はない。あったとしても聞こえない。けれどこれが「声を出すな」というハンドサインであることくらいは理解できる。

誕生の日に受けた祝福は感覚を一つ失っていると判明した日に鳴りを潜め、存在を世間から隠すかのように館の一室に閉じ込められて暮らしてきたけれど、そのおかげで娯楽本を四六時中読み耽(ふけ)って知識を溜めてきたのだから。

「……ん」

理由がわからないままにリリィはこくりとうなずくと、ラフィネはクローゼット内の壁に色の濃いブラウンの髪の後頭部をつけて静かに息を吐いた。

リリィは膝を抱えた体勢で、ラフィネの顔を見上げる。

いつも気怠(けだる)そうな表情をした、ロックウッド家の使用人。父ネイハムが、いつの頃からか連れてきたメイドだ。掃除や洗濯は一切せず、他の使用人から疎(うと)まれようとも平然とした顔でくつろぐルビー色の瞳をした変わり者。

だからこそ、耳の聞こえない厄介者のお付きなどにされるのだ。

そんなことを考えた瞬間、ラフィネの視線が下がって目が合った。リリィは反射的に微笑(ほほえ)む。けれどラフィネはガシガシと頭を掻いて、苦々しい表情で視線を逸らせた。

愛想もない。誰に対しても。

お付きの使用人だと言っても彼女はずっとこんな調子だ。ろくにコミュニケーションも取れない。必要なときに、必要なことを、筆談で伝えるだけの仲。それ以上でもそれ以下でもない。

だけど面倒くさそうな顔をしながらも、なんだかんだと彼女はリリィの願いを叶えてくれてきた。恩義は感じているし、何よりリリィは、このメイドのことが嫌いではない。否応なくだけれど、自分などの相手をしてくれる唯一の人間なのだから。

でも、なぜクローゼットなどに入れられたのかはわからない。たとえば自分だけが閉じ込められるのならわかる。悪戯(いたずら)をした子供が物置に閉じ込められるように、あるいは耳が聞こえないことが判明し、臭い物に蓋をするように館の二階に閉じ込められたときのように。

けれどそれは、目の前にラフィネの姿がなければの話だ。閉じ込められるときは、いつも独りだ。

リリィは考える。

ラフィネも悪いことをしたのかな？　それで一緒に閉じ込められてるのかな？　でも自分から入ったよね？　もしかして寂しかったからわたしを道連れにしたのかな？　暗いところが苦手だったりして？

くすくす笑う。

もー、ラフィネったらしょうがないなー。わたしよりずっと年上なのに。でも安心して。わたしがここにいてあげるから。狭いけど嫌じゃないよ。二人なら暖かいし、なんだか果物みたいないい匂いがするもの。

瞳を輝かせて親指をビッと立て、リリィは力強くうなずいて見せる。

「……？」

眠そうな目をしたラフィネが、下唇を捲（めく）って額に縦皺（たてじわ）を寄せた。

うわー、すごく味のある顔になった……。

結局、ラフィネの行動の意味や目的はわからないままに時間だけが経過して、リリィはいつの間にか眠りに落ちてしまっていた。

彼女が目を覚ましたとき、狭いクローゼットの中にラフィネの姿はすでになかった。

恐る恐る、クローゼットの扉を押し開ける。

「う？」

そこには少し変化した自室の光景が広がっていた。

カーペットには踏み荒らされたと思しき泥の跡がいくつか残り、整然と並べられていた本棚は引き倒され、大切な娯楽本は散乱していた。ベッドはそのまま手つかず、他には何もない。もともと、両親からは娯楽本以外は何も与えられていなかったのだから。

「……う、うー？」

自室のドアを開ける。両親がリリィを閉じ込めるために設置した、部屋の外から掛けられる鍵は、珍しく掛かっていなかった。

いや、違う。鍵穴が何かで叩き壊され、金属片となってカーペットに落ちている。

廊下は自室よりひどい。めちゃくちゃに踏み荒らされている。父が飾っていた鎧の置物は乱暴に倒され、母が集めた絵画のいくつかはなくなっていた。

それだけではない。館の壁が一部崩れている。

それを見た少女の胸に、初めて不安がよぎった。ようやく理解したのだ。

賊だ。賊が侵入してきたから、ラフィネがクローゼットに自身を匿ってくれていたのだ。

「ううう――――っ！」

言葉にならない声で叫ぶ。返事はない。いつもなら、ラフィネが不満顔でやってきてくれるのに。

リリィは歩く。長い廊下を。一室ずつ扉を開けて。一階も二階も。

けれど誰もどこにもいない。父の書斎も、両親の寝室も、弟妹らの部屋も等しく荒らされ、使用人たちの控え室にも、料理人たちの厨房にも、誰の姿もなかった。

割れた窓ガラスや、崩れた外壁からは、夜の寒風が吹き込んでいる。荒れた館に不釣り合いな少女のドレスだけが、その風を受けて揺れていた。

他に動くものはない。何も。

ロックウッド家の広い館に、ただ一人。耳の聞こえない少女リリィ・ロックウッドは取り残されてしまった。


それがちょうど、十日前の出来事だ。


リリィ・ロックウッドは無人の館で待ち続けていた。徐々に傷み始める貯蔵庫の食料でどうにか食いつなぎ、家族や使用人たちの帰りを待ち続けていた。

けれども、誰も戻ってはこなかった。あの日、自身を救ってくれたラフィネもだ。あれ以来、彼女の姿を見ていない。

自分が無事だったのだから、ラフィネだけが連れ去られることはないと思うけれど。

そして、さらに数日が経過した。

食べられる食料が尽き、リリィの小さな肉体は衰弱し始めていた。

町に出れば、あるいは誰かの手が差し伸べられたかもしれない。けれども、耳の病気が発覚して以来、リリィは八年以上もの間、ロックウッド家の一室に閉じ込められて過ごしてきた。世間の知識など、娯楽本の中だけにしかない。

ゆえに待った。他に方法を知らなかった。

すべての窓を開けた。半壊している正面扉も開け放った。自室の使い慣れたベッドを離れ、玄関(エントランスホール)に毛布を持ってきて眠った。

いつ、誰が戻ってきてもいいように。おかえりなさいと、笑顔で迎えられるように。

やがて、起き上がることさえ億劫(おっくう)になった。それが衰弱であると身を以て知ることは、最後までなかった。そう、最後までだ。最期ではなかったのは、リリィ・ロックウッドにとってこの上ない幸運だったと言える。

まるで使用人ラフィネのようにぼんやりとした半眼で、薄れゆく意識の中見つめる開け放たれた扉の先に、四人の少女の姿があったのだ。

「……っ」

見覚えのない少女たち。

彼女たちがティルス王国、王都のハンターギルドで期待の新人として売り出し中の『赤き誓い』であることなど、当然のようにリリィは知らない。

一人は長身。腰に携えた剣の柄(つか)に手を添えた、金色の髪をした凛々(りり)しい顔の少女。

「油断するなよ、みんな。辺境伯を狙った賊がまだ残っているかもしれない」

「何言ってんの、いるわけないでしょ。盗賊みたいな頭の足りないクズでも、やることやったらさっさと消えるわよ。だから足取りをつかむのが面倒なのよ」

長身の少女を適当な仕草で押しのけて、赤髪で気の強そうな顔をした背の低い女の子がずかずかと踏み込んできた。

「そ、そうかもしれないけど、油断はしないに越したことは――」

「あら？」

赤髪の少女とリリィの視線が交わった。

「子供が残ってるわ。だいぶ衰弱してるわね。どこの子かしら」

「辺境伯と同じで菫色の瞳をしているし、ご息女じゃないか？」

その言葉をきっかけに、残る二人も玄関へと足を踏み入れてきた。

茶色の髪でふわふわした感じの優しそうな女の子と、たぶん、彼女らの中で一番年下と思われる小さくてとても可愛らしい女の子だ。

なぜだか不思議と目を惹く。

茶色の髪の少女が、隣に立った可愛らしい女の子に尋(たず)ねた。

「たしか、辺境伯のご子息とご息女はまだ五つと三つでしたよね？」

「あ、はい。ギルドで調査依頼を請けたときにそう聞きましたよ。この子は八歳か九歳といったところでしょうか」

赤髪の少女が眉をひそめて、リリィを指さす。

「じゃあ、この子誰なのよ？」

四人が同時に首を傾げた。

「こういうことはご本人に尋ねてみるのが一番ですよ。——こんにちは、そこのあなた。ここはいま、とっても危険な場所ですよ。どこから入ってきたの？　あなたはどなたですか？」

小さくてとても可愛らしい女の子が尋ねても、リリィは首を傾げるだけ。当然である。リリィには彼女らの会話など、何も聞こえていないのだから。

長身の少女が言った。

「……こたえるだけの元気もないんじゃないか。なあ、君。お腹は空いていないか？」

リリィの頬はすでに痩けていて、まるで打ち捨てられた人形のように力なく壁にもたれて座っている。

ただ不思議そうに四人を見上げているだけだ。

四人が代わる代わる自身に話しかけているのを見て、リリィは自らの耳を指さした。次に口を指さしてうなる。

「うー」

それで少女らはようやく気づいたらしい。目の前で衰弱している女の子は、耳が聞こえないということに。

「あ……」

「耳が……」

「聞こえないみたいね」

長身の少女が、ふわふわした少女につぶやく。

「なあ、ポーリン。魔法で治療してやれないか？」

「やってみますね」

ポーリンと呼ばれた少女がリリィの前にしゃがみ込み、両手でその頭部を、リリィの耳を挟み込むようにして目を閉じた。

リリィは思った。大きな胸だなぁ～と。顔にあたりそう。

「損傷回復、神経再生、血管修復、メガ・ヒール！」

けれども魔法による治療を終えても、リリィの耳は聞こえない。当然である。彼女の聴覚はケガや病気で失われたのではなく、生来なのだから。

「マイル。おまえでも無理か？」

一番小さな、マイルと呼ばれた女の子が首を左右に振った。

「う～ん。ポーリンさんのメガ・ヒールが効かないのでしたら、おそらく病気や外傷によるものではないのでしょう。となると、ふつうの魔法では難しそうです」

「そっか……」

しばらくの間、沈黙が空間を支配する。状況を読めないリリィだけが、にこにこと笑っていた。

長身の少女が目を伏せる。

「なあ、レーナ」

「だめよ、メーヴィス」

にべもなく、レーナと呼ばれた赤髪の少女が、長身の少女メーヴィスの言葉を切った。

「私たちはまだ任務の最中で危険な場所を回らなきゃいけないのよ。連れてくことはできないわ。それに、連れ帰ってその先どうするつもり？　犬や猫じゃないのよ？」

「う……。わ、わかってるけど」

一番小さな女の子マイルが口を開いた。

「ではこうしましょう。保存の利く数週間分の食料や飲料水を残しておいてあげて、私たちは任務を終え次第、急いで王都に戻り、ギルドにこの少女のことを報告しましょう。あとはギルドがこの町の孤児院に連絡を取って、保護してくれるはずです」

「おおっ。さすがマイルだ」

「いつもは抜けてるくせに、ここぞというときだけ的確ね」

「抜けてませんよ！　一言余計ですぅ！」

言うや否や、マイルが何もない空間から次々と干し肉や調理済みの山菜、パン、そして大きな大きな樽（たる）を取り出す。

「よっと。ほい、ほいっと。よっこらしょ」

ゴトン……。

「!?」

リリィは目の前で繰り広げられるあまりの光景に、あんぐりと口を開けた。

世の中に収納魔法と呼ばれる便利な魔法が存在することは娯楽本の中で知っていたけれど、見ると聞くとでは大違いだ。何もない空中から様々な物を引っ張り出すのだから、見てるだけでおもしろい。

わー、わー。

興奮して、思わず頬が緩んだ。パチパチと拍手をする。

「あ、なんか喜んでるぞ。この子」

「そりゃあね。マイルの非常識魔法を見せられたら、誰だって笑うしかないわよ」

「……レーナさぁ～ん、その言い方ぁ～」

「いいから、さっさとやりなさい」

「は～い。ホイ！」

大きな樽の直上に、ぽん、と水の塊が浮かんだ。一瞬の後にはもう、それは重力に引かれて落下し、樽の中にバシャリと収まる。

「よしっと。これで当分の間は、飢えることはないでしょう」

「うん。病気を治してあげられなかったのは残念だけど、ギルドからの迎えがくるまでどうにか頑張ってほしいな」

「ですね」

メーヴィスが干し肉とパンを手に取って、壁を背に座ったままのリリィへと差し出す。

「ほら、食べてくれ」

「バカね、メーヴィス。水が最初に決まってるでしょ」

その横からレーナがカップに汲んだ水を差し出した。

「ず、ずるいぞレーナ。可愛いから手懐けるつもりだろう」

「ち、違うわよ！」

リリィは二人の顔を交互に眺めてから、力なく頭を下げ、水を受け取って飲み干し、次に干し肉とパンを手にした。

小さく齧ってからにっこり微笑み、またぺこりと頭を下げる。

四人が無言でうなずいた。

リリィは満足げに微笑む。

よかった。感謝は伝わったらしい。

その後、しばらくリリィの様子を見ていた四人の少女らは、やがて彼女に背を向ける。

去っていくとき、最後尾を歩いていた一番小さな女の子だけが立ち止まり、リリィに向かって片目を閉じた。唇に人差し指を立てて、静かに囁く。

「ふつうの魔法では治せません。あくまでも、ふつうの魔法では、ですけど。ちょっと待っててくださいね」

「……？」

その背中を見送りながら、リリィはパンと干し肉を再び齧った。

＊　＊

少女らが姿を消してから、半日が経過していた。

リリィは置かれた樽から水を汲んで、喉を潤す。

夜は嫌いだった。大好きな家族も、優しい使用人たちもいなくなった館は、ぽっかりと真っ暗な口を開けた恐ろしい怪物のように映るのだから。でも考えてみると、その口の中で過ごしているのだからおもしろい。

想像してクスクス笑う。生来の暢気(のんき)さである。

立ち上がり、もらった水をもう一杯、樽から汲んで口に含む。

気怠かった身体(からだ)は食料を得て、ずいぶんと動くようになった。あの四人には感謝しなくてはならない。

「ふー……」

あらためて自身の置かれた状況を考える。

おそらく館は賊に襲われた。

アルバーン帝国との国境ということもあって、父である辺境伯ネイハム・ロックウッドはそれなりの私設兵を館に常駐させていたけれど、どうやら彼らにも何か大変な事態が起こったらしい。なぜなら私設兵が無事であるならば、とうの昔に救いにきてくれていたはずだからだ。

家族と私設兵、そして使用人たちに何かが起こった。自身がここにいたところで、きっと未来に待つのは再びの衰弱だけだ。

胸の前で、グッと両手を握りしめる。

うん、よし。

朝になったら館を出てみようかな。

そんなことを漠然と考えていると、開け放たれたままの玄関から小さな人影が入ってきた。最初は弟妹のどちらかかと思い胸を躍らせたけれど。

「うー……？」

リリィは目を見開いて少女を見上げた。

半日前に食料と水を残してくれた少女らの一人、一番背が低くて可愛らしい顔をした少女がそこに立っていた。

マイルである。もちろん、リリィはその名を未だ知らないけれど。

「いや～、みんな寝静まってから抜け出すのに、ずいぶんと時間がかかっちゃいました。最終的には疑われたんで、魔法かけて強引に眠ってもらっちゃいましたけど」

「？」

リリィは首を傾げた。

マイルがただ単に口をパクパクさせているようにしか見えないのだ。何かをしゃべっていることくらいはわかるけれど、内容はまるでわからない。

「あ、そっか。聞こえないんでしたね。ちょっと待ってくださいねー」

マイルが何もない空間から、唐突に紙と羽根ペン、そしてインク壺を取り出した。柱を下敷きに、さらさらと文字を書き出す。

「文字が読めるといいのですけど」

マイルが書いた紙を、リリィへと差し出した。

【いまからあなたの耳を聞こえるように治療します】

「!?」

リリィがワチャワチャと両手を動かした。マイルが羽根ペンと紙を手渡す。

【わたしの耳は魔法では治らないと、治癒魔術師様が言ってたよ】

【大丈夫。私にはとっておきの魔法があります。ただ、治療をする前に一つだけ約束してください。ここでいまから起きることは、絶対に誰にも話さないこと。私が治したということも他言は無用です。誰かに尋ねられても、あくまでも自然治癒したと言い張ってください】

リリィは首を傾げた。

【えっと、ほら。いまは夢を見てると思ってください。これは実はあなたの夢の中であって、現実じゃないんですよ】

リリィは思った。

この人、なんか変なこと言い出した、怖ぁ〜、と。

【とにかく! 治っても誰にも言わない! 私のことは忘れる! わかりましたか!?】

治るわけがない。これまで何度両親が高名な治癒魔術師を何十名連れてきたことか。けれど結局のところ結果は半日前と同じ。何も変わらない。

でも。ああ、でも。

自身よりは、三つか四つほど年上だろうか。なんだか目の前でころころと必死で表情を変えて口をパクパクさせている女の子を見ていたら、リリィは自然と微笑みながらうなずいていた。

きっとこの人は、とても優しいのだろう。やるだけやって、この人の気が済むならそれでいい。

リリィが羽根ペンを動かす。

【はい。約束】

【それでは、処置に入りますね。楽にしててください】

そう言ったきり、マイルはリリィではなく明後日の方向に視線を向けた。思わず釣られて斜め上空に視線を向けても、暗い天井があるだけだ。

「ナノちゃん、いる?」

「?」

リリィにはマイルが何と話しているのかがわからない。ただ誰もいない方向を向いて、口をパクパクさせているだけのように見える。

『**どこにでもいますけどぉー……**』

「これ、たぶん耳に問題があるわけじゃなくて、脳のほうよね? 側頭葉あたり?」

『**はい。おっしゃる通りです**』

マイルが人差し指をピッと立てた。

「だったらさ、この子の側頭葉を正常な人のものと同じように組み替えることはできない？」

『できますよ、できますけどぉー……』

「何よ？」

『だめですよ。だめに決まってるじゃないですか』

マイルがしゃべりながら表情を歪めた。

「なんで？」

『脳を外科的な手法で弄るなんて、この世界に存在しない技術ですから。あまり厄介な地球の技術を異世界に持ち込まないでください』

「そんなの関係ない！　こんなに小さくて可愛らしい女の子が困ってるのに！　ほら見てくださいよ、これ！　ほっぺたとかプニップニですよ！　ほらぁ！」

マイルがリリィの頰を両手で挟み込み、押したり引っ張ったり伸ばしたりと変幻自在に動かす。

「……はむぃ、ぽぅ、むぅい……」

「ああ、変な声出してます。もう可愛い、ああ可愛い、やれ可愛い」

顔面を好き放題されながらもリリィは視線を玄関中に巡らせるけれど、やはり誰の姿も確認できない。けれどたしかに、目の前のこの少女は誰かと話しているのだ。それも、なんだか怒ったような表情で。

精霊様でもいるのかな？

『しかしですね、そちらの技術方面を進化させた場合には、数百年後に禁則事項にまで発展されてしまう可能性が大いにありまして――』

「うるさいうるさいうるさ～いっ!! 現時点でまだ触れてないなら別にいいじゃない！ なんだったら進化しそうになったら、私か私の子孫あたりがぶっ潰しにいくから！」

『むちゃくちゃ言いますね。でも――』

「お説教なんて聞きたくな～い！ もう聞かない！ 四の五の言わずにやって！ はい終わり！会話終わり！」

マイルが両手で耳を塞いだ。

あれでは何も聞こえないだろうにと、リリィは無音の世界で考える。

『あ、ちょっと。鼓膜の振動を魔法でキャンセルしないでくださいよ。マイル様まで聞こえなくなってどうするんですか、もう。でも無駄ですよ。振動をキャンセルされたって直接思念波を側頭葉に叩き込めばいいだけですし。――聞こえますか～、マイル様～？』

マイルが耳から手を離してくわっと目を見開いた。口をつぐみ、思念波を返す。

『うるっさ！ でっかい思念波で直接頭に語りかけてこないでよ！ ヘンタイ！』

『ヘンタイって。心外ですよ。マイル様が振動キャンセル魔法なんて使うからでしょうに。ああ、もう、わかりましたよ、わかりました。やりますよ、やればいいんでしょ。責任は取ってくださいね。じゃあとりあえず、この子には眠ってもらいます』

『最初からそう言えばいいの。ありがと、ナノちゃん。いつも頼りになるぅ』

『はいはい、もう。振動キャンセル魔法は、あとでちゃんとキャンセルしてくださいね。じゃないとマイル様の周囲にいる方々全員、耳が聞こえなくなってしまいますからね』

『わかってるってば』

マイルはしてやったりの笑みを浮かべている。

けれど、彼女は気づいていなかった。彼女と会話をしているナノマシンでさえも、重大なやらかしに気がついてはいなかった。

「……っ」

息を呑んだリリィの目が、あまりにも大きく見開かれていたことに。

ドクン……。

生まれて初めて訪れた新たな感覚に、リリィの胸が高鳴った。リリィ・ロックウッドはその瞬間、たしかに聞いたのだ。不可解な声と、そしてマイルの声を。鼓膜の振動ではなく、思念波としてだけれど。直接、側頭葉で聞いた。

ゆえに、リリィは知る。

この世界には、ナノちゃんと呼ばれる精霊様が存在していることを。

実際には精霊ではなく、この世界で魔法と呼ばれている力の根源、ごくごく小さな科学的存在、ナノマシンなのだけれども。

しかし娯楽本の知識しかないリリィは、ナノマシンを精霊様であると強く認識した。そのようなことなどつゆほども知らず、ナノマシンは施術を開始する。

『じゃ、始めますよ』

『うん、よろしく、ナノちゃん。じゃ、あなたはおやすみなさい。……頑張って。頑張って生きてくださいね。世界は楽しい音で溢(あふ)れているから――……』

けれどリリィは精霊様の声についてマイルに尋ねるよりも先に強い睡魔に襲われ、深い眠りの中へと沈んでいった。

そうして彼女が小鳥の声で目を覚ましたとき、リリィはその響きの美しさに涙した。頭蓋の中を駆け巡る優しく楽しい響きに、胸がいっぱいになった。

風も、樹木の葉擦れも、鳥や虫、動物たちの鳴き声も、自分のうなり声でさえ、世界にはこんなにも幸せな音が溢れていたということを知って。

少女の世界がいま、広がって――。

感覚を一つ失って生まれてきた少女リリィ・ロックウッドは、齢(よわい)九つにしてようやく、この世界の平均的な少女になれたのだ。

……と、このときは思ったのだけれど。

初めての冒険

目を閉じたまま、ずっと起きていた。

夜の音を聞いていた。

風が窓を揺らす音や、鳥や虫の鳴き声、自分の呼吸の音。

まるで飽きない。あの人の言った通りだった。世界は楽しい音で溢れている。

「う、うー」

これが自分の声。言葉知らぬ自分の声。

いまは頭に文字を思い浮かべて言葉の意味を理解しているけれど、他の人たちはみんな音で判断している。

これってすごいこと！

いつかは話せるようになりたい。そのためにまずは、言葉の勉強をしなければ。

そうだ。大好きな家族はどんな声をしていたんだろう。ラフィネはきっと透き通った綺麗な声だ。

そんな気がする。

聞いてみたいな……。

おそらくその機会はもう訪れないのだろうと、薄々はわかっていながら。

目を開けて、開け放たれたままの玄関から低い月を眺める。

そのとき、ドカドカと聞いたことのない無数の音がドアの外から迫ってきた。リリィはゆっくりとそちらに視線を向ける。

十名ほどの男性が、開け放たれたままのドアから入ってきた。

「……！」

家族や使用人たちが戻ってきたのかと一瞬喜ぶも、先頭の見知らぬ大きな男性を見たリリィは首を傾げた。

どちらさま～？

直後、大男に首根っこをガッシリつかまれる。

「わっ、わっ」

「なんだぁ、このチビ？」

「う、きゃうー！」

手足をジタバタさせても、九歳の力では為す術もなく持ち上げられ、髭面にぐぐっと近づけられる。

「おぉん？」

揉み上げから顎を髭がぐるりと一周していて、口の周囲も毛むくじゃらだ。

もじゃもじゃ。まるで熊。ちょっと可愛いかも。触ってみよう。

「イデデ！　髭を引っ張るな！　おい、おまえ、誰だ？」

「……あーうー？」

　何を言っているのかがわからない。

　まだ声での言葉を学んでいないがゆえに、リリィにとって大男の言葉はただの音でしかないのだ。側頭葉で会話できる思念波ならば、不思議と理解できるのだけれど。言葉は、まだ。

「カシラ」

「あん？」

　男の側に、小男が厭らしい笑みで立つ。

「やっぱ荒らされてますぜ。ロックウッド家が襲撃されて一族が行方不明になったたって噂は本当だったようで」

「お宝はもう残ってねえか？」

　小男が肩をすくめる。

「どうですかねえ。いま他のやつらが手分けして屋敷中を漁っちゃあいますが、襲撃者の目的が物盗りだったら、な～んもねえでしょうね」

　大男が胸を張って朗々と誇らしげに言い放った。

「おいおい。そこを掘り返してでも見っけるのが、この武力なき窃盗団『灰色の泥棒猫』たる俺様たちだろうがよ」

　……とてつもなく情けないことを。

「へへ、違えねえや。へっへっへ」

「ふははは！　さあ、今日も元気に火事場泥棒だ！」

リリィは大男にぶら下げられたまま、暢気に考える。

大きな男の人と、小さな男の人が、会話している。すごい。なんだかうらやましい。何より笑顔がとっても楽しそう。わたしも会話に交ざりたい。

交ぜて！

リリィ、にっこにこで口を開く。

「うーあう。あうお。あっはっはっ」

「あ？　なんだコイツ？　笑ってやがる。なんか……怖っ。めっちゃ笑ってるぞ」

「カシラの顔がおかしいんじゃねえですかい？」

「はっはっは。そうかそうか。俺様の顔が。……一生懸命ぶん殴るぞ、おまえ」

小男がリリィを指さして尋ねた。

「すいやせん。ところでそいつ誰っすか？」

「さあ？　ここにいたから、ロックウッドの娘じゃねえのか？」

小男が顎に手を当てて首を傾げる。

「ロックウッド家のガキは長男と長女だけのはずっすけどね。俺ぁ、どっちもツラを知ってますが、こいつよか小せえです。まだ長男坊が五つあたりじゃなかったかな」

ロックウッド家は、リリィを閉じ込めていただけではない。その存在そのものを、最初からなかなったことにしていたのだ。

カシラがリリィをぐいっと小男に近づける。

「じゃ、こいつ誰だ?」

「だから知りやせんよ。俺が先に尋ねたでしょうが。まあたぶん、スラムのガキが勝手に入り込んでたんじゃねえですか」

「ほう。俺たちと同業者ってわけか。こんなガキの時分から火事場泥棒に入るたぁなあ。……将来、超有望じゃねえかよっ⁉　連れて帰っちまうか!」

カシラはリリィを引き戻してまじまじと見つめた。

小男が訝しげに尋ねる。

「なんすか?　その小せえの、気に入ったんすか?　たしかにツラはいいですが、いくらなんでも幼すぎて――」

言葉も終わらぬうちに、カシラが額に血管を浮かべて主張した。

「バカ野郎!　女ってのはなあ、三十路も半ばを過ぎてからが盛りだろうが!」

「や、そっちはそっちでどうかと思いやす」

あぁ、ほんとに楽しそう。何を話してるのかさっぱりだけれど、しゃべれるっていいなあ。早く言葉を覚えたいなあ。

ワクワクが止まらない。

床にポテンと落とされて、リリィはカシラを見上げた。

「カシラ、ガキに逃げられちまいますよ」

「逃げたら逃げたで別にいいだろ。俺たちは奴隷商や盗賊団じゃねえ。殺しや争いなんざ以ての外よ」

「相変わらず半端にモラル高えっすね。よっ、カシラ！」

カシラが苦々しい顔をする。

「てか、そんな目立つことしてハンターが出張ってきたらどうするよ。勝ち目ねえだろ」

「っすねぇ。うち、腕っ節ねえやつばっかっすからね。カシラなんて見かけ倒しだし」

しかし小男の心配を余所に、リリィは逃げようともしなかった。この愉快な男たちが次に何をしでかすのか、楽しみで仕方がないからだ。

それからわずか後――。

窃盗団『灰色の泥棒猫』は肩を落としてとぼとぼと夜道を歩いていた。その最後尾を、小さなリリィはちょこちょこと小走りでついていく。

逃げるどころか、むしろついていく。ぐいぐいついていく。自分から。

リリィ・ロックウッドの辞書に、危機感なる文字はまだないのである。

すぐ前を歩くカシラの服を、指先でちょっとつまんで。

「うー？」

「ああ？　ああ、ほっとんど金目のもんが残ってなかったんだ。ま、成果がないわけじゃあねえが、こりゃあ徒労に終わっちまったも同然だなぁ。いよいよ『灰色の泥棒猫』も解散かもなあ。火事場なんざそうそうないしよぅ」

カシラが親切に教えてくれるも、言葉のわからないリリィは首を傾げるばかりだ。

やがて一行は町を出て、砂浜に停留させてあった小舟に乗り込んだ。そうして凪の海へと漕ぎ出す。

「わーっ、わーっ」

初めての海。それも舟に乗って。

夜の空と海はその境目がほとんどなくて、まるで闇の中を飛んでいるみたいだと、少女は考える。

胸、高鳴って。

リリィは舳先に立って、暗くうねる海面を見下ろす。

「おい、お嬢。落ちるぞ」

「う?」

しゃがんで手を伸ばし、水をすくってペロリ。

リリィの表情が渋く歪んだ。けれどすぐに笑みに戻る。

「うあーっ」

塩辛い。すごい。これ全部塩水なんだ。本にあったのと同じ海なんだ。こんな塩水なのに、川よりもお魚が多いのだとか。

ああ、もう、ドキドキする。外の世界はとっても楽しい。

やがて小舟は沖合数百メートルほどにある三角形の岩場を回り込む。そこには海水に浸蝕された洞窟があって、小舟はまっすぐその中へと進んでいった。

暗くはない。洞窟の左右には松明（たいまつ）が掲げられているから。

「ここが俺たち『灰色の泥棒猫』の自慢のアジトだ。つっても、何もねえけどな。ほれ、ここから歩きだ。舟を下りろ」

カシラがリリィの両脇に手を入れて、ぽいっと小舟から投げ下ろす。ばしゃっと足首までが海水に浸かった。

冷たい！　気持ちいい！

「わーっ、わーっ」

「こらこら、暴れるな。水が跳ねるだろうが。せっかくロックウッド家から頂戴した綺麗なドレスが濡れちまうぞ」

もともと本人のものであることを、カシラは知らない。

「う？」

背中を押されて洞窟の地面に上がるなり、リリィはまた走り回ってはしゃいだ。

見るものすべてが新鮮だ。海の洞窟の家だなどと、まるで海賊モノの娯楽本みたい。

松明の火が爆（は）ぜる音、一定のリズムで繰り返される静かな波音、何より、いっぱいの人の声。それも洞窟に反響して、不思議な聞こえ方になっている。まるで何度も同じことを一瞬遅れでしゃべっているみたいだ。

磯の臭いも初めて。本で読んでいた通りに、ちょっと生臭い。でも嫌いじゃない。

洞窟の奥には扉がついていた。

扉を開けると、その場所だけが広く取られていた。ここまでとは違って、人の手によって綺麗に削り取られた四角い空間だ。

リビングかな？

リビングの壁には扉がいくつもあるから、たぶんその先は寝室か何かになっているのだろう。

男たちがそれぞれの部屋へと戻っていく。

カシラと小男だけが、リビングの大きなテーブルについた。

「今回も空振りだったなあ、ハリスよう。なんでかロックウッド家の玄関にあった食料は全部いただいたが、それでもこの人数だ。数日で底をついちまう」

「そしたらまたみんなで釣り大会でも開催しましょうや。それとも、そこのお嬢ちゃんを奴隷商にでも売り飛ばしやすか？」

「んー……」

カシラの視線がリリィを捉える。

視線が合った瞬間、リリィがはにかんだ。髭面の大男に向けて、小さく手を振る。

「そんな伝手(つて)ねえよ。俺たちゃケチな火事場泥棒だぞ。それにしゃべれねえんじゃあ、大した金にもなんねえだろ」

「こいつ、なんでしゃべれねえんですかね。耳は聞こえてやがるみてえだし、野獣や魔物に育てられたってならともかく。文字はさておき、今日日(きょうび)スラムのガキだって口くらいは利けますぜ」

カシラが顎に手を当てた。

「文字、文字か」

「そういやカシラってツラに似合わず文字は書けましたよね」

「ツラに似合わずってなんだ。一生懸命ぶん殴るぞ。……ちょいと試してみるか」

カシラが紙と羽根ペンを持ってきた。途端にリリィの瞳が輝く。カシラはリリィにテーブルにつくように促し、自らも向かいの席に座った。

そうして、紙にペンを走らせる。

【お嬢、字は読めるのか？】

リリィがカシラから羽根ペンを受け取って、同じように紙に走らせる。

【読み書きは得意だよ！】

カシラがハリスと視線を合わせた。

「おいおい、こりゃ驚いた。どう思うよ、ハリス」

「こいつ、魔物に育てられた野生児どころか、スラムのガキですらねえですよ。立派に学がありやがる。字が綺麗だ。カシラよりも」

「うるせえ、字が汚くて悪かったな！」

「ツラもす」

「そうかそうか、ツラもか。必死こいてぶん殴るぞ、おまえ」

カシラがリリィから羽根ペンを奪い取る。

【名前はよ?】

【リリィだよ】

「ふん、リリィか。おい、ハリス、ロックウッド家にそんな名前のガキはいたか?」

ハリスが首を左右に振った。

「俺の知る限りはいやせんね。使用人かなんかのガキじゃないっすかね」

「なるほど」

カシラは少し考える素振りを見せた後、テーブルに身を乗り出し、リリィの胸の中央を太い人差し指でトントンと叩きながら一文字ずつ大きな声で言った。

「リ・リ・ィ」

「……?」

リリィが首を傾げる。

「おめえの名前だよ。リ・リ・ィ。ほれ、言ってみろ。リ・リ・ィ」

リリィの唇が微(かす)かに開いた。

「りぃりぃ~?」

カシラが大きくうなずく。

「そうだ。おまえはリリィだ。そして俺はカシラだ」

「そこは名前教えるとこじゃねえんですかい」

ハリスのツッコミを無視して、カシラは自身を指さして言い直す。

「カ・シ・ラ」

「かぁしぃらぁ」

リリィがうなずいてから繰り返した。

「そうだ。俺はカシラ。おまえはリリィ」

「カシラ。リリィ。……リリィ」

リリィの胸に、不思議と温かいものが宿った。

自分の名前の呼び方を教えてもらえたのだ。初めて口に出して〝自分の名前〟を言えた。大切な家族からもらった自分の名を。

嬉しい！　何これ！　すごく嬉しい！

リリィが自分を指さす。

「リリィ！」

「おう。リリィ。で、だ」

カシラは少し考えてから、再び羽根ペンで文字を書き出す。

【リリィよ、おまえは俺たち、『灰色の泥棒猫』に誘拐されたのだ】

「う？」

リリィが眉をひそめた。

『灰色の泥棒猫』。なんだか可愛い名前。

【俺はおまえを舎弟にして、清く正しい一人前の火事場泥棒に育てようと思う！　輝ける未来ある

若者のためにな！】

「さっすがカシラ。モラルとインモラルがごっちゃになってますぜ」

「うるせえ」

リリィがカシラから羽根ペンを受け取る。

【いやだよ】

【なぜ!? おめえみてえなガキが一人で生きるにゃ必要なことだぞ】

【それ、悪いことでしょ。悪いことはだめだもん。本にそう書いてあった】

至極まっとうなこたえに、カシラとハリスが表情を歪めた。

「リリィ嬢はどうやら自分の置かれた立場がわかっちゃいねえようですぜ、カシラ。ここらでいっちょ、悪の親玉としてビシっと決めてやってくだせえや」

「おうよ」

カシラが両足を振り上げて、ドガンと音を立てながらテーブルへと投げ出した。あまりの大きな音に、リリィはびっくりして目を丸くする。

カシラが凄みのある笑みでリリィを睥睨(へいげい)しながら、ハリスにつぶやいた。

「へっへ、びびってるびびってる」

けれどリリィはすぐさま羽根ペンを走らせる。

【なんで足をテーブルにのせたの？ それも悪いことでしょ？】

カシラが羽根ペンを奪い取る。

【ぐははは っ、ここじゃこれがマナーってもんよ。わかったらさっさと――】

文字を書き終えぬうちに、リリィもまた両足を懸命に上げた。そうして、テーブルの上にちょこんとのせる。スカートがめくれ上がって太ももまであらわになった。

互いの足を突き合わせてから、リリィは少し恥ずかしそうな表情をした。

あんぐりと口を開けてその様子を見ていたカシラに、リリィがハンドサインで羽根ペンを寄こせと伝える。

【ごめんね、カシラ。ここだとこれがマナーだなんてこと、わたし知らなかったの。教えてくれてありがと。でもこれ、ちょっと体勢がしんどいね】

フンス、と鼻息を荒げてから、えへへと笑う。

カシラとハリスが顔を見合わせて、真顔で同時に首を左右に振った。

その後、カシラは自らの両足を下ろしてから、おもむろにリリィの両足首をつかんで下ろす。ご丁寧にめくれ上がったスカートまでつまんで戻してあげて。

【冗談だ。はしたない真似(まね)はよしなさい】

「?」

ハリスが額に手を当ててつぶやく。

「いたたまれねぇ~……」

【まあとりあえず、今日のところはここで休め。他の部屋は団員が全部使ってやがるからな】

【うん。ありがとう、カシラ】

ハリスが尋ねる。

「いいんですかい？　閉じ込めておかなくて」

「こいつ一人で舟出して逃げられるわけねえだろ」

「ごもっともで」

その後、リリィは『灰色の泥棒猫』団員らとともに食事を取って、眠りについた。

毛布をかぶったまま、リリィは考える。

どうやら自分は、盗賊っぽい人たちの後をついてきてしまったらしい。悪い人たちではなさそうだけれど、やはりこのままここで暮らすというのはよくないだろう。犯罪者などに成り下がってしまったら、両親弟妹らと合わせる顔がない。辺境伯の名にも傷がついてしまう。

けれど、小舟の漕ぎ方なんて知らない。ここから出るには、どうしたらいいのだろう。

せめて誰か相談相手がいたらな……。

ふいに、飢餓による衰弱から救ってくれた少女たちのことを思い出した。

何もないところから食べ物や飲み水をいっぱい出したり、それを惜しげもなく全部分けてくれたり。剣や杖を持っていたから、ハンターだったのかも。

ふぅ、と息を吐く。

彼女たちがいてくれたらなと思ったのだ。そこまで考えて気がつく。

あの場にはもう一人、いたではないか。目には映らなかったけれど、耳を聞こえるように治してくださった精霊様が。

まさか、とは思いつつ……。

そう。あのときはたしか、頭の中に直接響くような、そんな不思議な声で。

リリィ・ロックウッドは語りかける。

『あのあの、精霊様？　もしかして近くにいたりしますか？』

奇跡、そう呼ぶべきだろうか。リリィ・ロックウッドは生来、耳が聞こえなかった。だがゆえに、言葉もしゃべれなかった。

聞こえない耳。しゃべれない口。

それらを補うため、リリィはこの世界での平均的な人間たちよりも遥かに強い思念波の送受信というものを、偶然にも身につけていた。だからこそ昨夜、ナノマシンの思念波を受信してしまったのだ。

『精霊様、どこかにいませんかー？』

しかしこれまでは思念波を放ったとしても、それを受信できる者は彼女の周囲にはいなかった。

正確にはナノマシンなる存在がいるにはいたけれど、彼らは自身への呼びかけ以外にはこたえない。

『ナノちゃん様、やっぱりいないのかな……』

『!?』

だから、いま、この瞬間のみ。こたえるのだ。

その呼びかけに対して、万能の存在であるナノマシンたちは。

『え？　あの、もしかして、私を呼んでました？　精霊って私のことですか？』

『わっ、いたいた！　そう！　そうだよ、ナノちゃん様を呼んでたの！』

絶妙な長さの沈黙の後、ナノマシンは語彙の中でも最短の言葉を選んで問い返す。

『え？』

ナノマシンは混乱していた。しかしそのようなことなどお構いなく、リリィは言葉を続ける。

『あ、そうだ。ナノちゃん様、耳のこと、ありがとね』

『いえ、あれはマイ――』

ナノマシンが言葉を切って言い直す。

『あー、いえいえ。あの場にいらっしゃった魔術師さんに強要されてのことですからお気遣いは必要ありません』

リリィの胸が躍る。

会話ができている。不思議だ。音としての言葉は認識していないのに、思念波ならばこんなにも簡単に会話ができるのだから。

世界中のみんなが思念波で会話できればいいのに、と思う。

『それはですね、思念波というものは意思を相手に伝える手段としましては、実のところ言語よりも本来ずっと原始的な手法でして――って、そんなことはどうでもよくて。リリィさんはいつから私の声が聞こえていたのです？　そもそもなぜ思念波なんて言葉を知っていたのですか？』

『耳を治してくれた夜だよ。魔術師のおねーさんが耳を塞いだときに、ナノちゃん様が思念波で会話をしたでしょ？　そのときに二人の言葉がわたしにも聞こえたんだよ』

『あっちゃあ……。マイ――あの方ならばともかくとして、まさかこの私がやらかしていただなんて。リリィさんが思念波を受信できるとは、迂闊でした』

何やら困っているようだ。

もしかして、話しかけちゃまずかったのかな。

『だけどそれを伝える前に眠くなっちゃって、気がついたら魔術師のおねーさんがいなくなってたから、誰にも聞けなかったんだよ。でもまさか、こんな近くにいただなんて』

ナノマシンが世界中に満ちている魔法の源泉であることを、リリィはまだ知らない。

いまリリィの呼びかけにこたえたナノマシンは、当然のようにマイルが耳の治療を頼んだ個体ではないけれど、ナノマシンはすべての個体が情報を共有している。

もっとも、そんなことを語ったところでマイルと同郷でもなければ理解などされないだろう。それらは魔法というよりは科学に近しいものなのだから。

やがてナノマシンはあきらめたようにため息をついた。

『やらかしてしまったものは仕方ありません。ところで私を呼んだのはなぜでしょう？』

リリィが両手をパンと合わせて微笑む。

『えと、教えてほしいことがあって』

『リリィ・ロックウッドさん。私の声を聞いて私に呼びかけたあなたは、レベル３のアクセス権限を得ました。ですが、こたえられる質問は限られています』

リリィは首を傾げる。

『ちょっと意味わかんない』

『ですよね。まあ、私もあなたにはうまく説明できないので質問を言ってみてください。こたえられなければそう返答します』

『わっ、ありがと！　ナノちゃん様！』

どうやらいい精霊様のようだ。

『えっと、「灰色の泥棒猫」って悪い人たちなの？』

『人間の決めた尺度で表現すれば、彼らは小悪党ですよ。火事場とは言え、泥棒行為はティルス王国でもアルバーン帝国でも大抵の国で犯罪ですからね。まあ、殺しなどはしていないようですし、捕まっても犯罪奴隷として鉱山で数年服役すれば出てこられるでしょう』

リリィの表情が曇った。

『かわいそうだよぉ』

『と言われましても、それが彼らの決めた生き方ですからね。何なら、あなたが止めてみてはどうですか』

『わたしが？』

『ちょうど誘拐されて軟禁されてますし、その資格は十分にあると思います』

ピンとこない。

そもそも誘拐と言ってもついてきたのは自分からだし、軟禁と言っても縛られているわけでも閉じ込められているわけでもない。ロックウッド家よりもむしろ自由だ。まあ、一人で海を渡る術はたしかにないのだけれど。

でも、この手で彼らを止められるものならば。

『どうすればいいの？　説得？　でも筆談しかできないよ？』

『ああいった輩は力の信奉者でもありますからね。ドカンと一発やってから、これからはまじめに生きなさい、と言ってあげるだけできっと改心しますよ』

ドカンと一発。

娯楽本の中の魔術師やハンターならばできるのかもしれないけれど。

『わたし、剣も魔法も使えないよ』

『リリィさん。火に近づいたことはありますか？　冷水の中に浸かったことは？　飛ばされそうな風に煽られたことはないですか？』

火はランプの火に触れてみたことがある。もちろん火傷をした。水は貴族ゆえに定期的にお風呂に入ることができていたから、潜ってみたことはある。飛ばされそうな風は、大風の日に自室の窓を閉じようとして、後ろにひっくり返った。

でもその経験が何になるのか、まるっきり想像がつかない。

『あるよ』

『それらの経験があるならば、権限レベル３を得たあなたは、すでに魔法が使えます。おそらくもう通常の魔術師と呼ばれる方々よりも強力な魔法が扱えるはずです』

リリィが首を左右に振った。

『そうだとしても、わたし、魔法の詠唱なんてできないよ。だって言語と音が一致してないから、思念波じゃなきゃしゃべれないもん』

『詠唱はただイメージを強化固定するための儀式に過ぎません。ああ、これは他言無用に願います。この世界の魔術師たちの詠唱は、とても強い言葉を使っているでしょう?』

娯楽本の中でもたしかにそうだった。

火のことを業火と言い換えたり、存在するかどうか証明もできない煉獄などという怖い言葉を詠唱に組み込む魔術師もいる。

『あれは一種の自己暗示に過ぎません。火は熱いものであると、自分で自分に言い聞かせているだけです。そして自分の中で固まった火のイメージを思念波で周囲にばらまく。するとそれを受信した我々ナノマシ――ナノちゃんズが魔法として変換するのです』

リリィが両腕を組んで力強くうなずいた。

『なるほど、わからない』

『ですよねー。そもそも我々の説明を理解するには、あの夜、あなたの耳を治したあの魔術師のように、ちょっと特殊な生まれでもない限りは不可能なのです。ゆえに権限はレベル3までしか譲渡できないのです。ちなみに彼女の権限は5です。人類を遥かに凌駕した、非常識なレベルの魔術師です』

何を言っているのか、さっぱりだ。ただ、あの小さな魔術師様が相当すごい人ってことだけは理解できた気がする。

『魔法使ってみたい』

『じゃあ、想像してみてください。リリィさんの中の火と風のイメージを明確に』

『したよ』

『色や形だけではなく、熱などの性質までちゃんとやりました？』

『やったよ』

『なら、次はそのイメージを思念波として、周囲に放ってみてください。私に話しかけたのと同じ要領です』

『うん』

目を閉じて、リリィはわずかに上を向いた。

頭上に火のイメージ。大きいほうがいい。魔法なのだから。その下からあの日、窓を破るように吹き荒れていた突風をさらに大げさにイメージして。

念入りに。まるで娯楽本の中の文字を、頭の中で現実へと変化させるように。

『まだですか？』

『いくよー！』

溜めに溜めた思念波を、一気に解き放つ。

行っけ――――――っ!!

直後、大きな火柱に目が眩んだ。いや、目だけではない。火柱は突風に煽られてさらに勢いを増し、瞬間的に膨張して火山の噴火のようにアジトの天井を打ち砕いて貫通し、岩石を周囲の海へと飛散させながら夜の空を紅蓮一色に染めた。

震動と轟音、焦がし溶かしつける異臭が爆発的に広がる。

リリィがパクパクと口を動かした。

「……ぅぁ～……？」

『……』

アジトのあった海に浮かぶ三角形の岩場の、上半分が爆散、そして消滅した。残った岩も噴火時の火口縁のように、真っ赤に染まって熱を発している。

溶岩そのものだ。

ナノマシンが絞り出すような声で言った。

『リリィ・ロックウッドさん』

『う？』

『なんと言いますか、まずは加減というものから覚えましょうかっ』

「むいぃ～」

『灰色の泥棒猫』たちの住処の屋根を見事に爆散させたリリィは、どう謝ればよいのかわからず、その場にぺたりと座り込んでしまった。

赤く熱されたいくつもの岩が流星群のように海へと降り注いできたのは、それからだった。至るところで水蒸気爆発が起こり、紅蓮の視界が白く塗り替えられる。

さながらそれは、この世の終わりのような光景だったという。

＊　＊

　ぽっかり空いた噴火口から吹き込む海風すら、熱風と化していた。『灰色の泥棒猫』たちのアジト周辺の海からは、濛々と湯気が立っている。

　カシラやハリスが歪んだ木の扉を蹴り開けて、転がるように飛び出してきた。少し遅れて、他の部屋にいた団員たちもだ。

「な、なななんでえ、いまのは!?」

「カシラ、いま……ッ！」

「う、おおおおお……っ!?」

「なんじゃこりゃあ！」

　そしてへたり込んだままのリリィと、その周辺を見るなり、膝から崩れ落ちた。

　当然である。アジトの天井が吹き抜けになっていたのだから。それも高熱に灼かれたように、ところどころ溶解していて。

「な、なん……なん……ぁえ？　リ、リリリリィ……？」

「海底火山の噴火っすか!?　それとも、アルバーン帝国のやつらがついにティルスに攻め込んできやがったんすか!?」

「落ち、おお落ち着けハリス」

「カシラよりは落ち着いてやすよ！　ほら、水飲んで！」

カシラがハリスに渡された水を飲み干して、焦げ付いたテーブルにカップを置いた。へたり込んでいるリリィを見下ろし、テーブルに置きっぱなしになっていた羽根ペンを手に取り、なくなった紙ではなく、テーブルに直接文字を書いた。

【ここで何が起こった？】

リリィがもそもそと立ち上がり、椅子に座る。カシラがリリィに羽根ペンを押しつけた。

【魔法を使ってみたの。そしたらちょっと失敗した】

カシラの表情が引き攣る。

「ちょっとっ!?　これが、ちょっとっ!?」

ハリスが絶望的な表情で周囲を見回した。壁は焦げ付き、天井に至っては存在すら消し飛ばされている。ただの天井ではない。三角に切り立った巨大な岩石だ。質量は相当なものだったはずだ。それが欠片も残っていない。

カシラとハリスが顔を見合わせて、同時に青くなる。

カシラが恐る恐る遠巻きにリリィを見ながらテーブルに戻り、羽根ペンを動かした。

【おまえがやったのか？】

【うん。そうだよ。ごめんね。アジト、壊れちゃった】

カシラの手が震えて、羽根ペンがコロリと転がり落ちた。瞳に恐怖の色が宿る。

「ちょ、ちょ、ちょ、カシラ、カシラ！　ちょっとこっち来て！」

ハリスがカシラの肩に手を回して強引に振り返らせ、リリィからは見えないように部屋の端まで引きずるように連れていく。

「……やばくねっすか？　リリィが魔術師だったなんて聞いてねえですよ……」

しかも相当なレベルの使い手だ。こんな噴火まがいの爆破ができる魔術師なんて、Aランク以上のハンターか宮廷魔術師くらいのものではないのか。

「バカ野郎、俺だって初耳だよ！　あいつがあんなバケモノ級の魔術師だなんてよぉ！」

「しっ、しぃぃぃ！　リリィ嬢に聞こえちゃいやすよ！」

同時に振り返ってリリィを見ると、リリィはにっこり笑って小首を傾げていた。

「あ、そっか。まだ言葉わかんねえんでした。……と、とにかく、うち戦闘員いねえんですよ!?　万が一にでもお嬢のご機嫌を損ね……た……ら……」

「てか、アジトを爆破された時点で、もう俺たちに怒ってんじゃねえか？」

二人の体毛が逆立ち、身震いをする。

「さっきカシラが【おまえを誘拐した】なんて言ったからっすよ！　どうするんすか！」

「おまっ、いまさらそんなこと言うなよっ！　ついてきたのはリリィのほうからだぞ！」

「なんでそいつを誘拐したなんて、自分の手柄にしようとしたんすか！　言い方一つで印象がだいぶ変わるんすよ！」

カシラが哀愁漂う視線で言ってのける。

「一端の悪として、一度くれえは格好をつけてみたかった……」

「カシラァァァッ!?」

リリィがうなる。

「うー?」

「ヒェ……」

カシラが大慌てでテーブルへと戻ってきた。ハリスが早口につぶやく。

「とにかくカシラ。お嬢に要求がありゃあ呑んでくだせえや。そんで帰ってもらいやしょう。俺ぁもう金輪際ごめんだ」

「お、おう」

リリィが羽根ペンを動かす。

【ケンカはだめ。めっ】

【お、おうよ】

【あと、もう悪いことはやめて。泥棒とかもだめ】

「へ?」

カシラがリリィの顔に視線を向けた。

【『灰色の泥棒猫』のみんなで何かをしたいのなら、お魚を獲ったり、何かを作ったりして暮らして。じゃないと——】

捕まって犯罪奴隷にされてしまう。そうなったらみんなバラバラ。家族がいなくなった自分だからこそわかる。それはとても寂しいことであると。

けれど、そんなことをわざわざ伝えなくてもわかっているはずだと、リリィはそう信じている。この愉快な男たちの心に眠る良心を信じたのだ。信じることは美徳であるがゆえに。

しかし。肝心の彼らは。

「カシラ。こりゃあ完全に脅されてやすよ」

「わ、わかってる。俺たちが泥棒を続けると言ったら、たぶん――」

吹き抜けとなった天井を見上げる。

あれは見せしめだ。

頑丈な岩石ですらこの有様だ。魔法も使えないただの人間が、あんな爆発魔法をまともに喰らったら、言うまでもなく木っ端微塵（こっぱみじん）。むろん、リリィにその気はないけれど。

ごくり、とカシラの喉が大きく動いた。

「ハリス。すまねえ。どうやら泥棒稼業もここまでのようだぜ」

「ちょうど潮時だったかもしれやせんね。元々大して儲かってもなかった稼業だ。――おまえたちもそれでいいな？」

周囲の団員たちを、カシラとハリスが見回す。異を唱える勇気を持ったものなど、この中にはいない。

「お、お嬢に皆殺しにされるよりは……」

「これからは舟で魚でも獲って暮らしましょうや」

「みんな釣りは好きっすからね」

「小舟を作って売るってのもおもしろい商売ですぜ」

「そいつはいいや。まじめにやってりゃ、逃げた女房も戻ってくるかもしれねえ」

そもそも腕っ節に自信がなかったからこそ、盗賊にも海賊にもなれず、こうして中途半端な火事場泥棒などをやってきたのだ。だが、そういった輩がゴロツキに変わらなかった程度には、『灰色の泥棒猫』という組織にも受け皿としての役割があったのだろう。

ひとえにそれは、カシラというこのちょっと抜けた男の人物像もあったのだと、ハリスは考える。

「俺たち、いまならまだやり直せますかね」

「んだな。ま、とりあえず明日は魚でも獲ろうや」

後のティルス漁業連誕生の瞬間である——。

カシラが代表し、羽根ペンを動かした。

【わかった。リリィ、おまえの要求を呑もう。だから、『灰色の泥棒猫』の団員には手を出さないでくれ。この通りだ】

カシラが髭面をリリィの前で下げ、羽根ペンを渡す。

【そんなこと、しないよ？】

そうして、カシラは清々(すがすが)しい表情で頭を上げた。

「よっしゃ。そうと決まりゃあ、リリィ嬢を解放だ。ハリス、舟の用意をしろ」

「へい」

それから、あれよあれよという間にリリィは小舟に乗せられ、陸の砂浜へと戻されてしまった。

「う？」

カシラとハリスはリリィにもう一度頭を下げて小舟に戻り、手を振りながらさっさと沖へと戻っていった。

見上げれば星空。波音だけが響いている。

ぽつんと砂浜に残されて、リリィは頭を抱えた。

『なんで――――っ!?　ナノちゃん様、いる!?』

こんなはずではなかった。

もしよければ『灰色の泥棒猫』たちの、新しいお仕事を手伝わせてもらおうと思っていたのに、不思議と早々に放り出されてしまった。

『いますよ。我々はこの世界のどこにでも等しく存在しますからね』

『なんでわたし、置いてかれたのー？』

『そりゃあそうなりますよ。ふつうの人間があんな威力の魔法を目の当たりにしたら、誰だって距**離を取りたくなるものです』**

『う～』

寂しい。また独りになってしまった。

『でもよかったじゃないですか。彼らも改心されたみたいで。カシラさんやハリスさんが犯罪奴隷にされる未来はなくなったと思いますよ』

星空を見上げてしばし考え、けれどもリリィはすぐに思い直す。

『ん〜。なら、いっかっ』

彼らの心配もあるけれど、自分がこれからどうするかを考えなければならない。でなければ数日後にはまた衰弱だ。

そんなことを考えながら砂浜を歩き出そうとした瞬間――。

「あらまあ、こりゃ驚いた。こんなところにいたなんてさ。思ったより元気みたいね」

静かで、けれどもよく通る声に、リリィは反射的に振り返った。

波打ち際には、いつもの楚々とした使用人服ではなく、ラフな格好をしたラフィネが立っていた。

「う？」

眠そうな目が、振り向いたリリィを見て訝しげに歪められた。

「……あんたいま、あたしの声に反応して振り返った？」

その通りではあるけれど、いまのリリィに言葉は理解できない。リリィは瞬きを二度してから首を傾げる。

ラフィネがため息交じりに濃いブラウンの頭を掻いた。

「面倒。紙とペンがないと何にもわからないか」

「うー」

リリィがちょいちょいと、足下を指さす。ラフィネがそれに釣られて視線を下げると、リリィは砂浜に両膝をついて指先で砂に文字を書き始めた。

【ラフィネ、みんなはどこにいるの？】

ラフィネは面倒くさそうに足で砂浜に文字を刻む。

【知らない。クローゼットから出たときには、もう誰もいなかったからね。あんたもロックウッド家の惨状を見たなら、何が起こったかくらいは想像がついたでしょ】

リリイがラフィネに視線を向けながらうなずいた。

賊に夜襲をかけられ、家族はみんな行方知れずになってしまった。助けなければ。自由の身であるのは、もう自分一人しかいないのかもしれないのだから。

【ラフィネはどうしてここに？】

【さっき海のほうが赤く光ったから、何かと思って見にきただけよ。野次馬なら、これからいくらでもくるんじゃない？　ところであんた、ずっとここにいたの？　さっきの見た？　海底火山？】

視線を回せば、いつの間にか町の人々が砂浜へと集まり始めていた。

【魔法。わたしがやった】

心底面倒くさそうな顔で、ラフィネが乱暴に文字を刻む。

【あんたみたいなやつに魔法なんて使えるわけないでしょ。そもそも耳が聞こえないんだから、詠唱だってできないでしょうに】

【聞こえるよ。えっと、わけあって詳しくは説明できないんだけど、ある魔術師さんに治してもらって聞こえるようになったの。言葉と声がまだ一致していないから、まだしゃべれないけど】

「はあ？」

リリイが咳払い（せきばら）いをする。「あー、あー」と声を整えて。

自分の胸を人差し指で叩きながら。

「リリィ」

「……」

ラフィネが微かに眉根を寄せて、自らの胸に右手をあてた。

「ラフィネ」

リリィは彼女の意図を察して、言葉を繰り返す。

「らふぃね。らーふぃーね」

「こりゃ驚いた……。ほんとに聞こえてるんだね」

リリィが首を傾げた。

「ああ、あんたまだ名前しかしゃべれないのか。なるほど」

【うん！　えっと、魔法も見せるね！】

リリィが目を閉じて火を想像し――ようとした瞬間、ラフィネがリリィの顔の前で勢いよくパンと両手を合わせた。

びくっと肩を震わせたリリィが視線を上げる。半ばまで出かかっていた魔法は、集中力が途切れたことによって霧散した。

【ちょっと待ちなって。信じたわけじゃないから万に一つとは思うけれど、こんなところでさっきみたいな魔法を発動されたら面倒だよ】

『灰色の泥棒猫』のアジト爆破で野次馬が集まってきているし、それでなくとも常に緊張感のある国境線の町だ。アルバーン帝国に難癖をつけられかねない。

【そ、そっか。じゃあ、どうしよう？】

【知らん】

ふと思いつく。

あれだ。四人組の少女たちのうち、一番幼そうな子が見せてくれた魔法。もちろん何もないところからいろいろなものを取り出すようなことはできないけれど、取り出した樽に水を注ぐ魔法くらいなら。

よし……っ。

あの子が見せてくれた魔法。たしか、空中に水の塊を出して、樽の中に落とし込む。できる。うん。きっとできる。

『水っ、水っ、ナノちゃん様、水を出して〜っ！』

目を閉じて、両手をぐっと握りしめる。

「ん〜〜〜〜〜っ!!」

ふいに月光が雲に遮られたかのように途切れた。何気なくラフィネが空を見上げて、半眼だった目をギョっと見開く。

「ちょ、あんた何して……ッ！」

その言葉に、リリィの集中が途切れた。

「う？」

直後、二人の頭上から、集中豪雨程度では済まされない大質量の水が直撃する。

「きゃあああぶぶンっ!!」

「んぁ〜〜〜むぃぃぃっ!?」

水の重さに押し倒され、砂浜を転がるように海まで流され、浅瀬で慌てて起き上がる。もはやリリィもラフィネも砂だらけだ。

リリィは思った。

これはめっちゃ叱られる、と。

「リリィ、あんたぁぁぁぁ〜〜〜〜〜！」

「へぅぅぅ」

急いで謝罪の言葉を砂浜に書こうと立ち上がった瞬間、リリィは洋服の首根っこをラフィネにつかみ上げられて、足をふりふりと回転させていた。

ごめん、ごめんなさいってばぁ！

細腕に何故それほどの剛力を秘めていたかと思える勢いで、ラフィネはリリィを小脇に抱えなおし、その場から脱兎（だっと）のごとく走り出した。

何事かとリリィはそっとラフィネの顔を見上げる。

「……?」

「アッハハハハ！　フフ！　あんた、最っ高だよ！」

言葉の意味はわからないけれど、どうやら怒っているわけではないらしい。

走りながら、ラフィネは言葉を続けた。

「耳が聞こえるようになった将来有望な魔術師の美少女！　アッハハハハ！　こりゃいいもん拾ったわ！」

ラフィネは高笑いをしながら、リリィを抱えて野次馬たちの視線を避けるかのように走り続けるのだった。

＊　＊

耳から様々な音が飛び込んでくる。

男性と女性のしゃべり声。男女ともに、年齢によって聞こえ方が全然違う。子供は楽しげに踊り跳ねるような声音で、大人は草原のように静か。カシラは身体の奥深くまで響くような声だったけれど、ほとんどの大人は男性であっても彼ほど響かない。

声って、いろんな種類があったんだ。

木製の車輪が街道をいく音は不思議。途切れることなくず～っとガラガラ、ガラガラ。時々小石を踏むと、旋律が乱れて馬車は大きく揺れる。

馬車馬が歩くたびに鳴る蹄鉄（ていてつ）の音は、とても力強い。車内だと車輪の音に掻き消されそうだけれど、耳に集中してその音だけに意識を払うと、少し心地よい。

護衛のハンターさんたちの足音は、少し静か。かろうじて聞こえるくらい。リズムが一定ではないのは、たぶん先回りをして前方を警戒してくれたりしているから。

眠っているラフィネの寝息。寝言？　なんだかムニャムニャ言っている。

目は閉じているのに世界が見えてくる。聴覚ってすごい。

リリィは目を開く。

小型馬車の旅はお世辞にもよい乗り心地とはいえないけれど、これだけ様々な音が聞こえてくると否応なしに胸が躍る。

ああ、わたしはいま、館の外の世界にいるんだ――っ！

向かいには相乗りの四人家族が座っていて、とても楽しそうに会話をしていた。

さながら外国にでも訪れたかのように、音と言葉が未だ一致していないリリィには、その内容まではわからない。けれども、その様子を見聞きしているだけで楽しくなる。

先刻には話しかけられたりもしたけれど、微笑みで首を傾げるだけのリリィの様子に彼らも何かしらを察したようで、以降は特に関わるでもなく。

隣ではラフィネがだらしない大口を開けて眠っている。口の端から垂らしていたヨダレをハンカチーフで拭ってやると、またムニャムニャいいながら、迷惑そうな表情でその手を払いのけられた。

「ンンンン！」

もー！　ラフィネったら！

リリィがハンカチーフを懐（ふところ）にしまうと、向かいの家族の子供たちがクスクスと笑ってその様子を見ていた。女の子と男の子。リリィよりも小さな、たぶん、六歳くらいの姉と二つ下くらいの弟か。

思い出してしまう。ロックウッド家が襲撃された夜以降、行方知れずとなっている弟妹のことを。といっても生活スペースが違うから、筆談さえしたことがなかったのだけれど。それでも、リリィは弟妹を遠くから見ていた。見て、可愛らしいと思っていた。

みんな無事だといいのだけれど。

ところでこの馬車はいったいどこへ向かっているのだろう。ラフィネに連れられるがままに乗ってしまったけれど、明らかにロックウッド家のあった国境の町などとうの昔に通り越してしまっている。

町に戻るのではないのだとしたら、どこへ？

ラフィネは揺すっても起きないし、向かいの一家に尋ねようとしても紙とペンとインクがなければ意思疎通ができない。

困った。

もしかしてわたし、ラフィネに誘拐されちゃったのかなあ？

フッフ、わたし、大人気だ。『灰色の泥棒猫』の次は、使用人にまで誘拐されるのだから、誘拐される天才といっても過言じゃない。

といっても、ロックウッド家の治める町にいまさら戻ったとして、館に誰かがいるわけでもない。あれだけ待ってだめだったなら、もう誰も戻ってはこないのだろう。もしくは戻ってこられない状況にあるか、だ。

誘拐だって、行き先がないよりはずっといい。うん。ずっといい。たぶん。だって、部屋にいるよりはずっと楽しそうだから。

「は〜っ」

嬉しくなってきた。まるで娯楽本の物語の登場人物にでもなったかのよう。ここから先は未知の世界だ。何が待っているかわからない。でも、それがいい。

しばらくの間、聞こえる情報からいろいろな妄想をする。

やがて眠くなってきて、リリィは背もたれに背中をつけた。しかし馬車は揺れ続けているためか、どうにも据わりが悪い。ラフィネは角の席だから背もたれと壁にもたれて眠っていられるのだ。ならば。

リリィはそっと静かに、自分の頭をラフィネの腕に預ける。

「……」

よし、起きない。ラフィネのだらしなさがこんなところで役立つとは。なかなかいい枕だ。

目を閉じると、すぐに眠ってしまっていた。

日暮れまで、馬車は揺れ続ける。ティルス王国の王都を目指して。

＊　＊

太陽が沈み、辺りが闇に包まれる頃、馬車は街道脇の草原に停車した。

どうやら今夜はここで野営をするらしい。槍や剣で武装した護衛のハンター三名が、周囲に魔物や賊などがいないかと見回りをしてくれている。

　客車の幌を捲って降りたリリィが、空を見上げて感嘆の声を漏らした。

「ほ～！」

　星空がとても綺麗。町の灯りがないためか、いつも見上げる夜空よりも星の数が倍ほども多い。まるで宝石箱のようだ。

　やがて見回りのハンターたちが戻ってきた。

「大丈夫だ。見える範囲に魔物や盗賊はいない」

「わかりました。では今夜はここで休息しましょう。見張りのほうはお願いしますよ」

　御者の男がそういうと、三名の若い青年ハンターたちがうなずく。

「おう。この『炎狼』にど～んと任せとけ」

　ハンターたちが客に向き直った。

「あらためて名乗らせてもらう。俺は『炎狼』リーダーのブレット、こっちのチャックとともに剣士だ。ダリルは槍士。全員Cランクのハンターだ。護衛計画は立てているから、有事の際には俺たちに従ってくれ」

　ラフィネがあくび交じりに口を開く。

「剣士、剣士、槍士ねえ。ずいぶんとまた偏ったパーティだこと。大丈夫なのかしら」

　不遜な物言いに、ハンターたちが一斉に苦々しい表情を浮かべた。不満げに口を開きかけたダリルを片手で制して、リーダーのブレットが苦笑いで言った。

「小型馬車一台の護衛に、四人も五人も必要ないだろ。これ以上護衛の人数を増やしたら、あんたら乗客の運賃だって倍になる。そうだろ？」

御者の男がオロオロとうなずく。

「え、ええ。いまの運賃でもぎりぎり雇える人数でしたので、『炎狼』のお三方を名指しして護衛をお願いしたのです」

しかしラフィネは物怖じしない。

「あ～、そういうこと言ってんじゃなくてさ。なんで三人とも前衛なのよって話。弓士とか魔術師とかいないの？　パーティ組むときそういうことを考えなかったの？」

「う……」

言葉に詰まったブレットを尻目に、ラフィネが興味なさそうに鼻を鳴らした。

「ま、別にいいけどさ。興味ないし」

ブレットに代わってチャックが叫ぶ。

「リーダーだって考えなかったわけじゃねえ！　少し前までは五人いたんだ！　女の弓士と魔術師が、カッコイイ男ばかりのパーティに引き抜かれたんだよ！」

ラフィネは素っ気なく返した。

「あっそ。そりゃあ運がよかったわね」

「なんだと!?　どういう意味だ！」

チャックが激昂する。けれどラフィネは淡々と返した。

「仕事と遊びをはき違えてるバカ女に背中を預けずに済んだじゃない。違うの？　それともまさか、あんたたちまで出逢い目的でハンターごっこをやってたわけ？　だったら幻滅なんだけど」

ラフィネの眠そうな視線を受けて、三名のハンターが一斉に言葉を呑む。一度顔を見合わせてから、ブレットが代表して否定した。

「そ、んなわけねーだろ。『炎狼』は、その、こ、硬派なパーティだからな」

しどろもどろだった。

その後、最小限の焚き火をして、それぞれ持ってきた夕食を食べる。乾いて堅くなったパサパサのパンや、塩漬けにした干し肉だ。

リリィもモチャモチャと干し肉を噛む。

なかなか噛み切れなくて大変だけれど、嫌いな味じゃない。そりゃあ、ロックウッド家の厨房で作られた豪華な料理の数々には劣る。でも星空の下、雄大な草原でいろいろな人たちと一緒に食事をしているというだけでも、なんだか楽しくなってしまう。

「あんた、何笑ってんのよ」

「う～？」

対照的に、ラフィネはどこかおもしろくなさそうな顔をしている。虫の居所でも悪いのか、先ほどはハンターとラフィネが不穏な空気になっていたみたいだけれど、とにかく何事もなくてよかった。

いまは椅子代わりの石に座って膝に肘を置き、いつもの半眼で遠くのほうをただ眺めている。リリィが彼女の袖をつまんでチョイチョイと引くと、ラフィネが地べたに直接座っているリリィを一瞥した。

「紙とペンならないわよ」

「うー」

ラフィネが右手をペンを持つ形にしてから、両手を広げた。

ただそれだけのことでリリィは察したのか、こくりとうなずく。草原では、地面に文字を刻むのも難しい。

意思疎通はあきらめたほうがよさそうだ。

「商隊だったら計算のために紙もペンもあるんでしょうけど、こんな安っぽい乗り合い馬車じゃねえ」

ラフィネは一度言葉を切って、ため息とともに吐き出した。

「まあ、あんたに言ってもわかんないだろうけど、なんかおかしいのよ。『炎狼』の三人は見える範囲に魔物も盗賊もいなかったと言ったけど、馬車の周辺から一歩も動いてはいなかった。それは動く必要性もないくらい、この周囲一帯に何もなかったということよ」

リリィはこくりこくりとうなずく。

「でもそれ、かえっておかしくない？　草原よ？　動物一匹もいなかったってこと？　もし動物がいたら、魔物かどうかをたしかめるために『炎狼』は警戒行動を見せたはず。時間はあるんだし、たしかめに向かうことだってそう手間じゃない」

「うー……」

リリィが悩むようになった。

瞬間、ラフィネの手刀がリリィの頭部に軽く落とされる。

「あうっ？」

使用人が貴族である主人に働くにはあまりに無礼な行為ではあったけれど、リリィはまるで気にしない。

「意味わかんないのにわかったフリするな。そういうの嫌い」

「うう～」

しかし実のところ、リリィはラフィネの言葉を理解していた。

馬車で向かいの家族の会話を眺めていたときに、ふと思いついたのだ。ナノちゃん様に通訳をしてもらえば、意思疎通できるのではないか、と。

だが、件（くだん）の精霊はその存在を他者に広めて欲しくはないらしい。つまりは会話を聞き取ってリリィに思念波で伝えることはできても、その逆、リリィの思念波を他者の鼓膜を揺らす振動魔法にはしたくない、ということだ。

だから、ここからはラフィネの独り言だ。

「魔物も動物もまったくいないってことは、その地に何かそいつらにとっての脅威が潜んでいる可能性が高いってことよ。当初は『炎狼』が盗賊を手引きしているということも考えたけど、あいつらあまり賢くなさそうだし、その線はなさそうね」

あ、さっきの会話はわざと挑発して、彼らのことを観察してたんだ。

「ただ、それでもこの草原一帯に何もいない理由にはならない」

ラフィネは片手で口元を覆って、ぶつぶつと何かを言っている。

「ま、ただの杞憂だったらいいんだけどねえ。念のために今夜は眠らないほうがよさそうだわ。あ〜、めんどくさ」

リリィは思った。

ラフィネってすごい。『炎狼』のわずかな言動から、そこまで考えることができるだなんて。父である辺境伯ネイハム・ロックウッドがいつの頃からか勝手に連れてきた使用人だけれど、それ以前はいったい何をしていたのだろう。

案外、凄腕のハンターだったりして？

と、ラフィネを見る目が変わったのもつかの間。食べるものを食べ終えると、彼女は誰よりも真っ先に高いびきを掻いて眠っていた。

頬を指先でつついてみても、眉をひそめるだけで起きる気配はない。しつこくつつくと、またしても手を払いのけられた。

「ンンンン！」

「……」

これはもう、わたしがしっかりしなくっちゃだ！

幸い、目を閉じていても音を聞いているだけで退屈はしない。音を聞いて、目を開けると、その音の正体が見える。この一人遊びが楽しい。

虫の声だけは、見つけるのに時間がかかった。あんなにも小さな虫たちが、あれほどの音量で鳴くだなどと思いもしなかったのだから。

やがて焚き火の爆ぜる音が小さくなる。人の声も。

見張りを交代でしている『炎狼』が、時折あくびをしたりだとかため息をついたりだとか、草原を歩き回るジャリジャリという足音、そして絶えず続く虫の声と、寝息が残るくらいだ。

今夜は風も凪いでいる。

最初に聞いた異変は、馬の蹄鉄。馬車馬が突然立ち上がったのだ。

リリィが目を開ける。

ずっと瞼を閉じていたおかげで、月光の暗闇でも十分に見える。当然、遠くまで見えたりするわけではないけれど、それでも十分。

ジャリ、ジャリ。

ぼんやりとした視界の中を、『炎狼』のブレットがあくびをしながら歩き回っている。

何も起こってない……？

ううん、馬車馬たちが落ち着かない。

それに。

聴力に意識を集中する。『炎狼』の見張りの足音以外に、何か短く早く地を蹴るような音が大量に迫ってきている。

ジャリ、ジャリ。これは『炎狼』のブレット。

ジャ、ジャ、ジャ、ジャ。こっちは走る音だ。

そう気づいた瞬間、リリィは襟首を何者かにひっつかまれて、全身を持ち上げられていた。

わ、わわわわわ！

リリィをつかんだ影は、そのまま足音とは反対方向へと走り出す。

「──っ」

「静かに……！」

囁き声が耳に飛び込んだ。

ラフィネだ。起きてたのか、それとも一瞬で目を覚ましたのかはわからないけれど、ラフィネはいつもの寝起きとはまるで違う、野生動物のようにしなやかな動きで小型馬車から離れていく。ほとんど足音もなく、だ。

ラフィネはリリィを抱えたまま、少し離れた場所にある小さな岩陰へと飛び込む。そしてリリィの頭を片手で押さえながら、険しい表情で馬車のある方角に視線を向けた。

「盗賊か……！」

その段にいたって、ようやくブレットがチャックとダリルを起こす声が響いた。

だが、もう遅い。

ラフィネのつぶやきからいくらもすることなく、闇から溶け出るように十数名の人影が現れて、『炎狼』ごと馬車を取り囲んでいた。ようやく目覚めた御者や乗客も、顔色を変えて怯えている。

「あーあ。ああなっちゃあ、もうおしまいだね。十二、いや、十三名か」

いまさら起きたところで逃げることも戦うこともできない。唯一剣を抜いたブレットでさえも、それを足下に下ろして両手を挙げている。

降参だ。

全員が跪いた。『炎狼』の三名も含めてだ。

死ぬまで職務をまっとうする愚かなハンターなどいない。すべては命あっての物種なのだから。

「あの御者や家族は気の毒だね。実績のない安いハンターを雇ったばかりにさ。御者は馬を持ってかれりゃ商売にならないし、家族にいたっては、奥さんと娘は連れ去られるかもしれない」

「……」

「頭下げてなよ、リリィ。見つかったらあたしたちだって無事じゃいられない。あんたはまだちんちくりんだからマシだけど、あたしなんて特にド美人だからね。このまま機会を見つつ、こっそり距離を取って逃げ――あ、え？　ええぇぇぇ！」

もそもそとラフィネの腕から抜け出たリリィは、スカートについた砂を払いながら野営地まで歩いて戻っていく。

「ちょ、ちょ、ちょっとぉぉ――――っ」

背後でラフィネが何かを叫んでいたけれど、リリィはすでにナノちゃん様との思念波での会話に集中していた。

『はい。そうです。捕まった女性は、以降はろくな人生を歩めないことが多いですね。それはリリ

イ・ロックウッドさん、あなたも例外ではありませんが』

『そーなんだ。じゃあ、盗賊さんに帰ってもらうようにお願いしてみるね』

平然と歩き進むリリィを、盗賊の一人が発見した。

「おい、まだ子供が残ってるぞ！」

「なんでわざわざこっちに歩いてきてるんだ？　小便でも行ってたのか？」

別の盗賊が眉をひそめる。

「おい、なんかあの嬢ちゃん、俺たちに向かって手を振ってるぞ？」

また別の盗賊が、跪いている家族を指さす。

「バ～カ！　おめえみてえな小汚(こぎたね)えのに誰が手を振るかよ」

「あ？　だったら誰に向かって手を振ってんだよ」

盗賊が顔をしかめて唇をねじ曲げた。

「だからおまえはバカなんだよ。あんなガキ一人で旅もねえだろ。ってことはよ、どうせこいつらの家族だ。——そうだろ、おっさん？」

盗賊が腹を蹴りながら四人家族の父親に尋ねると、父親は苦悶の表情を浮かべてうずくまった。

「が……ふ……っ」

父親はこたえることもできずに倒れ込み、母親と子供たちが慌てて手を添える。

それを見たリリィが、ムッと不機嫌そうに表情を引き締めた。

『リリィさん。説得はほぼ無意味に終わります。ああいった輩との対話は、最初に力を見せつけて

しまうことが肝要です。といっても、リリィさんは言葉がしゃべれないので、事後の交渉自体できそうにありませんが』

『そこらへんはラフィネがうまくやってくれると思うの』

ラフィネは先ほどの岩陰から、こちらの様子を覗いている。どうやらこれ以上逃げるつもりはないらしい。

『威力は間違えないでくださいよ。あまり目立つと、後々厄介なことになるかもしれません』

けれどリリィはすでに思念波を全力で放ち始めていた。あの、『灰色の泥棒猫』たちのアジトで試したよりも、もっともっと強く念じながら。

『大丈夫！　空に向かって撃つから！』

『……まずは世間の常識を学んでいただいてから、魔法の使い方を教えるべきでした』

盗賊らのうち、三名がリリィを出迎えるように走ってきて取り囲んだ。わずか九歳の子供、それも武器はおろかナイフすら手にしていない様子に、盗賊らは躊躇うことなくリリィをつかもうと腕を伸ばす。

だが――。

リリィが右手の人差し指を空へと向けた。

誰もが釣られるように空を見上げる。

その瞬間、闇が切り裂かれた。

わずか数瞬で夜が明けたかのように、草原の周囲一帯に煌々とした橙色の光が、肌を焼くような高熱とともに広がったのだ。

抜き身の武器を持った盗賊たちはもちろん、武器を放棄させられ跪かされていた『炎狼』の三名も、諦観の念にとらわれていた四人家族も、岩陰で身を潜めて機会を窺(うかが)っていたラフィネさえも。

その場にいたリリィ以外の全員が空を見上げていた。

馬車馬が怯えていななき、膝を折って崩れ落ちる。

空には太陽にも似た球体状の『何か』が浮かんでいた。

ボコリ、ボコリ、橙よりも濃い色の『何か』が、まるでマグマであるかのように泡立っていて、それが弾けて割れるたびに熱波が草原へと降り注ぐ。

盗賊の一人が恐怖におののいた表情でつぶやいた。

「ファ、ファイヤーボール……？」

違う。何かが違う。火の塊ではない。誰の目にも明らか。

では『あれ』はなんだというのか。

実のところ、あれを魔法によって形成したリリィですら、よくわかっていなかった。おそらくこの世界でこの成分を正確に言い当てることができるのは、大気中に漂うナノマシンたちと、あの夜、リリィの耳を治療した魔法使いの少女だけだろう。

大半を占める水素と、わずかなヘリウム。コンマゼロ以下は割愛。

太陽に近しい『何か』である。

むろん、リリィは太陽に触れたことなどない。それが何からできているかも知らない。恒星が何

であるかも言うに及ばず。

ではなぜ、彼女がこれを作るに至ったか。

リリィはこれまでの人生の大半を、娯楽本とともに過ごしてきた。その中に、この世界では解明されていない不思議な現象が物質を扱う、〝科学〟なる実にファンタジックな内容のものも存在していた。

ミアマ・サトデイル著――。

初期の彼女が書いた物語は、他の追随を許さないほどにおもしろいギミックに溢れていた。この世界の誰もが考えもしなかったことを、〝科学〟なるファンタジックな力業で納得させるに落とし込む。そんな魅力があった。

水素を得るための水の電気分解等について、リリィは詳しく知らない。量子力学に通じているわけでもないし、太陽が実際にどれほどの大きさのものであるかも知らない。ヘリウムが空気中にほんの少しだけ混じっているガスであることも知らない。

だが、ミアマ・サトデイルの物語にあった太陽の正体を知識として得たことによって、そのものの想像はできる。それだけでナノマシンは反応するのだ。そうでなければ、この世界の大半の魔術師は魔法など使えなかっただろう。あれらはすべて、空想の産物だ。

だから、いま、空には。

「う、おおおおっ!? なんだありゃああ!?」

「ま、魔法、だよな……?」

リリィが空に向けた人差し指を少し回すと、それに合わせるように小太陽が公転する。見せつける。力を。いま、この空に浮かぶ太陽っぽい他の『何か』は、自分が操作しているのだぞ、と。

「う、う、うーっ！」

リリィは太陽を公転させながら、一歩、盗賊たちのほうへと踏み出す。

まるでミアマ・サトデイルの物語の中にあった、ヒーローとか呼ばれる正義の味方のように、不敵な笑みを浮かべながら。

一歩、また一歩。

「お、おい、ヤバくねえか。こんだけ離れてんのに、とんでもなく熱いぞ」

「あ、あんなもん喰らったらどうなっちまうんだ……」

「逃げたほうがいいんじゃ……？」

「うろたえるんじゃねえッ！」

盗賊の頭目らしき男が、四人家族の父親の頸部に剣の刃をあてた。

「ひぃ……！　た、助けて！」

腰砕けのまま身を引いて逃れようとした父親の頭髪をつかみ、さらに刃を押し当てる。

「おっと、それ以上こっちに来るんじゃねえよ、お嬢ちゃん。父ちゃんがどうなってもいいってか？　その魔法がどれだけの威力を秘めてるかは知らねえが、そいつを俺たちにぶつけるなら、人質諸共になるってことくらいはわかるだろ？」

頭目が下卑(げび)た笑いを浮かべて、リリィを挑発した。

「……！」

リリィの足が止まる。

「と、止まった。はは、あいつ、止まりやがったぞ！」

「へ、へへ、バカな娘だ」

頭目が当然のように言い放つ。

「そりゃあそうだろう。父親なんだからよぉ。おめえらももっと頭を使え、頭を。肉親を人質にすりゃあ、俺たちだって降参するしかねえだろうがよ」

実際には違う。完膚なきまでの他人だ。違う、けれども。

たとえこの世界の常識が、他者より自身を保全することであったとしても、リリィには目の前の人々を見捨てることはできない。

娯楽本の中の主人公たちは、いつだって正しい行いをしてきた。そして彼女はこの世界ではなく、娯楽本の世界に没頭して生きてきたのだから。

その主たる本の著者こそが、ミアマ・サトデイルである。彼女の耳を治療した魔術師本人であり、且つ、異世界からの転生者でもある。ゆえにミアマもまた、この世界の常識ではなく、異世界での常識を基盤に動いている。

他者の保全。自身と同様に。

もっとも、リリィはそのことを知らないのだけれど。それでも知らないなりに影響を受け、そして育ってきた。

ゆえに、リ、リィ、・ロ、ッ、ク、ウ、ッ、ド、は、正、義、の、味、方、で、あ、る。

「そうだ、おとなしくしていろ。――おい、おまえら、魔術師の嬢ちゃんを縛れ。魔法を使われたら厄介だ。詠唱できねえように猿ぐつわを噛ませとけ」

「へい！」

奥さんと子供二人と御者を囲む賊が四名。『炎狼』に武器をつきつけている賊が四名。リリィを警戒しながら四方から近づく賊が四名。

頭目の背後に人影がいなくなったその瞬間。

音もなく闇から溶け出すように現れた女が頭目の背中に飛びついて首に手を回し、首筋にナイフの切っ先を浅く突き立てていた。

「――ッ!?」

薄く、皮を破って肉を裂き、頸動脈に触れるように。

「全員動くな。少しでも動けばこの男を殺す」

気怠そうな声が、静まりかえった草原に広がった。

戸惑いが辺りを支配した。刃を首筋にあてられたままの四人家族の父親も、泣きながらその様子を見ることしかできなかった他の家族も、彼らを取り囲んでいた盗賊たちも、リリィへと近づきつつあった盗賊も、跪かされて両手を挙げていた『炎狼』たちもだ。

そしてそれは、リリィ本人も例外ではなかった。

「……？」

リリィの目がまん丸に見開かれる。ぽかんと口も開けて。

頭目の背中に張り付いた女がラフィネだったからだ。ラフィネは頭目の腰に両足を回して身体を固定し、太い首に左腕をがっちり回して右手でナイフを首筋へと突き立てている。

あれでは頭目はもう指一本動かせない。それどころかヘタに動けば、切っ先は簡単に動脈を斬り裂くだろうから。

ラフィネは囁くような声で、呆然としたままの人質に面倒くさそうに言い放つ。

「そこの男。ぼ～っとしてないで、家族と御者を連れてここから離れな。邪ぁ～魔」

「……う、あ、は、はい」

父親が転がるように走り出して盗賊の間を突っ切り、子供二人を拾い上げると、奥さんを連れてリリィの背後へと回った。遅れて御者の男も、ヨタヨタとついていく。

盗賊たちはどうしてよいかわからず、微動だにしなかった。

「何見てんの？　全員、武器を捨てな。『炎狼』も呆けてないで、さっさと自分の武器を拾ってあの子の側に立ちな」

「へ？」

「へ？　じゃない！　あんたたち、ハンターでしょうがッ！　働けッ！」

「あ、ああ。そ、そうだな。――チャック、ダリル！」

ブレットが叫び、捨てた剣を拾い上げると、チャックとダリルがそれに続いた。リリィの近くまで後退し、彼女を取り囲んでいた盗賊を追い払う。

それを見やって、ラフィネが邪悪に口角を上げた。

「さあ、盗賊さんたち、楽しい楽しい取引をしようか」

頭目が上擦った声で返す。

「と、取引だと？」

「おやあ？　言わなきゃわかんない？　あたしがあんたを殺してここから退いたら、あの子はあのとんでもない魔法をあんたたち盗賊団に遠慮なくぶち込める立ち位置になるってことよ。もう人質はいないから」

盗賊団が恐怖におののく。彼らの背後に、もはや人質はいない。

ラフィネは続ける。

「早い話、頭目を見捨ててさっさと撤退するか、ここで全員死ぬか決めなさいってこと」

「ああ!?　てめ、ふざけ――ッ」

ラフィネが手にしたナイフを微かに動かした。

首筋から赤い雫を滴らせた頭目が、怯えた瞳で言葉を呑む。

「あたしは団員と話してるの。あんたとは取引をする意味がないからね。だって、あんたに与えられる選択肢はここで死ぬか、捕まって犯罪奴隷になるか、それだけなんだから」

つまり、ラフィネはこう言っている。

頭目をスケープゴートにして撤退するなら、他は全員見逃す。それが嫌なら、ここでみんな仲良くあの魔法の餌食になるだけ。

ラフィネが尋ねる。

「ねえ、『炎狼』のボウヤたち」

「は、はい！」

「ここで盗賊団の全員をとっ捕まえても、あんたたちは三人しかいないから、どうせ王都まで連行なんてできないわよね？」

ブレットがうなずく。

「む、無理だ。罪人の人数が多いと三人じゃ見切れないし、そうなると道中で反乱を起こされる恐れも出てくる。また人質を取られたらどうしようもない。子供もいることだし」

「んじゃ、ザコは放置ね。頭目だけお上に引き渡してギルドから報奨金をもらったほうが確実安全お得よね？」

「ああ。そう思う」

ラフィネが片目を閉じて、にっこり微笑んだ。

「じゃあさ、『炎狼』に手柄はあげるから、報奨金だけ半額ちょ～だいっ。ほら、あたしたちハンターじゃないからさ、もらおうとしたって手続きがややこしいんだよね」

ブレットだけではなく、チャックもダリルもコクコクと何度もうなずく。

もともと、自分たちは敗北した側だ。全額取られても不思議じゃないところを、手柄と報奨金の半額がもらえるだけでも、かなりの儲けである。

「そ、それは、はい。ええ、もう。俺たちは五体満足で自分の武器が返ってきただけでも十分にありがたい、です」

「決まり。臨時収入いただきね」

ラフィネが盗賊団を見回した。

「ほら、もう行っていいよ。何してんの？　それともここで死ぬ？　あ、待って。行くなら全員武器は置いてってね。あとで売り払わせてもらうから」

盗賊たちは互いに顔を見合わせてから、リリィの頭上に浮かぶ太陽を見て、武器を足下へと落とす。一人、また一人と。

頭目が焦ったように叫んだ。

「お、おいてめえら！　まさか俺を見捨てて置いていくつもりじゃねえだろうなッ!!　これまで誰が面倒見てきてやったと思ってやがるッ!?」

「耳元で吠えんな。うっさい」

「痛ッ!?　た、頼む！　やめてくれ！」

ラフィネがナイフを微かに動かすと、頭目が怯えた様子で黙り込んだ。それをきっかけにして、十二名の盗賊らが闇の草原へと走り去っていく。

それを見送ってから『炎狼』が縄で頭目を縛り、馬車に繋いで、深夜の襲撃事件は収束を迎えたのだった。

いや、まだだ。

リリィは考えていた。作るだけ作ってみたこの太陽っぽい魔法だけれど、どうしたらいいのだろう、と。

ボコリ、ボコリ、表面が泡立っている。それが弾けるたび、熱波は変わらず周囲に放たれる。

「リリィ？　それ、もう消していいわよ」

リリィは思った。

どうやって消すのー？　むしろ少しでも気を緩めれば、爆発してしまいそうな予感だけがひしひしとしている。いや、間違いなく膨張している。

「う～……」

リリィが泣きそうな顔でラフィネに視線を向けた。何かを察したらしく、ラフィネの顔が青白く染まる。

「いや、えっと。もしかして、それ、消せない？」

リリィが下唇を突き出してうなずく。あまりに逼迫（ひっぱく）した事態に、一瞬会話が通じたことにさえ気づかないままラフィネが叫んだ。

「ちょ、ちょ、なんでそんなもん出したのよ!?」

「う～」

完全な球体から、徐々に歪（いびつ）に変化しつつある。ぶにゅぶにゅと動いているのだ。

あー、だめだめ！　だめだめだめ！　破裂する！

『ナノちゃん様ぁぁぁ』

『……。リリィさんは知識がろくにない分、マイ――あ、いえ、あの方より、だいぶたちが悪いですね』

ぼふっ、と音がして、ほんの一部が破裂する。そこから橙色の炎が、昇り竜のごとく飛び出して草原の一部を抉って焦がした。

凄まじい威力だ。

「リリィィィィ!?」

ラフィネが叫ぶ。

『うわぁぁぁん！』

『もう空に打ち上げちゃいましょう。えっとですね、空に落とすイメージで思念波を放ってみましょうか。急いでくださいね。――さん、はいっ！』

空に、落とす……？

「うぅぅぅぅ！」

わからないからぶん投げた。とにかく空にぶん投げた。全力でぶん投げた。

それは生存本能というものだったに違いない。誰に言われるまでもなく、その場にいた全員が地に伏せた。馬車に繋がれた頭目でさえも地に伏せた。

目が眩む。

その日、ティルス王国の夜明けが観測された時間は、普段よりもかなり早かったという。太陽とは似て非なる物体ではあったのだけれど。

ヒーローの誕生

リリィがティルス王国の王都に入って、およそ一ヶ月が経過していた。

彼女は王都入りするなり、声と言葉、音と文字の関係をラフィネから学んだ。

もともと知能に問題があったというわけではなく、耳が聞こえないゆえの失語であったこと、そして四六時中娯楽本を読み耽り、余計な知識だけは蓄えていたことが功を奏したのだろう。いまやリリィ・ロックウッドは、平均的な同世代女子に遜色ない言語能力を身につけつつあった。

両手にパンの入った籠を提げて走るリリィを、馬車が追い越していく。石畳を叩く蹄鉄の音や、転がる木製の車輪の音は、草原を走った一月前の音とはまるで違う。

お日様の光に音はない。ただ降り注ぐだけ。けれどその代わりに、日光の出ている間はいろいろな音や声が聞こえる。

男の人と女の人の声は違う。男の人は低くて重くて、女の人は高くて軽やか。

飽きない。あの日、魔術師の女の子が言ったとおり、世界には想像もしなかった音がいっぱい溢れてる。

「リリィちゃん、持っていきなっ」

ちょっと嗄(しわが)れた太い声に振り返ると、リンゴが一つ、宙を舞っていた。リリィは籠の持ち手を素早く咥(くわ)えると、リンゴを両手で受け止める。

投げたのは青果店のおじさんだ。

「いつもありがとー！」

器用に籠の持ち手を左腕の肘まで滑らせて、両手で持ったリンゴを齧る。甘酸っぱい味と新鮮な香りがたまらない。

これまで人生の大半を館に押し込められて過ごしてきたけれど、外の世界がこんなにも楽しいものだなどと知らなかった。

生きててよかった！　いま、一瞬一瞬が最高に嬉しい！

「はっはっは、いま食うのかい」

しゃくしゃく。リンゴを噛む音は耳に心地いい。

「え？　だめ？」

「いいよいいよ。おまえさんもあのラフィネの面倒見てるんじゃ、苦労してるだろうからな」

そうでもないんだけどな。だいたい、何してても楽しいし。てゆーか、ラフィネってば、王都でも有名な怠(なま)け者だったなんて。

そんなことを考える。

「あいつは数年前にふらっと消えたと思ったら、先月になって戻ってきて。ちょっとは変わったかと思いきや、一日中家から出てもこねえ。まったく」

「ラフィネ、とってもいい人だよ？」

青果店のおじさんの目尻が垂れ下がった。

「リリィちゃんは人が好いねえ。苦労してきたんだねえ」

「そかなー？」

馬車の襲撃事件だって、ラフィネがいなければどうしようもなかった。むしろあれだけ軽妙な動きを見せていたラフィネが、故郷である王都において怠け者扱いされている事実が理解できない。凄腕の元ハンターって言われたほうがよっぽど合点がいく。

家から出ないのは、例の一件で『炎狼』から得た報奨金のおかげだ。もっとも、それとていつまでも保つ額ではないけれど。

ちなみに『炎狼』だが、あの後、熱心にラフィネとリリィを口説いた。ハンターになった際にはぜひ、『炎狼』に入団して欲しいとのことだったが、ラフィネが心底嫌そうな表情を向けながら「めんどい」の一言で一蹴したのだった。

実のところ、リリィ的には結構魅力的な話ではあったのだけれど。

なぜなら読み耽ってきた娯楽本のおよそ大半は、正しい行いをする主人公のものばかりだったから。

ミアマ・サトデイルは著書の中で曰く。

悪を挫いて弱きを助ける、そのような行いを日常的にこなす彼らは、総じて〝ヒーロー〟と呼ばれる特別な存在であるとのこと。

幼心に憧れたものだ。もっとも当時は部屋の外にも出してもらえない状態だったから、憧れることしかできなかったのだけれど。

ハンターになれば、ヒーローにも近づける？

「にひひ」

上機嫌で町を走り、民家のドアを開ける。

「ただいま～っ！」

「うるっさ。どこからくるのよ、その元気」

ラフィネが眠そうな顔をこちらに向けた。もうすぐ昼1の時刻なのに、まだ寝間着のままだ。歯ブラシを咥えている。

「ねえねえ、ラフィネ」

「ん～？」

「わたし、ハンターになっていい？　いまだったら『炎狼』に入れてもらえそうだし！」

「だめ」

にべもない。

「なんで？」

「あんたがハンターになって忙しくなったら、誰があたしのご飯作ってくれるの？　言っとくけど、あたしは自分でご飯とか作れないからね？　あんたが遠征行ってる間に、あたしはお腹空かして泣いてるかもよ？」

ラフィネが豊かな胸を張って誇らしげに言い放った。

リリィは空腹で泣いている彼女を想像してからつぶやく。

「ええ〜。それは嫌だなあ。心が痛くなっちゃう」

「でしょ？」

「うん。じゃあハンターやめる！」

「そうそう。あんたは純粋無垢なままあたしの妹として育って、いつか大商人の倅（せがれ）か下級貴族あたりに嫁に迎えられて、あたしの暮らしを楽にしてくれることだけを考えていればいいの」

リリィがピッと片手を挙げた。

「は〜い」

「あ、でもお金は稼がないとねえ」

ラフィネが歯ブラシを抜いて、水桶から水を汲み、口をすすぐ。

「そだね」

「なんか仕事探してきて？」

「え？　ラフィネの？」

ラフィネが顔を上げて両手を広げた。

「あんたのよ。あたしは家で健気（けなげ）にあんたを待つの。ちゃんと帰ってこないと、お腹空かせて泣くかもしれないから、あんたは毎日帰ってくること。わかった？」

「うんっ。ラフィネは寂しがり屋さんだね」

「そーそー。じゃ、パン切ってバター塗っといて」

「はーい！」

騙されている。誰の目にもあきらかに。

しかしそれでも少女は幸せそうに笑う。これまでの人生に比べれば、声を聞けてしゃべれて、自由に歩き回れるのが楽しくて仕方がない。

ただ、気がかりはある。

これまでの暮らしにあって、これからの暮らしにないもの。それは娯楽本だ。

印刷技術の発達していないこの世界では、その一冊一冊を筆耕屋が手書きで原本を書き写さねばならないため、とても高価だ。

特にミアマ・サトデイルの著作は求める人の数が多く、入手困難な状態が予想されるため、出版元であるオルフィス出版では、なかなかな高額設定がなされている。

欲しい。

しかし行き先を与えてくれて、家に住まわせてくれたラフィネに対して、娯楽本を買ってくれなどということは絶対にできない。

稼ぐしかないのだ。自力で。

だからもともと仕事は探すつもりだった。うん。ちょうどいい。

昼食を終えて、リリィは再びお出かけをする。

「ん〜。お仕事ってどうやったらもらえるんだろ」

ハンターだったらギルドで斡旋してもらえるらしいが、それ以外だと、イチから探すのはなかなかに難しい。

青果店の前を通ると、おじさんが主婦を相手に商売をしていた。一通り客が捌けたのを見計らって、リリィはおじさんに近づいていく。

「おじさん」

「ん？　リリィちゃんか。どうした？」

「わたしにできるお仕事、ない？」

「仕事？」

おじさんが一瞬、眉をひそめた。

「おお、そうだそうだ。だったらちょうどいい」

視線を少し斜めに上げてから下ろし、店の奥へと引っ込む。けれどすぐに出てきたおじさんの手には、小さめの帽子が一つ摘まれていた。

「こいつをさっき客の一人が落としてってな。届けてやってくれるかい？」

「いーよー！」

帽子を受け取って走り出そうとして、すぐに呼び止められる。

「待った待った。まだ誰が落としたか伝えてないだろ」

「あ」

おじさんが苦笑しながら言った。

「そこの路地を入って突き当たりを右に曲がってすぐの家だ。クラムっていう生意気な男の子がいる。ちょうどリリィちゃんと同じくらいの子だ」

「その子の？」

「ああ。さっき母親と一緒に買い物に来てた。荷物持ちでな」

「じゃあ行ってくるね」

「おう、頼んだぞ」

リリィが走り出す。距離はそれほどでもない。

細い路地へ入って丁字路を右に。一軒目の家。赤い三角屋根の可愛らしい家だ。

木製のドアをノックしながら呼ぶと、すぐに母親らしき女性が出てきた。

「ごめんくださ～い」

「はい？」

「あの、これ。青果店のおじさんが持っていってくれって。クラム……くんに」

女性はリリィの持つ帽子を見るなり事情を察したのか、すぐに振り返って呼びかける。

「クラム！　ちょっと来な！」

「あ？　なんだよ、飯食ってんのに。誰、こいつ？」

出てきた青髪短髪の男の子の頭を、女性がパァンと叩く。

「いでぇ！　母ちゃん、いきなり何すんだよ！」

「何すんだよじゃないだろ。あんた、帽子！」

「あ」

リリィが帽子を差し出してようやく察したのか、クラムがひったくるように帽子を受け取った。

「なんだい、その態度は！　お礼を言いな！」

「うるせー！」

パァン！

再び頭を張られたクラムが、苦々しい表情でリリィに向き直る。クラムはまじまじとリリィの顔を見つめて、少し赤くなって。

「……悪ィな」

パァン！

「いでっ！　頭ばっか叩くな！　悪くなるだろ！」

パァン！

「それ以上悪かならないよ！　ちゃんとお礼！」

女性がまた手を上げると、クラムが慌ててリリィに叫んだ。

「アリガトゴザイマスっ!!」

「……えへへ、どーいたしまして……」

なんだかロックウッド家とは大違いの、ずいぶんと楽しそうな家族だ。

どたばたと走って室内に逃げていくクラムに悪態をついてから、母親がリリィに苦笑いを浮かべた。

「ごめんねえ。あんなバカ息子のために。わざわざありがとね」

「どういたしまして」

「ところであんた、ここ最近、界隈(かいわい)で見るようになった子だね。どこから来たんだい？」

「あ、わたし、リリィ・ロッ……く、う～……」

どこにロックウッド家の襲撃犯が潜んでいるかわからないから、ロックウッドは念のため名乗らないようにとラフィネにきつく言われていたのを思い出す。

だったら。

「ラフィネ・アルステアの妹のリリィ・アルステアだよ」

「へえ。ラフィネの？　こいつは驚いたね。あの無気力娘のラフィネに、こんなよくできた妹さんがいたなんて」

無気力娘！　もー、ラフィネの評判たるや！

そんなことを考えたリリィを、母親がまじまじと見つめる。

「まあ、無気力って言ってても、いろいろあったからね、アルステア家も。ああなっちまうのも仕方がないっていうか何というか」

「そうなんだ」

気にはなるけれど、ここで聞いてしまうのはラフィネに悪い気がした。

「あ、でもわたし、妹っていっても遠縁なの。だからほんとは親戚かな？　いろいろあって、妹でいいよってラフィネがいってくれたから、いまは一緒に暮らしてるんだよ」

遠縁は、ラフィネと話して取り決めた設定だ。怪しまれずに済む。

だが言い方が気になったのか、母親の表情に同情の色が混じる。ロックウッド家の惨状を鑑みるに、必ずしもその同情は間違いではないのだけれど。

「それで食い扶持を稼ぐために、今日は青果店のおじさんのお手伝いをさせてもらってるんだよ」

母親は目を細めた慈愛の表情で、何度もうなずく。

「そうかいそうかい。あんたはえらいねえ。これからもよろしくね、リリィちゃん」

「うん、こちらこそっ。――クラムくんも」

柱の陰から聞き耳を立てていたクラムが、慌てて引っ込む。

遠ざかる足音がすぐに途切れたことや、呼吸音の位置が留まっていたことで、最初からそこにいることには気づいていた。もっとも、彼が意図するところまでは、さすがにわからないけれど。

音に常に気を払っている分、リリィは耳が良いのだ。

「う……。お、おう。よろしくな、リ、リリィ」

今度こそクラムの足音が遠ざかっていった。

「またあいつ。照れるにしても、そんな態度取るなってのに」

冷たい目で見られるのはもう慣れた。家族からずっと向けられていたから。

「いいよいいよ。わたし、平気だよ」

ただ、少しばかり視線の質が違うことに、リリィはまだ気づかない。クラムの視線は冷めているどころか、むしろ熱を帯びていたのだから。

「そうかい、すまないね」

「じゃ、またね。おばさん」

挨拶を終えて、ドアを閉める。閉めてから、くすくす笑う。

クラムが叱られてるところ、すごい迫力だった。でもなんだか暖かく感じて、気分がウキウキする。そういえば、わたしはろくに叱られたことがなかったな。お父さんからも、お母さんからも。

興味、なかったのかな……。耳、聞こえなかったから……。

頭を振って、暗い思考を追い払う。

いまは聞こえるし！　次に会えたら、きっと！

「よっし！　それまでがんばろ！」

走って青果店に戻り、おじさんに報告する。

「おお、ありがとよ。他にも仕事をお探しかい？」

「うんっ、まだある？」

「じゃあ、このキャベツの箱を大通りを左に出て三軒目のカナドイルさんの家まで届けてくれるかい？　重いから気をつけて」

「はーい！」

その後、結局三軒の家を挨拶がてら配達して回って、青果店へと戻ってきた。

「おじさん、まだある？」

「んや、今日の仕事はリリィちゃんのおかげでもう終わりだ。ほらよ、少ないけどこれはお手伝いの駄賃だよ」

「わーい、ありがとう！」

小さな革袋に入った貨幣を受け取って、おじさんにお礼を告げて青果店を離れ、路地に入る。さっそく革袋を開けてひっくり返してみると、そこには小銀貨が八枚入っていた。

嬉しい。初めて自分で稼いだお金だ。

でも。でも。

ラフィネと二人分、昼食のパンが小銀貨二枚。スープやサラダ、それにバターなんかを足して一枚。一食でこれだから、朝昼晩食べるとなると、少なく見積もっても小銀貨九枚は一日で消えてしまうことになる。

娯楽本どころか生活ができない。もっとも、短い時間だったから、というのもあるけれど、そもそもあの青果店にはその程度にしか余っている仕事はないということでもある。当然だけれど、毎日おじさんから仕事をもらえるとも限らない。

リリィは空を見上げてため息をつく。

「う～。だめだぁ。お金を稼ぐって難しいな。やっぱりハンターになるしか――」

「よお、リ……アルステア」

かけられた声に振り返ると、クラムが壁にもたれて立っていた。視線を背けて鼻の頭を指で掻き、頬を赤く染めてだ。先ほど届けた帽子を、目深にかぶっている。

「あれ、クラムくんだ。どうしたの？」

「べ、別に。たまたま見かけたから」

「ふーん」

クラムが帽子のつばを少し上げて、視線をリリィへと向けた。

「仕事を探してんのか？」

「うん。そうなの。わたしが働かないと、ラフィネが食べていけなくなっちゃう。年上なのに仕方ないんだから」

少年は困惑する。

「ふ、ふーん。大人を育ててる？　のか？　よくわからないけど大変だな。リ、アルステア」

「リリィでいいよ？」

アルステアなんて呼ばれてもすぐには反応できない。なぜなら、ついさっき初めて名乗ったばかりなのだから。

クラムがまた帽子を目深にかぶり、視線を隠す。

「それで、どうしたの？　わたしに何か用？」

「知ってるぜ、仕事を請けられるところ。教えてやろうか？」

「え、ほんと!?」

嬉しそうに食いついたリリィを尻目に、クラムは仏頂面で言い捨てた。

「き、貴重な情報だぞっ。ほ、本来なら小銀貨一枚と言いたいところだが、今日は特別だ。リ、リ、おふう～。リ、リリィには、帽子を届けてもらったからなっ」

「わあ、ありがとう～」

クラムが懐から一枚の紙切れを取り出して、リリィに押しつける。

「ここに書いてる場所に行け。ハンターギルドを通さない仕事が請けられる。以前はスラムのやつらが仕事の大半を独占してたけど、いまはどういうわけか引き受けるやつが減ったって聞いた……から」

「ふーん？」

折りたたまれた紙を開くと、先日、ラフィネから「あまり近づかないほうがいい」と教えられた場所のあたりだった。

だが、リリィの辞書に危機感という文字はない。それは強大な魔法が使えるようになったから、というわけではなく、人生の大半を過ごした場所がロックウッド家の二階という鳥籠同然の場であったがゆえに、欠如しているだけだ。

「行ってみよっと。じゃあね、クラムくん」

「お、おう。困ったことがあったら、いつでも頼ってこいよ。いつでもいいからなっ？　遠慮とかすんなよっ？」

「うん。ありがと。ばいば～い」

小さくガッツポーズを取ったクラムには一瞥もくれず、生返事をしつつ紙切れに視線を落としてリリィは歩き出す。

地図だ。それほど遠くはない。

平民街からスラムに入り、その最奥を目指す。

瓦礫のような建物から、何人かの子供らが、歩くリリィを眺めている。スラムに大人はいない。大人になる前に彼らは例外なく旅立ってしまうからだ。

ある者は生きるためにハンターとなり、ある者は盗賊や犯罪者に身を落とす。容姿が端麗であれば貴族や大商人の愛妾になれるし、商才があれば商人の下働きなどもできるけれど、そうでなければバックボーンのない彼らは肉体労働が主だ。

それでもスラムにとどまるよりはマシであると、大半は十代中盤頃にこの区画から出て行くらしい。自らよりも小さな、血の繋がらない弟妹たちを残して。

もっとも、リリィはそのような事情など知らない。

大人のいない町を、リリィは闊歩する。不思議に思いながらも楽しげに。軽やかな足取りで。

やがてスラムの奥にあった、瓦礫で囲まれた小さな広場に到着する。

「ここかな?」

広場の奥の瓦礫に、大人が一人座っている。

スラムに入って初めて見た大人だ。男性で、年齢はよくわからない。アッシュグレイの髪と同じ色の瞳、鼻から顎下にかけては布を巻き付けたマスクで覆って隠されているからだ。

他には誰も見当たらない。仕事を求めて誰かがきていそうなものだけれど、誰もいない。ちょっと不安になる。

リリィが正面から近づいていくと、男が灰色の鋭い視線を彼女へと向けた。

「こんにちはっ」

「……なんだ、おまえ。スラムのガキじゃないな」

服装だ。リリィはスラムの子供たちのように、破れた跡を繕った砂だらけの服装ではなく、かといってロックウッド家から出たときに着ていたドレスでもない。何の変哲もない平民服を着ていた。ラフィネが十歳頃に着ていたお古らしいが、胸はスカスカで袖は余っている。それでもスラムの子供にしては、上等すぎる服装だ。小綺麗過ぎるのだ。

それに、瞳の輝きが違う。

スラムの子らは常に不安を抱えて生きているため、笑顔ですらもどこかしらその特徴が出てしまう。対するリリィは、年不相応といえるほどに無邪気だ。一点の曇りもない、お日様のような笑顔で。

見る者が見れば、違いは一目瞭然としている。

「うんっ、違うよ。でも、ここにくればお仕事がもらえるって聞いたの。えっと、名前はリリ――」

男が片手を挙げて、言葉を制した。

「待て。名前は知りたくないし、俺や雇い主のことを無用に知ろうとするな。俺はおまえに仕事を斡旋するだけ。それ以上にもそれ以下にもなる気はない。それがスラムの斡旋屋を利用するための唯一のルールだ」

一瞬きょとんとしたリリィだったが、次の瞬間にはもう破顔して。

「え、いいの？　あー、よかった！　うん。じゃあ、わたしの名前は言わないね」

嘘をつかずに済んだと、胸をなで下ろす。

意外な返答に、青年の眉間に皺が寄った。しかし疑問を口に出すことなく、青年が早速仕事の話に取りかかろうとした瞬間。

「でも、どうして雇い主さんのことを知ろうとしちゃいけないの？」

リリィが疑問を口に出す。

「余計なもめ事を避けるためだ。雇い主と雇われが無用に接触することは面倒に繋がりやすい。窓口は俺だ。交渉も俺。俺は雇い主の出す報酬から三割をいただく。残りの額がおまえの取り分になる。接触を避けるのは、おまえらの安全を確保するためだ」

リリィが少し考える素振りを見せたあと、大きくうなずいた。

「じゃあ、あなたがギルドの代わりなんだね」

「そういうことになるな」

声色から察するに、それほど年齢はいっていなさそうだ。髪色がアッシュグレイだから、遠目には五十代くらいのおじさんに見えたけれど。

案外、若い？

「あなたのことはなんて呼べばいいの？」

「代名詞のままでいい。気になるなら斡旋屋でも構わない。もう仕事の話に入っていいか？」

「あ、ごめんね。お願い」

青年がうなずく。

「ああ、知ろうとするなと言っても、現場に雇い主が来ている仕事は別だ。商人の荷運びや、配達なんかがそうだな。ただ、雇い主が姿を見せなかったり意味のわからない仕事のときは特に、余計な詮索はしないほうがいい」

「どして？」

「……」

あ、詮索はなしだっけ。

「うん。わかったよ」

「よし」

青年が懐から紙束を取り出した。

「女のガキでもできそうな仕事というと……馬車の荷の積み卸しはだめだな。配達ならいくらかはあるが、どうする？」

「配達一件でどれくらいもらえるの？」

「大体は小銀貨一枚だ。そこから俺が取り分を抜くと、残りは銅貨が七枚だな」

安い。青果店の配達は、おじさんが少し色をつけてくれていたらしい。これでは一日中働いたところで、まともに稼げそうにない。

それに、この青年の取り分も結構大きい。ハンターギルドであれば仕事の斡旋のみならず、ハンターの身の安全から報酬や素材売買の仲立ちまでやってくれるが、この青年は斡旋のみだ。三割は暴利と言える。

とはいえ、リリィはハンターの懐事情など知らないので、この青年に対してそこまでの悪印象は持っていない。

「うう、それじゃ食べてけないよぉ」

「ならやめとけ。請ける請けないはおまえの自由だ」

「そうだ。おにーさん。わたし魔法が使えるの。魔物退治とか護衛なんかはないかな？」

娯楽本の中では、魔物退治こそがヒーローの花形仕事だった。とても格好良くて、いっぱい感謝されて、何だったら食べ物まで手に入って、素材を売れば報酬以外のお金にもなる。

「魔法？　おまえがか？」

「うん」

「どの程度のものかは知らんが、残念だったな。魔物退治や護衛の依頼なんかは、基本的にここには回ってこねえよ。大半がハンターギルド行きで、たまぁ～に危険過ぎるやつには国が動くくらいだ」

「なんで？　仲間外れなの？」

斡旋屋が盛大なため息をつく。

「アホ。ここはスラムの斡旋所だ。スラムのガキや孤児院の孤児どもに魔物退治などできるわけがない。最初っから誰も依頼してこないに決まっている」

「あ。えへへ」

ごもっとも。ちょっと考えればわかることなのに、恥ずかしい。

「それどころか、王都の外で行われる薬草採取の仕事だって舞い込むのは稀だ。ハンターであってもGランクだと護衛つきじゃないとできないことだからな。いまのおまえはそれ以下の扱いってことだ。自覚しろ」

青年は紙束を捲りながら続ける。

「ヘンタイ貴族の晩酌でもやるか？　一晩で銀貨数枚になるし、うまく取り入れば小金貨数枚になるかもしれない。専属使用人への道も拓かれるかもな」

専属使用人、すなわち愛人である。

「うう、遠慮しまぁ～す」

リリィは様々な娯楽本のせいで耳年増になっている。小金貨の代償となるものが何であるかくらいは理解していた。

「そうか。おまえなら引く手数多だと思ったがな」

「えへへ～、そう？」

なぜか嬉しそうに照れ笑いを浮かべるリリィをよそ目に、青年は紙束を捲り続ける。けれども、最後の一枚まで捲り終えてしまった。

青年がため息をついた。

「もともとスラムの斡旋所にはほとんどが力仕事しか回ってこない。ろくな教育も受けられねえ状況のガキに仕事を回すんだから当然だ。そんな中でおまえのように非力な女の子でもできる仕事ってのは稀だ。ほとんどが男向けのものばっかなんだ」

「お店の番とかないかな？」

　青果店のおじさんみたいな。幸い、監禁状態だった頃からラフィネから勉学は習ってきた。簡単な計算くらいはできる。ちなみに勉強だからといって、嫌々習ってきたわけではない。むしろしつこく尋ねるリリィに、ラフィネが嫌々教えてきた。面倒くさそうに。

「あるわけないだろう。身元もはっきりしないスラムのガキにそんなことを任せてみろ。盗り逃げや食い逃げされるのがオチだ」

「わたしそんなことしないよぉ!?」

　青年が自らのこめかみを指で叩く。

「言ったって商人連中は信じやしないさ。連中は疑い深く、頭が堅え。誰もスラムのガキの言うことなんて聞きやしないし、聞いても信じやしない」

「うう〜。もうない？」

　青年が紙束を懐に戻して、がっくりとうなだれたリリィを見上げた。

「あるにはある。おまえみたいなのに教えるのは特に、あまり気は進まんが」

「え、まだあるのっ!?」

　リリィが瞳を輝かせて青年へと身を乗り出すと、青年は迷惑そうにその肩を押して下がらせた。

「王都門付近で朝から夕方まで張り付いて、商用馬車が何時頃に何台出発したかを調べるような仕事もある」

リリィが首を傾げる。

「それに何の意味があるの？」

「詮索はなしだ。ま、ただの交通量調査だと思っていればいい。都市間の通商には魔物や盗賊など、いろいろと危険が伴うからな。商人たちがきっちり目的地に辿り着けているかどうか、把握しておきたいやつがいるのだろう」

リリィに笑顔が戻った。

「それっていいことだよね！」

「……さてなァ」

青年が面倒くさそうに目をそらしたことには疑問を抱かず、リリィは身を乗り出して口を開く。

「それ、請けるよ！」

「承知した。契約の破棄には依頼者が被った損害額の半分を、おまえが違約金として支払わなければならなくなる……と言いたいところだが、互いに名前も知らない身だ。もしそういった輩が現れても、知らぬ存ぜぬで貫き通せばいい」

「ええ～……。でも大丈夫だよ。半日見張るくらい頑張れるもん」

リリィが両手を握り拳にして、ニカっと笑う。

「ならいいさ」

青年がポケットから紙と羽根ペン、そしてインク壺を取り出して、簡単に地図を作る。

「ここだ」

「わかった。いつやればいいの？　いまから？」

「明日だ。朝からと言っただろう。遅れるなよ。台数と時間を記録する紙とペンは自前で用意しろ。終了時にはそいつを回収しにくるやつが、おまえに声をかけてくれる。夜1の鐘がなる頃だ」

「うん。それって、あなたじゃないの？」

「違う。俺はただの仲介屋だからな。回収は、依頼主がそれ用に雇った回収屋がやる。終わったらその日はそのまま帰れ。翌日、またここに来い。報酬が発生している。俺の取り分を引いても銀貨五枚にはなるだろう」

「おーっ、ありがとね、おにーさん！」

「……」

あやしい青年にお礼と別れを告げて、リリィはスラムを後にする。

継続的に得られる仕事とは思えないけれど、毎回こうして仕事を得ることができれば、生活はどうにかなる。いろいろな音を聞けそうだし、館の中で座っているよりも、よっぽど楽しそうだ。耳を治してくれたあの魔術師には、ほんとうに感謝をしなければならない。

いつか逢えるといいなっ。

リリィは浮き足立っていた。

だからなのかもしれない。半壊した家屋の裏から彼女を視線で追う青年の存在に、リリィは最後まで気づくことはなかった。

＊　＊

交通量調査の仕事は思ったよりも簡単だった。難があると言えば、朝が早かったから退屈で眠くなってしまうことくらいだ。

王都門の近くに座って、商人の馬車が通る台数を数えるだけ。それに通過時刻を添えてメモにしていく。待ち合わせる人のために設置されたベンチがあるから、ずっと立っている必要もない。

うん、いい仕事だ。まだあるなら、またやりたい。もしお給料で娯楽本を買うことができたなら、座って待っている時間も楽しいものにできる。

そんなことを考える。

正午、昼1の鐘が王都に響き、出発前に用意したサンドウィッチを齧る。ちなみにまだ眠っているラフィネの分も作って、テーブルの上に置いてきた。いまごろはきっと、彼女も同じものを食べているはずだ。

「……？」

ふと気づくと、影に呑まれていた。

視線を上げる。

「やあ。おいしそうだね」

先に声を発したのは、太陽を背負う位置に立つ青年だった。リリィにはそれが、とても優しげな声に聞こえた。

「こんにちはっ」

元気に返す。

さっぱりとした短髪の青年だ。腰には剣を吊(つる)している。十代の後半くらいだろうか。体つきがずいぶんと精悍に引き締まっている。

青年は尋ねる。

「何を描いているんだい？　風景画？」

「ううん。お仕事だよ。交通量調査をしてるの」

少し間が空いて、青年は再び尋ねた。

「俺も座っていい？」

「いいよ」

リリィがベンチの端に寄った。

反対側の端に青年が腰を下ろす。彼もまたナップザックからパンを取り出して、齧り始めた。リリィのサンドウィッチと違って、野菜や肉類は何も挟んでおらず、ずいぶんと味気ないように見える。

けれど青年は、それでもおいしそうに齧る。

あまりにもおいしそうに食べるものだから、リリィはどうしても味見をしたくなった。

「ん？　俺のパンがどうかした？」

「おいしそう……」

そうつぶやくと、少年は長いパンを半分に割って、リリィに差し出した。

「ほら。やるよ」

「あ、じゃあ」

リリィはサンドウィッチを一つつかんで、彼の長いパンの半分と交換する。青年が悪戯ッ子のように笑った。

「ははは。うまそうに食って得したよ。ありがとう」

ぽか〜んと、リリィは口を開ける。

「…………。うふふ。もしかしてわたし、騙された?」

けれども、青年のパンを一口食べたリリィは目を見はる。

おいしい。というか、まだ温かいのだ。齧ると切れ目から湯気が出る。ほとんど焼きたてだ。肉も野菜もないパンなのに、小麦の香りだけでとてもおいしい。

幸せな気分になる。

「おいしい、これ!」

「だろ?」

「どこのパン屋さん?」

「はっは。パン屋なんて贅沢はできないよ。妹が小麦を買ってきて焼いたんだ。ああ、妹っていっても俺たち弟妹は全員孤児みたいなものだから、血のつながりとかはないけど」

ちょっと共感。いまは家族が行方不明になってしまったリリィも孤児同然で、ラフィネの妹とい

う体で生きているから。

「わたしもラフィネ、あ、んと、お姉ちゃんと血のつながりはないよ」

「……！」

少し戸惑うような間があって。やがて青年は相好を崩した。

「そっか。けど、スラムじゃないよな？　君を見たことがない」

「うんっ。平民街に住んでるんだ」

青年がリリィのサンドウィッチを齧る。

「うまいな。やっぱりいろんなものが挟まってると、いっぱい味が広がっていいな。玉ねぎを刻んだトマトソースが最高だ。手が込んでる」

「でっしょー！」

目を見合わせて笑い合う。

「ベイルだ。スラム在住の十六歳、Cランクハンターをしてる」

「へー！　おにーさん、ハンターなんだ！　カッコイイ！」

ベイルが少し照れたように笑った。

「まだまだ駆け出しだけどな」

けれどその名が、Cランクハンターである割りに王都内において有名であることを、リリィはまだ知らない。青年はハンター養成学校を卒業する際に、『ミスリルの咆哮』という一流パーティのリーダーであるAランクハンター、グレンを剣技にて破ったからだ。

むろん、その裏で暗躍していたのが、誰あろう、リリィの耳を治したあの小さな魔術師マイルその人であったことは、言うに及ばず。奇跡の陰にマイルあり。

何にせよ、ベイルはすでにCランクハンターとしては頭一つ抜けていた。

リリィは喜ぶ。

本物のヒーローだ。悪い魔物を退治したり、悪い人を捕まえたりするヒーローが目の前にいる。

それも、知り合いになれた。

「わたしはリリィ。リリィ・アルステア、九歳だよ。よろしくね」

「ああ。よろしく、リリィ」

そのとき、商用馬車が通過した。

リリィはすかさずメモを取る。

「それが仕事?」

「うん。スラムでもらったの」

「……そっか」

サンドウィッチを食べ終えたベイルが頭を掻く。

「さてと、どうしたものか……」

「何が?」

ベイルは口に片手をあてて、何事かを考えている。やがて視線をリリィに戻して、ベイルが口を開いた。

「リリィ。その仕事は何時に終わるんだ？」

「夜１の鐘が鳴る頃だよ。メモを回収する人がくるんだって」

「そうか。なら、そのあとに暇はあるか？」

リリィはハッと気づく。胸が少しだけ高鳴った。

「……………えっと、もしかして……ナンパ？」

「いや違う。あえて言うなら、その仕事の総仕上げだな」

冷めた目で即答された。

リリィはまだ平たい胸をなで下ろす。

「ふー、びっくりした」

「で、時間はあるのか？」

「んん。夜ご飯作るのが遅くなると、ラフィネが泣いちゃうからな～」

「姉ちゃんじゃなかったのか？」

「お姉ちゃんだよ？」

「いくつ？」

「ラフィネは二十二歳だよ」

そこそこいい年齢である。

「身体が悪いとかか？」

「すっごく元気だよ！　この前も――あ、えっと、なんでもない。えへへ」

盗賊の頭目を脅すくらいには元気だ。もちろん余計なことは言わない。

「ただちょっと、サボり癖が強すぎるだけなの。いつも昼まで寝てるし、お金ないのにお酒は飲むし、家からなかなか出たがらないし、ヘタしたら夕方まで寝てることもあるし。でも、行き場のないわたしを家においてくれてるいい人だよ！」

「いい……人……」

ベイルがなんとも言えない味のある表情をした。

「ぷっ、くっくっく。平民街のラフィネ・アルステアだな。わかった。君の仕事中に俺が彼女から直接許可を取ってくるよ。何か簡単な差し入れを持ってね。晩ご飯はそれで許してもらおう」

「え、そんなことできるの？」

ベイルがネックレスの鎖を引き出して、小さな金属のプレートを取り出す。プレートにはハンターランクを表すCの文字と、ベイルの名前、そしてハンターギルド王都本部と、彼のものらしき登録番号が刻まれていた。

「ハンター証だ。これを見せれば大抵の人には信じてもらえるんだ。代わりに、悪いことはできないけどね」

そう言ってベイルが笑う。

たぶんだけれど、信じてもらえるのはハンター証明書を持っているからというだけではなさそうだ。この青年は、リリィの目にはとても誠実に見える。

「おー！　カッコイイ！」

パチパチと手を叩くリリィに視線をやって、ベイルが立ち上がる。

「ま、ラフィネさんの許可が下りなかったら、その場合はちゃんとそう伝えるよ。その場合は帰ってくれてもいいから」

「うん。そうするね」

リリィはうなずく。

「さてと。俺はもう行くよ。またあとでな、リリィ」

「うんっ。あとでね、ベイルさん」

ベイルが少し苦い笑みを浮かべて、人差し指で頬を掻いた。

「ああ～、ベイルでいいよ。それから、俺がここにきてたことは、誰にも内緒にしといてくれ。君だってサボって暢気に話しながら飯を食ってたなんてこと、回収にくるやつに知られないほうがいいだろ」

「うんっ、そうだねっ。ハンターも大変だね。ギルドに知られたら叱られちゃう？　ベイルくんもお仕事中だったの？」

ベイルが肩をすくめた。

「そんなとこかな。じゃ、またな」

「うんっ、またね」

手を振って、精悍な背中を見送る。

リリィは遠ざかっていく青年を眺めて、楽しそうにパンを齧るのだった。生まれて初めて、お友達ができちゃった、などと暢気なことを考えながら。

＊　＊

日が暮れかけて夜1の鐘が鳴り響き、回収屋が現れた。

斡旋屋の青年同様にマスクで鼻から下の部分を隠している小柄な男性だけれど、こちらは彼よりずっと年上だとわかる。

回収屋は迷うことなくリリィに近づくと、無言で手を差し出した。

リリィは躊躇うことなく、その手を握り返して上下に振る。

「はいっ、握手握手っ」

「…………………」

回収屋がリリィの手の中のメモを指さした。

「あ、こっちね。えへへ、間違えちゃった」

手を解いて、メモを渡す。男はざっとメモに目を通すと、うなずいてからあっさりとリリィに背中を向けた。

そのまま歩き去っていく。

「……終わった〜。明日はスラムに行かなきゃだ」

ベンチから立ち上がって、両手を挙げて背筋を伸ばす。

「おつかれ、リリィ」

「あ、ベイルくんも仕事終わった？」

「いや、俺はこれからかな」

「？」

「なんでもないよ。じゃあ行こうか」

リリィは歩き出したベイルのあとを小走りで追いかける。

「どこへ行くの？」

「さあ」

「秘密？」

「そういうわけじゃないけれど、俺も知らないんだ」

横並びになってベイルの顔を見上げ、首を傾げる。

ベイルは王都門から町の外へと歩いて出て行く。リリィはそれを小走りで追いかける。

「……ベイルくんって、もしかして悪い人？」

「ハンターが悪人だったら、世の中もうどうしようもないよ」

「だよねえ」

また誘拐されるのかもと思ったけれど、そうではないらしい。ベイルはリリィに視線を向けず、前方を凝視しながら街道を歩いている。

リリィが視線を前方に戻すと、旅人や馬車に交じって、一人の男性が目に入った。

「あ……」

回収屋だ。さっきの回収屋をベイルは追っていたのだ。

「あれ？　なんで？」

「物事には責任がつきまとう。金銭が発生するならなおさらだ」

「？」

「リリィ、君は見届けなければいけない。君自身がしたことをね」

いくつかの分かれ道が過ぎると、旅人の数がまばらになってきた。そもそもが夜1の鐘から街道に出る人数など、たかが知れているのだ。深夜は特に、魔物が活発に動くようになってしまうのだから。

もっとも、ナノちゃん様の加護を得ているリリィに怖いものはない。それはおそらく、自身の隣を歩いているハンターのベイルも同じなのだろうけれど。

「……振り返られると見つかるな」

ぽつりとつぶやいて、ベイルは足を緩めて距離を取る。リリィも同じくして。

回収屋はどんどん歩いて行く。ベイルは時折物陰に身を隠しながら、リリィを連れて彼を追う。

やがて、旅人や商人らの姿が消える頃、回収屋は周囲を警戒するように見回してから、街道脇にあった岩場の裏へと回り込んだ。

先行したベイルが唇に人差し指をあてて、岩場に張り付きながらリリィを手招きした。

リリィは足音を殺して近づく。

男性同士が声を潜めて話す声がしていた。

「出立時刻のメモは持ってきたか？」

「……ああ。ここにある」

岩陰からそっと覗く。ベイルが上で、リリィが下。顔を少しだけはみ出させて。

回収屋からメモを受け取った男は、三枚にわたるそれを捲って目を通す。

「へっへ、上等上等。ほらよ」

受け取った男が小袋に入った何かを、回収屋に渡す。それは回収屋の手に落ちて、小さな金属音を鳴らした。

「毎度どうも。……決行日は明日かい？」

その言葉に、リリィは胸がギュッと締め付けられたような気がした。

バカではない。愚かではない。リリィ・ロックウッドは世間を知らないだけであって、決して愚昧ではないのだ。ただほんの少しだけ、想像力が行き届いていなかった。

「てめえの知ったこっちゃねえ。お互い、長生きするには余計なことは知らねえほうがいいだろ」

「ごもっともで」

「用が済んだら消えろ」

回収屋が引き返してくる。

ベイルは衝撃で硬直してしまっているリリィを小脇に抱えると、岩陰を裏から回って街道からの死角にしゃがんだ。

回収屋はベイルやリリィには気づかず、王都へと引き返して行った。

ごくりと唾液を嚥下(えんげ)して、リリィはベイルに尋ねる。

「ベイルくん、わたしのあのお仕事って……もしかして盗賊のためだったの？」

「たぶんな。依頼者が盗賊だ。ギルドを通さないスラムの依頼ってのには、そういう依頼者も一定数きてしまうんだ。あのメモからわかることは、距離的に日が暮れても宿場町を利用せずに、野営を選ぶ商隊ってところだと思う」

「……」

どくん、どくんと、心臓が鳴っていた。

ああ、嫌だ。嫌な気分だ。あのメモのせいで誰かが死ぬかもしれない。

「わかったらもう、軽々しくスラムの依頼は請けるべきじゃない。あそこで請けてもいいのは、出自が明確な依頼だけだ。スラムの斡旋屋は信用するな」

「……」

一度咳払いをしてから、ベイルはつぶやく。

「ごめんな。言葉で教えるよりも、君には一度、直に見て知ってもらったほうがいいと思ったんだ。リリィ、君は危なっかしすぎる。利用されただけで何も悪くはないけれど、迂闊な行動で誰かが被害に遭う可能性もあることを覚えておいてくれ」

言葉が遠く感じる。何も頭に入ってこない。

「俺はこのままあいつを尾行して盗賊のアジトをつきとめる。それからギルドに報告しに戻って討伐隊を組んでもらうよ。危険だから、君はこのまま王都に帰るんだ。幸いここにくるまで魔物はいなかったし、そう離れてもいないから一人でも大丈夫だろう」

リリィはこたえない。

騙された。ううん、違う。利用された。他人の悪意というものに初めて触れた。それはザラっとした舌で素肌を舐め上げられるように、とても気持ちの悪い感覚だった。心が鋼になったかのように重く感じられた。

涙腺が緩む。

でも——。

グッとこらえて、顔を上げて。

「嫌だよ。わたしも行く。ギルドの救援が間に合わなかったら、商人さんたちが今夜わたしのせいで襲われちゃう。早く報せてあげないと」

「だめだ。ハンターでもない君を連れてはいけない。もし君が責任を感じているなら、ハンターギルドで俺の名前を出して、このことを報せてくれ」

「それこそだめ。だってそれ、わたしを王都に帰すためだけの口実でしょ？」

ベイルが言葉に詰まって口をつぐんだ。

盗賊は移動する。ベイルはそれを追跡する。リリィがどれだけ急いでハンターギルドのハンターを連れて戻ってきたところで、その頃にはもうここには誰もいない。

リリィ・ロックウッドは愚かではない。長きにわたる監禁生活で常識が身についていないだけであって、頭が悪いわけではないのである。

「それに、もたもたしてたら商人さんたちが襲撃されちゃう。ここで戻ってる時間なんてないよ」

「わかってる！　わかってるけど、ほんとに危険なんだ！」

ベイルが額に手を当てた。

迷っている。あの盗賊から一度目を離してでも、リリィを王都へと連れ帰るべきか。しかしそれをいち早く鋭敏に察知したリリィが、盗賊を指さした。

「ほら、もう移動し始めたよっ。逃げられちゃうっ。わたしを強引に王都に連れ戻したりしていたら、もう商人さんの襲撃現場には間に合わなくなっちゃうんだからねっ」

メモを読み終えた盗賊は、こちらには気づかぬままに街道から外れた草原を歩いて行く。そここの早足だ。

リリィが慌てて追いかける。

「大丈夫だよ。ベイルくんもいるし、わたし、実は魔法が使えるから。早く行こう、ベイルくん」

「お、おい！　まったく……っ」

先行するリリィを、ベイルが追いかける形で走り出す。追いつくなりリリィの頭を押さえて体勢を低くさせ、声を落として囁いた。

「もっと頭を低く。幸いここらの植物は俺の腰あたりまである。身をかがめれば発見されない」

「うんっ、わかったっ」

リリィは言われた通りに身をかがめる。

「それと、元気なのは結構だけど、声はもう少し小さく頼む。言うこと聞かないと強引に連れ帰るからなっ」

「……わかったー……」

困り顔のベイルに顔を近づけて、リリィが吐息の声で囁いた。

「……じゃ、行こ……」

「待った」

動きかけたリリィの片腕を掌（てのひら）でつかんで引き寄せ、ベイルが人差し指を立てて、厳しい表情で言い含める。

「それと、ここから先は俺の言うことは絶対だ」

「……うん。ベイルくんの言うことは絶対……」

リリィがこくりとうなずくと、ベイルもまたうなずいた。それから大きなため息を一つついて、姿勢をかがめたまま小走りとなって盗賊を追い始めた。

その背中をリリィが追いかける。

草原の丘を登り、ちょっとした林に入ったところで、ベイルがつぶやいた。

「まずいな。日が陰った。見失いそうだ。しょうがない、少し近づくか」

リリィがベイルの服の裾をちんまりと摘まんで引く。

「ねえ、ベイルくん。わたしが先行していい？」

「見えるのか？」

「見えないけど、聞こえるの」

「?」

地面から草が生えている限り、その音を追うことができる。強い風が吹いて揺らす長い音とは違っている、生物の足が草花を一定リズムで踏みしめる音を追えばいい。

「聞こえる?」

「うん。耳がいいの」

「やってくれ。くれぐれも気をつけて進むんだぞ」

「うんっ」

「声」

「……うん……っ」

少し前までは、何も聞こえなかったのだけれど。しかしいまは、そんなことを説明している場合ではない。

あの盗賊を見失えば、どこかの商人の馬車が、必ず今夜襲撃に遭う。

リリィは身をかがめたまま、小動物のように走る。自分とベイルの足音と、そして盗賊の足音を聞き分けて。

それからいくらもしないうちに、林の丘を降(くだ)る。

「リリィ、待った」

リリィの肩にベイルの手が乗せられた。

「あれだ」

視界の中、木々の隙間からぼんやりと橙色の光が漏れている。目を凝らせば、そこには木造の小屋がいくつかあった。

リリィがつぶやく。

「こんなところに集落……？」

「村じゃない。盗賊団のアジトだ。丘を挟んで街道からは見えない位置に造られている。まともな集落や村だったら、草を刈って道くらいは通すよ」

道などないほうが都合がいいということだ。

「そっか」

「……まいったな。思ったより規模がでかい。あの大きさの小屋が三軒あるってことは、ヘタをすれば三十人規模の大盗賊団だ。俺一人で襲撃を阻止できるものならしておきたかったけど、これじゃ難しい」

リリィは考える。

ラフィネと王都までの移動中、馬車の護衛は『炎狼』、名前はもう忘れてしまったけれど、Cランクハンターが三人いた。それでも、奇襲されたとはいえ十数名の盗賊を相手に降参せざるを得なかった。

そしてベイルもまた、あの『炎狼』の三人と同じCランクハンターだ。彼らと同じくらいの強さなのだとしたら、数の利には到底敵わない。

「せめてどの馬車を狙うのかがわかれば、先回りして商人に報せることができるんだが。リリィ、わからないか？」

「ごめんね。メモを書いたのはわたしなのに」

周辺地理と商用馬車の台数、そして馬車の出発時刻が頭の中にあったとしても、どこの町に向かったのかまではわからない。盗賊団がどの馬車を狙うかなど、言わずもがなだ。当然、先回りなどできない。

ベイルが悔しげに歯を食いしばり、うめくように言った。

「……五人くらいだったらどうにかなるかと思ったけど、これは無理だ」

無謀な戦いに殉ずるほど迷惑な話はない。死んで咲く花はないし、生きて人質などにされてはギルドにも迷惑がかかる。

ハンターは慈善事業ではなく、歴とした生業の一つなのだ。命がなくなれば、金などいくらあっても消費できない。

「う～」

「商人には気の毒だけれど、今夜の襲撃は防げそうにない。せめて一刻も早くハンターギルドに戻って、このことを報告しよう」

そう、ハンターは慈善事業ではない。

けれども、ああ、けれども――。

リリィ・ロックウッドの憧れた物語の中に登場するヒーローは、その埒外の存在だった。そこに金銭が発生しようがするまいが、助けを求める人がいれば渦中に飛び込むし、未然に防げるものならば悪なる者の前に立ちはだかる。

なぜならば、ヒーローとは正義の味方の総称だからだ。

だから。

「よし、急いで戻ろう。リリィ……リリィ？」

いない。隣にいたはずの少女の姿が忽然(こつぜん)と消えている。

ベイルは視線を前方に向けた。リリィはすでに、丘を走って降り始めていた。それも全速力で、何の迷いもなくだ。

「リ――リィイイッ!?」

声を落とすことさえ忘れて叫んだベイルを振り返って、リリィ・ロックウッドは走りながら元気な顔で手を振った。

「ちょっとわたし、今夜の襲撃をやめてくれるように盗賊さんたちにお願いしてくるぅぅ～～～っ!!」

「……ぅぁっぁ……!?」

ベイルの喉の奥から、変な声が漏れ出た。

間に合わない。いまから追いかけたところで、どう頑張ってもベイルがリリィに追いつくよりも先に、彼女は盗賊のアジトに到着するだろう。

「ベイルくんはそこで待っててぇ――っ！」

「……」

リリィ・ロックウッドは、ベイルという少年のことを何も知らない。

スラム生まれのベイルが、まっすぐに生きざるを得なくなった理由を。年齢を経てスラムから旅立っていった年上の孤児たちとは違い、年長者として小さな孤児たちを守っていく決意をしたことも、そんな彼だからこそ修業をつけてくれた、マイルという少女に対するほのかな想いのことも。

何もだ。

「……ここであいつを見捨てたら、マイルさんに合わせる顔がないよな……」

だから、ベイルはほんの数秒で覚悟を決めた。

リリィのあまりのお花畑脳に呆然としたのもつかの間、ベイルはやぶれかぶれで走り出した。

「くっそっ、俺は七、八人が限界だからな……ッ」

一方で、丘を降りきったリリィは、迷わず近場の小屋の扉を開け放った。

「ごめんくださ〜いっ！」

中で武装を開始していた盗賊ら十名ほどが、いきなり飛び込んできた珍客を一斉に振り返る。

「あ？」

「ん？」

ベイルが睨んだとおり、一つの小屋に大体十名前後がいるらしい。だとすれば、やはり盗賊の数は三十名前後。盗賊団としては大盗賊団と言って過言ではない規模だ。

リリィはじろりと彼らを睥睨してから両手を腰に当て、胸を反らして堂々と言い放った。

「盗賊さんたち、商人さんの襲撃は中止してくださいっ！」

盗賊の一人が眉をひそめる。

「は？」

「……」

「誰だ……？」

盗賊たちが戸惑った。当然だ。秘密のアジトに小娘が突然現れたかと思いきや、誰も知らないはずの今夜の計画を暴き、あまつさえそれを中止しろと叫んだのだから。

一言で言えば、もはや意味がわからない。

「お嬢ちゃん、名前は？　ハンターか？」

「あ、名前、リリィ・ロッ……ぅ……アルス……。……リリィだよ！　ハンターじゃないし、ただのリリィ！」

名前を出せば、ラフィネに迷惑がかかってしまうかもしれないと気づき、寸前で思いとどまった。

「う、ううん、それはまだ……」

「襲撃の話は誰かに話したのか？」

ベイルには話したわけではない。むしろベイルから教えられたくらいだから嘘ではない。

「そいつはいい」

盗賊が尋ねる。

「えっと、お嬢ちゃん、他に誰かいるかい？　誰かと一緒にきたのか？」

リリィは考える。ベイルにも迷惑がかかってはいけない。

リリィの目がすさまじい勢いで泳いだ。唇を尖らせ、視線を斜め上方へと向けながらこたえる。

「い、いないよ。いるわけないよ」

「……何人いるんだ？」

バレた！　どうしてっ？

直後、ベイルがドアから現れた。盗賊たちが一斉に身構える。

ベイルが額に縦皺を寄せて独りごちた。

「……多すぎだろ……」

しかしすぐに剣を抜き、朗々と言い放つ。

「全員動くな。ハンターだ。武器を捨てろ。このアジトはすでにハンターギルドが取り囲んでいる」

盗賊たちが息を呑んで狼狽（ろうばい）する。互いに腹を探るように目を見合わせて。

この世界において、殉死は美徳ではない。ただの敗北でしかない。ゆえにハンターであれ盗賊であれ、絶対的な強者にはひれ伏す。

賭けたのだ。ベイルは。

ハッタリを噛ましてて武器を置かせ、有利な立場で盗賊と交渉に入り、隙を見てリリィを抱え、一気に逃走することに。

ところが……。

リリィは無邪気に瞳を輝かせて、ベイルを見上げる。

「わっ、さすがベイルくん。いつの間にハンターさんたちを呼べたの？　どうやって？　もしかしてベイルくんも魔法が使えたの？」

ベイルの顔が蒼白に染まった。

これは終わったな、と。

対照的に、盗賊らには不敵な笑みが戻る。

「おら、どうした兄ちゃん。本当にお仲間がいるなら、いますぐに呼んでみろよ」

「俺たちは武器を捨ててねえぞ。呼べよ」

「遠慮なんざする必要はねえぞ～」

リリィが両方の拳を握りしめて、自信満々の表情で言ってのけた。

「呼ぼうよ、ベイルくん。あれ？　ベイルくん？　どしたの？」

表情筋を引き攣らせながら、ベイルはつぶやく。

「……ちょっと黙ってて」

さすがのリリィも気づいた。

取り囲んでいるふうに見せて、交渉を有利にしたかったことに、いまになって気づいた。気づいた上で口に出した。

「え？　もしかして、さっきのお話って嘘だった……とか？」

「……」

「あ～、あはは～。そっかそっか。そういうことだったんだね。そうだよね、うん。うん。――え～、なんかごめんなさい！」

ぺこり、下がった頭から髪が流れる。

うわー、やってしまった……。わたし、また余計なことをしちゃった……。

「で！」

斧で武装した盗賊が下卑た笑みを浮かべて近づき、会話に割って入る。

「俺たちをどうするって？　兄ちゃんよォ？」

瞬間、ベイルの剣の切っ先が、近寄ってきた盗賊の手首をなぞった。剣を振り切った体勢で片足を上げ、ベイルは盗賊の腹を蹴って突き放す。

吹っ飛ばされて床に転がった盗賊の手首から、大量の血液が噴出した。

「う……ッ、おおおおおっ!?　いでえ！　痛(いて)えよぉぉぉ!!」

ベイルがリリィの手首をつかんで自らの背後に回らせ、背中で入り口から押し出した。小さなリリィは為す術もなく、小屋の外に押し出されて転がった。

「ひゃっ」

「リリィ、逃げろ。立って走って」

地面に両手をついて、リリィがベイルの背中を見上げる。

「ふぇ？」

「早く！」

死は美徳ではない。自己犠牲も然り(しか)だ。ただそれは、この場に保護対象がいなかった場合に限る。

おそらく、ベイルはおとなしく投降さえすれば、人質としてギルドから身代金が支払われ、救出はされただろう。ハンターを殺すことは、盗賊団にとってもギルドを明確な敵に回すことになり、都合が悪いからだ。

けれども、まだ幼い少女とはいえ、ハンターでもないただの女性であるリリィはそうはいかない。待ち受ける先は慰み者か奴隷という最悪の人生だ。

ケガをして悲鳴を上げた盗賊が、倒れ伏したまま叫ぶ。

「ああ、痛え！　痛えよ！　くそ！　その小娘を絶対に逃がすなッ！　俺のものにしてやる！」

「小僧はどうするんだ？　生け捕りか？」

「必要ねえ！　小娘をとっ捕まえて繋いで口を塞いだ上で、小僧をぶっ殺して埋めちまえばハンターギルドにだってわかりゃしねえよ！　死体を発見されねえ限りは、そこらの魔物に喰われたことになる！」

その言葉を聞いたリリィが、ムッとした表情になった。

「そんなことしちゃだめ！　め！」

当然、そんな言葉に耳を貸す輩ではない。殺気を放った盗賊たちは、一斉に小屋の入り口へと殺到する。

「があああああっ！」

「――――ッ！」

金属音が鳴り響いた。

先頭の盗賊の剣を自らの剣で受け止めて、ベイルが叫ぶ。

「逃げろ、リリィ！」

小屋に戻ろうとするリリィを再び背中で押して、自らは一歩、外に出たところで立ち塞がる。入り口を通すことで、同時に相手をする人数を減らす算段だ。もっともそれは、騒ぎを聞きつけて他の小屋から盗賊たちの増援がくるまでの話だけれど。

ベイルの背中を通して、剣戟(けんげき)の音が夜に鳴り響く。

「ベイルくん！」

「いいから行って！」

「う、うん」

ベイルは刃を受け止め、弾き、盗賊の腹を蹴って押し離す。その側方から巨漢の盗賊が、担いだ大斧を振り上げた。

「そんな細(ほせ)え剣、俺様の斧でぶち折ってやる！」

「くそっ」

ベイルが自身の剣の刃を指でなぞる。

「魔法剣！」

直後、振り下ろされた大斧の大質量の斬撃が、ベイルの剣に叩き落とされた。

「ぐ！」

轟音と火花が散る――！

ベイルは刃の先端近くに手を添えながら剣の柄尻を高く持ち上げることで、大斧の斬撃を刀身で滑らせて受け流す。

流し切れなかった勢いで片膝こそつかされたものの、剣は――折れていない。

それどころか刃は魔法の輝きを宿し、強化されたように見える。

「へへ、王都で噂の魔術師から教わった魔法剣だ。そう簡単には折れないぞ」

「この野郎、魔法剣士かッ」

剣に魔法で付加を与えたのだ。こうなってしまえば、剣を折るのは至難の業だ。

だが、だからといって――。

体格に続き、体勢の不利。ベイルが膝を立てるより先に巨漢の盗賊が、今度は首をめがけて横薙ぎに大斧を振るった。

「死ね！」

「空気弾！」

単工程の風魔法。左掌から発生した圧縮空気の衝撃が、巨漢の盗賊の腹を打つ。

「あが……っ!?」

かつて、ハンター養成学校の卒業時にBランクパーティ『ミスリルの咆哮』のリーダー、Aランクハンターのグレンの虚を衝いた魔法だ。

彼ならばともかくとして、一介の盗賊ごときには反応すらできない。

斜め下方から放たれた圧縮空気の弾丸を鳩尾（みぞおち）にまともに受けた盗賊は、両足で踏ん張ることさえできずに宙に浮き、胃液と唾液と血液の混じった液体をまき散らしながら仰向けに落ちて気絶した。

「残念。少しだけど、ふつうの魔法も使えるんだ」

「く、こいつ……ッ」

続く盗賊らが二の足を踏む。その間にベイルはすぐさま立ち上がり、再び剣を構えた。

まだだ。まだ逃げるには少し早い。リリィの足の速さを考慮すれば、彼女が王都まで安全に逃げ切れるとは思えない。だから、もう少しだけ時間を稼ぐ。

そんなことを考えながら、ベイルは呼吸を整える。

「うわーっ、ベイルくんすっごい！　あんなに大きな男の人を、ちょちょいのちょいって！」

リリィが暢気にパチパチと拍手を送る。

「ええっ……嘘だろ、まだいたのかっ!?　な、なんで逃げなかったんだっ!!　さっき、うんって言ったろ!?　てっきりもう――」

言葉の途中で、力が抜けた。

リリィがあまりに無邪気に笑っていたからだ。

「え～、だって、全部わたしの失敗から始まったことなのに、ベイルくんだけ置いて逃げるなんてできないでしょ。帰るなら一緒に帰ろうよ。ね？」

「それができれば……あぁ、も～」

ベイルが長いため息をつく。

初回版限定
封入
購入者特典

特別書き下ろし。

猫拾ってきやがった

※『私、能力は平均値でって言ったよね！　リリィのキセキ』をお読みになったあとにご覧ください。

猫拾ってきやがった

　ある日、リリィのバカが仕事帰りに猫を拾ってきた。

　柄にもなく神妙な面持ちで、拾ってきた茶虎の子猫を、あろうことか丸テーブルの中央に置いて。

「ねえ、飼ってもいいでしょう?」

　いいわけあるか。金銭的余裕がないのに、なんで獣のエサまで用意しなきゃいけないのよ。

　あたしはテーブルに肘を置いて顎をのせ、子猫越しにまっすぐ且つ純粋な瞳でこちらを見てくるリリィを、あえて視界に入れないようにしながら言ってやった。

「だぁ～め。捨ててきな。あたし、魔物とか動物はムリなの。邪魔だし、めんどいし、うるさい。そもそも、こちとらリリィを一匹飼ってるだけでも大変なのよ」

「こんな小さな子猫を王都の外に追い出したら、すぐに魔物に食べられちゃう。それにこの子、わたしやラフィネと同じで家族がいないんだよ。可愛そうだよ」

　何を泣きそうな顔して言ってんのよ。そりゃあね、あたしだって気の毒だとは思うよ。けど、食い扶持増やしたらあんたの仕事の負担だって増えて大変になるでしょうが。なんでこいつはいつも、自分が損することを気にしないのかしら。バカなやつ。

　ふと気づけば、子猫がテーブル中央から歩いてあたしに近づき、鼻をピスピス動かしながら見上げてきた。

　正直、ちょっと可愛い。でも甘い顔は見せない。情にほだされて厄介ごとを抱えるなんて三流のすること。

　あたしは子猫を片手で適当にテーブルの中央へ

と押し戻す。暖かくて、柔らかい毛皮の感触は、少し惜しいけれど。

「お願い、ラフィネ。ちゃんとお世話するからぁ。あ、もちろん子猫だけのことじゃないよ？　ラフィネのことだって、わたしが頑張って育ててるもん。立派なおばさんになれるように」

何言い出したっ!?　こいつ、ガキのくせして、まだあたしを育ててる気でいたの!?

それまで黙って様子を眺めていたベイルが、ぽつりと漏らす。

「……九歳の子供が二十二歳の女性に向かって言う言葉じゃないな。言うほうも言うほうだけど、言われるほうも言われるほうだ」

たしかに、このアルステア家では、掃除洗濯炊事仕事の大半を九歳のリリィが行っている。でも二十二歳のあたしだって平等に、朝寝したり昼寝したり食べて飲むことを主な役割としているというのに。……いや、ムリがあるか。

「うるさいうるさいうるさぁ〜い！　何よ、ベイルまで一緒になって！　わかった！　わかりました！　ただし、条件をつけさせてもらうわよ！　飼い主を捜すこと！　あんたの言い分だと、この猫に家族を与えてやりたいのよね？」

「うん。家族になろーよ。わたしと、ラフィネと、猫さんで！」

「かっ！　冗談じゃないわ！　里親でも飼い主でも親猫でも何でもいいから、とにかくこいつの引取先を探しなさい。それが見つかるまでなら置いといていいから。世話はリリィ、あんたが責任持ってすること！　いいねっ？」

「それって、見つからなかったらずっと一緒にいられるってことだよねっ？」

ウルトラポジティブか！　もういいわ。疲れた。

「……まあいいわ。あたしのほうからギルドに里親捜しの依頼出しとくから。あんたはせいぜいタイムリミットまでその駄猫と馴れ合いな。そんで情でも移って、いざ返すときに泣き別れるがいいわ。あっはははは！」

言い捨てながら立ち上がり、あたしは部屋に戻る――前に、聞き忘れていたことがあった。

「リリィ、今日の晩ご飯は?」

「あ、いまから作るよ。今日はね、オロシソ添えオークバーグだよ」

やった! あいつの作るハンバーグ大好き!

そんなことを考えていたから、あたしは子猫が自分の足下からあたしの部屋へと入り込んできたことには、まったく気づいていなかった。

厄介なことに、どうやらこの子猫はあたしの枕を寝床として気に入ったらしく、追い払ってもすぐに戻ってくる。

だからその日以降、仕方なくあたしは子猫と一緒に眠る日々が続いた。


十日後――。

あたしは泣き叫んでいた。

飼い主が見つかったとベイルから報告があった日、リリィが子猫を飼い主に返そうとして、あたしの部屋から容赦なく連れ去ろうとするものだから。

「嫌だぁぁぁぁぁ! 絶対返さないぃぃぃぃ! もうそれ、あたしの猫でしょ!」

「でも、ほんとの家族が見つかったんだから、おうちに帰してあげなきゃ。ね?」

「いぃぃぃやあああぁぁぁぁぁ!」

「あはは。もー、ラフィネったらぁ、二十二歳にもなって、そんなわがまま言っちゃだめだよ」

あたしは子猫を抱いて去り行く小さな背中に、泣きながら罵詈雑言を浴びせかける。

「鬼! 悪魔! 魔物! 猫さらい!」

がっつり情が移ったのは、むしろあたしのほうだった……。

騒ぎを聞きつけたらしき他の小屋の盗賊らの足音が響き、あっという間に逃げ道を塞がれてしまった。

「なんだ、こいつら……？　新入りか？」

「ボケるな、侵入者だ！」

「小娘は知らんが、小僧はハンターだ。魔法も使いやがるから気をつけろ」

二の足を踏んでいた盗賊たちが、やにわに勢いを取り戻す。

「絶対に逃がすな。アジトの場所を知られた。ギルドに報告されちゃあ、ここでの商売はおしまいだ」

「またイチからアジトを造るのはごめんだぜ。俺は盗賊であって大工じゃねえんだ」

「がははっ、ならせいぜい盗賊らしく振る舞ってやるかっ」

こうなってしまえば、もはや万に一つの可能性もない。ベイルが命を賭したところでリリィを逃がすことはできないし、無駄な抵抗は無駄な死を招く。

本来ならば迷わず降参すべき場面ではあるが、先ほど盗賊たちはこう言った。

――小娘をとっ捕まえて繋いで口を塞いだ上で、小僧をぶっ殺して埋めちまえばハンターギルドにだってわかりゃしねえよ！

人質に取る気からしてないのだ。ギルドを相手に身代金を要求するより、少なくとも見える範囲では殺しをしない盗賊団を続けることを選択している。もっとも、彼らの言う不殺は虚偽で、裏では行われるだろう。

その一人目がベイル自身、あるいはリリィとなる。

ベイルがため息交じりにつぶやいた。

「最悪の状況だな」

「そうなの？」

少なくとも、Cランクハンター、それもパーティを組まない単独行動のハンターの手に負える程度の規模の事件ではない。

しかし、リリィにはベイルの考えなどわからない。

綺麗な物語だけを読んで生きてきたリリィにとって、この世界は善人を中心にしてできていると信じているからだ。

リリィ・ロックウッドは空気を読まない。

「でも、ちょうどいいよ。盗賊さんたちが全員ここにいるなら、みんなにお願いできるでしょ」

「へ？」

リリィが胸に空気を吸い込む。

「えっと、盗賊さんたち！　今日の襲撃は中止してくださ〜い！　あと、この盗賊団は解散して、みんなでちゃんと働いてみませんか？　お金はもらえるようになるし、捕まる心配もしなくていいんだよ！　すっごくいいお話でしょ！」

びゅうと、夜の風が吹き抜けた。

ベイルを含むその場にいたリリィ以外の全員が、半眼になって呆けていた。

「これだけの人数がいるんだから、みんなで一緒に働いたらきっと楽しいよ！　盗賊ができるんだから、ハンターになることだってできるよ！」

盗賊の一人が怒ったような口調で叫ぶ。

「と、盗賊がまともな仕事なんざするかッ！」

直後、盗賊団が一斉に嘲笑する。リリィを指さして、大声で嘲って。

「ギャッハハハハ！　こりゃひでえ、このチビ、おめえの母ちゃんかよ？」

「年齢からして妹だろ！　ぶはっ、こんなバカじゃねーけど！」

「ひー、ひー、笑えすぎて腹痛えわ！　ひひひ、助けてっ！」

リリィが真顔で首を傾げる。

「え、お腹痛いの？　大丈夫？」

ベイルが額を掌で覆った。

ひとしきり笑って落ち着いた頃、盗賊の一人がリリィを指さして尋ねた。

「くく、くっくっく！　おまえ、どの立場で言ってんだ？　交渉ってのは、力関係が拮抗していてこそ発生する手段だって知ってるかい、お嬢ちゃん？」

「そうなんだ～。教えてくれてありがと」

「そうなんですよ、頭の足りないお嬢ちゃん？　わかったら、おとなしく捕まったほうが痛い目を見ずに済みまちゅよ～？」

リリィは考える。

力関係が拮抗してさえいれば、話を聞いてくれるのだと。ならば話は簡単だ。

リリィは思念波を全方位へと飛ばした。

『ナノちゃん様、いる？』

『はいはい。私はどこにでもいますよ。ご用はなんでしょう？』

『あの盗賊さんたちと拮抗するくらいの力って、どれくらいなの？』

『まあ、個体差は少々ありますが、交渉取引を考慮して殺さないことを限定するのでしたら、一人につき最小威力のファイヤーボールを一つでも側頭部あたりにぶつけてあげれば、話くらいは聞いてくれるようになるんじゃないですかね』

『ええ、すっごく痛そうだよ』

『示すべきは力ですからね。それに、実際には交渉のコツは力の拮抗ではなく、相手を遥かに上回ったほうがスムーズにいくものです』

『そうなんだ。ありがとね』

『いえいえ、どういたしまして』

とりあえず殺さないことを前提とするなら、一番小さなファイヤーボールを三十個くらいだろうか。

そんなことを考えていると、盗賊が包囲網をわずかに縮めてきた。

「さて、そうと決まれば武器を置きな、小僧」

「置いても無駄だろ。どのみち殺されるなら、一か八か大暴れしてやったほうがマシだ」

「バカが。三十人を相手に何ができる……！」

ベイルは剣を握り直して、体勢をかがめる。

その横でリリィは上空を見上げた。

「えっと、ファイヤーボール？　を、三十個？」

火をイメージして思念波を上方へと放射する。リリィの頭上に、ポンと一つの火の玉が顕現した。

まず一個。

しかしリリィはファイヤーボールという魔法を知らない。名前からして、おそらくこういうものだろう、というのを疑似的に作ることしかできない。

ゆえに、彼女の知る唯一の火魔法。太陽っぽい何かを思い浮かべる。以前使ったものよりも、極めて小さな拳大のものを。

ポン、ポン。

火の玉が三つに増えたところで、周囲の闇を切り裂く光源の出現に、盗賊たちとベイルが気づいた。

盗賊がリリィを指さして、再び嘲笑した。

「あ？　なんだそりゃ。台所魔法かよ。魔法を使えるのには驚いたが、いまから料理でもご馳走してくれるのかい、可愛らしいお嬢ちゃん？」

主に調理に使われる火属性魔法。盗賊にはそう見えた。ベイルからもそう見えた。

「リリィ……？」

けれども違う。込められた熱量は、とてつもないものだ。なにせあれは、ミアマ・サトデイルの物語の中に出てくる太陽そのものをイメージして作られた、リリィ・ロックウッド独自の魔法なのだから。

ただし、本物ではない。本来の太陽であれば放射熱が外側に向けて常に発生しているけれど、放射熱を知らないリリィが作り出した偽の太陽は、内側だけに熱が渦巻く。一定の温度に達するまで、時間が経過するほどに熱は高まっていく。もちろん真似っこ太陽に、核融合などという発想はない。言うなれば、常識外れの高熱を持った、ただのファイヤーボールだ。

ポン、ポン、ポン。

リリィの頭上で火の玉は増え続ける。

ポン、ポン、ポン。

「はは、はは……は……」

盗賊の嘲笑が徐々に遠のき、眉間に皺が寄り始めた。

いくら台所で使われる程度の低火力な火属性魔法といえど、あんな数を同時に投げられたら火傷は免れない。

「おい、小娘！　いますぐやめろ！」

リリィの胸ぐらをつかむべく歩み寄る盗賊の前に、ベイルが立ちはだかった。切っ先は盗賊の胸に照準されている。

しかしリリィはそんなことには構わず、火の玉をどんどん増やし続ける。

「あ、コツがわかってきたかもっ」

ポン、ポン、ポポポポポポポポン。

「あはっ、なんだかちょっと楽しいや」

リリィの上空の火の玉が一気に増加した。

その数およそ三十。いまやリリィとベイルを守るように、二人を中心として渦を巻くように公転し始めている。

中心に立って、リリィが盗賊に視線を戻した。

「えっと、盗賊さんたち。これを全員に一発ずつぶつけてあげれば、交渉には応じてくれるよね？」

「ふざけんな――――ッ！　いくら数があろうと、たかがゴミクズみてえな魔法ごとき、俺が全部叩き落としてやる！」

盗賊の一人が火の玉で形成された渦へと剣を振り下ろす。

「おらぁ！」

一つの火の玉が刃に触れた直後、鋼鉄の剣は刃部分を赤く染めて、振り下ろした直後に液状化し、融解して地面にボタリと落ちた。

「………………は？」

地面では刃だった金属が、ぐつぐつと沸騰している。おまけに斬られたはずの火の玉は、なんの変化もなく浮遊し続けていた。

「ひぁ！　お、俺の剣が――っ!?」

剣を振り下ろした盗賊が、半分刃となった愛剣を見て腰を抜かし、地面で後ずさる。

「な、なん、なんだ!?　だ、だ、台所魔法どころか、ファイヤーボールでさえねぇッ!!」

「あの、そろそろぶつけていい？　いっぱいあるから操作するのが難しくて、あ！」

火の玉同士がぶつかり合って撓んだ。直後、二つの火の玉が爆発して凄まじい熱波が周囲に飛散する。一瞬のその爆発ですら、熱波は盗賊らの頭髪を焦がし、地面の草を爆風で灼き払った。

「ぎゃあああああっ!!」

「熱ッッッ！」

リリィが照れ笑いを浮かべて、頭を掻く。

「あ～、失敗。魔法って難しいや。また増やさなきゃ。……ちゃんと人数分必要だもんね……」

ポン、ポン、ポン。二つ追加。

「じゃ、そろそろいくね？」

リリィが右手の人差し指を立てて、腕を振り上げた。しかしその指が振り下ろされるよりも早く、大慌てで盗賊の一人が武器を投げ出し、膝を折って地面に額をこすりつける。

「ま、待て待て待て待ってくれぇぇぇぇぇ！　そんなもんをぶつけられたら、交渉する前に俺たちが死んじまう！」

瞬間、盗賊の全員が同時に武器を投げ捨て、両手を挙げた。

あたりまえだ。力の差とかいう問題ですらない。魔術師ですらほとんどお目にかかれないこの世界において、これほどの大魔術を操る者はそういない。宮廷魔術師ですら、おそらく不可能だろう。

「え？　これって当たったら死んじゃうの？」

盗賊が大慌てで叫ぶ。

「死ぬ！　死ぬに決まってるだろっ!!　鋼の剣が一瞬で溶けるような温度だぞッ!?」

「た、たたた頼む、やめてくれ！」

やっぱり死んじゃうんだ、ナノちゃん様の嘘つき、とリリィは心の中で毒づく。

『ええ、私のせいじゃないですよ。だから手加減を覚えてくださいって言いましたのに。ですがほら、交渉には応じてくださるみたいですよ』

「わ、わかった。今日を限りに盗賊団は解散する。だから頼む！　命だけは奪わないでくれ！　俺たちにだって家族がいるんだ！　か、家族のためにやったことなんだ！　頼む、もうティルス王国から姿を消すから、だから見逃してくれ！」

「家族……そうなんだ……」

盗賊は額を擦りながらほくそ笑む。

盗賊団はこの人数だ。全員をハンター一人で連行することはできないはずだ。

アジトにはこれまで溜め込んできた金や食料が山ほどある。この小娘魔術師とCランクハンターが帰ったあとにそれらをかき集めて、王都近郊から姿を眩ませ、また国内の別の町の近くで同じことをすればいいだけのこと。

ハンターのほうはいざ知らず、魔術師のほうはバカ正直だ。大丈夫。騙せる。

だが。

「でも、どうしよう？　わたし、魔法の消し方わかんないの」

「……は？」

盗賊が泥にまみれた額を上げる。

「あ、そうだ。もう使わないなら、あれにぶつけちゃうね」

リリィは盗賊団の背後、三軒の小屋へと向けて、人差し指を振り下ろした。

「え～いっ」

なんとも気の抜けるリリィの声が響いた直後。

リリィとベイルを守るように周囲に渦巻いていた三十の火の玉が、同時に指向性を持って上昇した。そうして一定の高度にまで達すると、まるで流星群のように小屋近辺に次々と降り注ぐ。

夜空に残る炎色の軌跡に、リリィは感嘆の声を漏らした。

「わあ、きれ――――い？」

着弾。爆発、爆風、大炎上。

「～～～～～～～～～～ッ!?」

橙色の光が周囲に満ち満ちて、爆炎が上がり、石礫（いしつぶて）が飛散し、封じ込められていた熱が黒煙とともに一気に広がった。

先ほどの感動から一転、さながら地獄。

熱波と轟音にかき消された盗賊たちの悲鳴は、しかし、吹っ飛ばされて叩きつけられ、意識を混濁させた口から出る、無惨なうめき声へと変化する。

死屍累々……。

三軒のアジトなど跡形もないどころか、大地は大きく抉れ、アジトの向こう側に広がっていた林は炎上どころか消滅していた。

「……」

リリィは指を振り下ろした体勢で、固まっていた。その頬を、一筋の汗が伝う。

あんなに太陽を小さくしたというのに、その威力は巨大なままの太陽をぶん投げたときのものとほとんど同じ。しかも今回は、それが三十個である。

『ナノちゃん様、どゆこと……?』

『規模を小さくしたのではなく、ただの縮小、圧縮ですからね。着弾からの爆破の反動はむしろ大きいです。それを三十個も放てば、そりゃ地形だって変わっちゃいますよ。よかったですね、王都のほうを向いて撃たなくて』

こうして盗賊団はアジトと、そこに貯め込んだ活動資金のすべてを失い、解散を余儀なくされ、王都近郊で頻発していた商用馬車失踪事件は幕を閉じた。

むろん、ベイルがちゃっかりと、気絶した盗賊の二人を引きずってギルドに連れ帰り、報奨金を得たことは言うまでもない。

ちなみに半額はリリィがもらった。

事件の当事者の一人であるCランクハンター、ベイルはこう語る。

「最初は危機感の欠如した〝危なっかしいやつ〟が、スラムの斡旋屋から依頼を請けたなと思って気になって尾行したんだけど――」

一度言葉を切って咳払いをして、隣のリリィに視線を向けた。

「――最終的にはただの、その……正真正銘の〝危ないやつ〟に変化していた。この一件を経て、俺がリリィを常に見張っていなければならないと、そう判断するに至ったんだ」

リリィはベイルを見上げて反論する。

「わたし、危ない人じゃないよ？　ふつうくらいだよ？」

「……」

ラフィネは頭痛をこらえるように、こめかみに人差し指を当てた。

＊　＊

平民街、アルステア宅――。

簡素なテーブルを挟んで、ラフィネと、そしてリリィ、ベイルが椅子に座っている。昨夜の朝帰りの裏でいったい何が起こっていたのかを、ラフィネに問い詰められたのだ。

それでなくとも、今日は王都中が騒がしい。

仕事を探しに出たはずのリリィが帰ってこなかった昨夜。

王都近郊に、天変地異だか古竜のブレスだかが降り注いだからだ。それは眠りについた王都の夜空を明け方のように照らしだし、地震を起こすまでに至った。王都に住まう誰もが叩き起こされ、家屋を飛び出して、煌々と輝く夜空を見上げた夜だった。

一夜明けた今朝は、官民問わず、王都ではその話題で持ちきりだ。

ただ一人、嫌な予感がしていたラフィネを除いて。

「やっぱ、あんたの仕業だったのね……」

「うんっ、やらかしたっ」

ラフィネが椅子から立ち上がって、両手でリリィの頬をぶにゅりと挟み込む。

「何を元気に抜かしてやがるのよ、こいつはっ！　ほんとに反省してんのっ？」

「ぅぷう、ぷぁ、むぃ～」

ベイルが助け船を出した。

「ま、まあまあ。俺も驚いたけど、おかげで命は助かったから勘弁してあげてほしい」

ラフィネがベイルを睨む。

「ところでベイルって言ったっけ。あんた、ハンターギルドにこいつのことを報告したりはしてないでしょうね!?」

「あ、ああ。それはしていない。というか、さすがにどう説明していいのか、俺にもわからないよ。だから空から隕石が落ちてきて、たまたま盗賊団がアジトを建てていた付近に着弾したことにしてある」

「……絶対に嘘ってばれてるわ、それ。無理がありすぎよ」

ラフィネがため息をついて、椅子に腰を戻した。そのままテーブルに肘をつき、両手で顔を覆って塞ぎ込む。

「……」

「す、すまない。俺がついていながら」

「もういい。リリィの魔法が他の人にばれてないなら、運がよかったと思っとくわ」

「すまない」

当の本人を置いてけぼりに、落ち込むベイルと、両手で顔を覆ったラフィネが共通認識を通わせた。

平民街の一角に建つアルステア家の空気が、どんよりと重くなる。

一度咳払いをして、ベイルがリリィに向き直った。

「ところでリリィ」

「ん？」

リリィは隣に座っているベイルを見上げる。

「突然だけど、ハンターにならないか？　その魔法の腕は、磨けばかなり使えるものになると思うんだ。もちろんちゃんと加減を覚えてからじゃないと危険だが、それを覚えるためにもハンターという職業は向いているはず」

顔を覆っていたラフィネが口を開く寸前、リリィは極当然のように言った。

「嫌だよ」

「なぜ?」

「わたし、ヒーローになるんだもん」

聞き慣れない言葉に、ラフィネもベイルもぽかんと口を開けて呆ける。一方のリリィは対照的に、いつものごとく無邪気な笑みを浮かべて言い放った。

「あのね、ミアマ・サトデイルって作家さんの書いた物語の中には、すっごくカッコイイ正義の味方がいるんだよ。強くて、優しくて、大人も子供も男の人も女の人も、とにかくいろんな人を助けるんだよ」

「それがヒーローってやつなのか?」

「うんっ」

ラフィネが半眼になって、がくりとうなだれる。

「それで? その活動をしたところで、いったい誰が生活資金をくれるのよ」

「う……」

今度はベイルが助け船を出した。

「それに関しては、俺のほうから提案がある。もしリリィが昨夜のような働きをしてくれるなら、俺からいくらか支払っても構わない」

「へ?」

ラフィネの疑問を掌で制して、ベイルは続ける。

「条件は、もう二度と今回と同じ場所での依頼は請けないこと」

「それってスラムの斡旋屋さん？」

ベイルがうなずいた。

「ああ。もう知ってると思うが、あまりよくない依頼も交ざっているからな」

今度はリリィがうなずく。

「わかったよ。でも、だったらこれからはどうしたらいいんだろう」

「基本的に仕事の依頼は俺がハンターギルドで取ってきて、リリィにはそれを手伝ってもらう形にする。そのときの働きに応じて、俺がギルドからもらう報酬の何割かをリリィに渡す。そうすれば危険なリリィを俺の監視下に置いておけるし、リリィも仕事を得ることができる」

「わたし、別に危険じゃないよ？　ふつうだよ？　嚙みついたりしないし！」

リリィの主張を黙殺して、ラフィネは立ち上がるなりベイルの手を両手で取った。キラキラと、否、ギラギラと瞳を欲望に輝かせて。

「……その話、お願いできるかしら。えっと」

「ベイルです。Cランクハンターをやってる」

ラフィネが何度もうなずいた。

「Cランク。うんうん、よろしく、ベイル。あ、それとだけど、あんたにリリィを貸し出すにあたって、あたしからも条件があるわ」

「貸し出すって……」

リリィのつぶやきをまたしても黙殺して、ラフィネはパタパタと寝室のほうへと走って行くと、手に目元のみを覆う仮面のようなものを持って戻ってきた。

それを有無を言わさず、リリィの顔に装着する。

「わわっ、何？　何するのーっ？」

光沢のある紫色をした、あやしげな蝶のような仮面だ。

「いいからつけなさい！　ヒーローでもハンターでも稼げるなら別に構わないけど、あんたは誰かの依頼をこなすときには、常にこれをつけておきなさい！　名前も名乗っちゃだめ！　ロックウッドはもちろん、リリィって名前もよ！」

言ってしまってから、ラフィネが慌てて自らの口を両手で塞ぐ。恐る恐るベイルに視線を向けると、ベイルは額に縦皺を寄せてラフィネを見上げていた。

「ロックウッド……？　ロックウッドって、辺境伯ネイハム・ロックウッドのロックウッドですか？」

失言である。ラフィネが額に手を当ててうつむく。

その様子に、ベイルは慌てて首を左右に振った。

「あ、いや、こたえたくなければこたえなくていい。……でも、そうか。だから正体を隠したかったのか」

ベイルは考える。

たしか、ロックウッド家が公式に認知している実子は二名。

そこにリリィの名はなかったはずだ。加えて隠さねばならないとなれば、ネイハム卿の不貞行為か。おそらくリリィ・ロックウッドは、ネイハム卿が市井の女に産ませた妾(めかけ)の子といったところか。

「俺がハンターという立場である以上は、はっきりさせておきたい。ラフィネさん、あなたはロックウッド家を襲撃した一味の一人じゃないですよね？」

「あ、あたりまえでしょ！　何を疑ってんのよ！　言っとくけど、あたしはロックウッドの使用人だっただけだからね！」

ベイルがリリィを窺うと、リリィがこくこくとうなずいた。

「そうだよ。ずっと前からロックウッド家にいた人だよ。ラフィネったら、まったく働かない使用人で有名だったもんね」

「やかましい！　余計なこと言わなくていいの！」

リリィの首を両手で絞めながら前後に揺するラフィネに視線をやって、ベイルは考える。

リリィが妾の子だったとするなら、ロックウッド家が崩壊するまでは、さぞやつらい境遇で生きてきたのだろう。それこそ、その存在が隠されなければならないほどに。

実際にはそれは完璧なまでの的外れな推測ではあったのだけれど、ラフィネもリリィも何も語らない。

ベイルは勝手に納得して、大きくうなずいた。

「大丈夫だ、リリィ。俺のところには、君ほど大物じゃないにしてもそういった立場の子も何人かはいる。心配しなくていい。正体隠しには俺も手を貸すよ」

「……ありがと？」

ここに三者三様の条件が成立した。

リリィは、正義の味方であるヒーローになること。

ラフィネは、リリィの正体を隠しつつ金銭面の保障を得ること。

ベイルは、リリィという極めて不安定な危険人物を常に監視下に置いておくこと。

それぞれの思惑を経て、テーブル中央でがっしりと三者の手が握られる。

後の世に、ティルス王国の王都を騒がす、謎の仮面ヒーローとその一味が誕生した瞬間である。

「あ、それとだけれど」

ラフィネが付け加える。

「あんたたち、朝帰りしてたけど、そういう関係にはなってないわよね？」

沈黙が室内を支配した。

しばらくして、リリィがラフィネに尋ねる。

「そういう？　どういう？」

首を傾げたリリィとは裏腹に、ベイルは大慌てで首を左右に振った。

「なってないっ！　ならないっ！」

「ならいいんだけど」

ラフィネが椅子の上に立ち上がり、テーブルに片足をドンと勢いよくかけて、ベイルの頭上から長いブラウンの頭髪を彼の顔へと垂らした。

そうして声を低くし、背筋にくるような冷たい笑みで囁く。

「ただし、リリィを傷物にしたら、あたしはあんたを殺す。この子には世界規模で見ても希有な大魔術師の素養があるの。将来有望な貴族か、大商人の男に嫁がせるんだからね。いや、うまくいけば王族さえ籠絡できるかも。くふふ。――わかってると思うけど、一介のCランクハンターごときが手を出すんじゃないよ！」

「だ、だから、出さないって！　お、俺には心に決めた人がいるんだから！」

ラフィネが頭を振り上げて、長い頭髪を背中へと戻した。その瞬間にはすでに、いつもの眠そうな半眼に戻っている。テーブルに乗り上げたままではあるけれど。

「そ。ならいいのよ。せいぜいリリィのことを守ってあげてね」

「わかってますよ……」

リリィ・ロックウッド九歳。

「？」

意味がわからず、二人の保護者へと交互に視線を向けていた。

キョロキョロ、キョロキョロキョロ。

とりあえず爆散

リリィがラフィネに連れられて、ティルス王国の王都にやってきてから二ヶ月が経過していた。

これだけの期間を過ごせば、場当たり的に生きてきた少女にとっても、生活サイクルらしきものができる。

朝、一人で簡単な朝食を摂って、昼まで眠ったままのラフィネには昼食を作り置き、リリィは仕事に出かけ、夕方頃に帰ってきて二人分の夕食を作る。

仕事と言っても、その日によって内容はまちまちだ。

ベイルからハンターの仕事の手伝いを要請されて手伝うこともあれば、青果店などの町の屋台の配達を手伝う日もある。

ただし、一ヶ月前と違うことは、リリィ・アルステアではなく、リリィ・ロックウッドでもなく、紫色の蝶仮面を装着した謎のヒーロー、ハローワールド仮面として雇われていることくらいだ。

この日、七件の配達を終えたリリィは、青果店のおじさんから報酬を受け取っていた。

「今日もありがとよ、リリィちゃん」

「リリィちゃん？　誰のことかな～？　わっかんないな～？」

ハローワールド仮面は振り返らない。

おじさんが言い直す。

「あ、いや、ハローワールド仮面さん。また明日も頼めるかい？　最近腰が痛くてね。正直かなり助かっているんだ」

ぐりん、とハローワールド仮面が振り返った。物語の中の登場人物のようにサムズアップし、力強い表情でうなずく。

「ええ、いつでも！　このハローワールド仮面は正義の味方！　困ったことがあったらなんでも相談してね！　ぁと～う！」

ぴょん、と跳ねてその場にすぐ着地し、パタパタと走り去る。

「……何ごっこだ、あれ……」

背中越しに聞こえてきたおじさんのぼやきは、聞こえないふりをした。要は正体さえ隠せていればそれでいいのだ。

ちなみに、うまく隠せていると思っているのは本人だけなのだけれど。

ポケットからメモを取り出して目を通す。

「えっと、次のお仕事の予定は……。今日はもうないや」

午前中に町の仕事を片付けて、午後からはベイルの仕事を手伝う。概(おおむ)ねそういう毎日を送っていた。

暮らしは決して裕福にはならなかったけれど、ラフィネとの生活費を稼いでも、月に一冊の娯楽本くらいは買う余裕も、計算上はできている。もっとも、以前と違って読む時間はあまり取れなくなってしまったけれど。

それでも毎日が楽しい。充実している。

ちょうど昼1の鐘が鳴った。

蝶仮面をつけたまま堂々と町中を走り、王都広場近くの公園を目指す。

途中で屋台によってダブルオークチーズバーガーと飲み物を買った。昼食だ。

お金がもったいないから自分で弁当を用意することも考えたけれど、午前の町の仕事は配達だけとは限らない。時には荷下ろしだったり、時には逃げたペットの捜索で地面を這いずったりもするから、家を出る際の荷物は極力減らしたいのだ。

「う〜、わたしにも収納魔法が使えたらな〜」

『**使えないんですか？**』

珍しく、ナノマシンのほうからリリィに語りかけてきた。

「う？　わっと！」

びっくりして転びかけたリリィに、道行く老人から声がかかった。

「おっと、リリィちゃん、平気かい？　よく前を見るんだよ」

「えへへ。は〜い」

ハッと、失言に気づく。

「……あ、違った。わたしの名は――」

「おお、そうだったそうだった。正義の味方ハローワールド仮面ちゃんだったのう。この前は用水路の清掃を手伝ってくれてありがとうよ」

リリィが左手を腰に当て、右手でまるで存在しない力こぶを作り、力強くうなずいた。

「どういたしまして！　ハローワールド仮面は正義の味方！　困ったことがあったらいつでも呼んでね！」

「ふぁふぁふぁ、ありがたいのぅ、かわええのぅ」

ちなみにハローワールドという言葉もミアマ・サトデイルの小説の中から取った。

彼女が創作の中で設定した異世界魔法、つまり〝科学〟では、様々な言語が取り扱われている。けれどもどの系統もまず最初に覚えなければならない基本的な魔法が、ハローワールドという共通言語らしい。

難しすぎてその意図はさっぱりわからなかったけれど、言葉の意味は「こんにちは、世界さん」だとか。

一目見たときからリリィは、その響きが好きになった。誰とでも仲良くなれそうで、楽しそうだからだ。

だから名乗ったのだ。ハローワールド仮面、と。

老人を手を振りながら見送ってから、思念波を飛ばす。

『収納魔法なんてできないよ。だって見たことないもん。真似をしようにも、どうやってるのかさえわかんないよ』

『ああ、そっか。マイ――あの方は故郷が特殊だからすぐに理解されたのでした。知識的な下地のないこの世界の生まれでは、理解は難しいかもしれませんね。実際に収納魔法持ちはかなりのレアのようですし』

誰のことを言っているのだろうと、リリィは首を傾げる。

『といっても、あの方の魔法は正確には収納魔法ですらなかったりするのですが』

『わっかんないってば。一人で納得しないでよ、ナノちゃん様』

『一度収納魔法持ちの魔術師を見つけて、教えてもらうといいですよ。リリィさんなら問題なく再現できると思います』

ふと気づく。

そう言えば、以前収納魔法らしきものを見たことがあった。誰もいなくなったロックウッド家に一人残され、栄養失調で動けなくなっていたとき、四人組の少女のうち、一番小さかった女の子がそれを使って水や食料を取り出し、助けてくれた。

『わたしを助けてくれた人が使ってた魔法が収納魔法だよね?』

『あれは収納魔法じゃないんで真似できないです。〝科学〟に近い、かなり特殊なものだと思ってください』

『え？　ナノちゃん様ったら、〝科学〟なんて信じてるの？　物語の中の魔法なのに！　ぷぷぅ！』

科学はミアマ・サトデイルの小説の中に出てきた造語だ。異世界版の魔法みたいなものだと、リリィは理解している。

『いや、実際にあるんですよ、〝科学〟。一応私も、〝科学〟的な存在ですからね。まあ、それはいいですけど。高度に発達した〝科学〟は、魔法と同じようなものなんです』

『わかんない』

『極めて特殊な魔法だと思ってください』

『特殊？』

『ええ。たとえばあの収納モドキの魔法は、時空連続体の圧壊した空間を利用しているのですが、それらを理解するには、この世界にある魔導書では不可能です』

『あれれ？　だとしたら、ナノちゃん様があの方って言っているのは、やっぱりわたしを助けてくれた人のことなの？』

『その質問にはおこたえしかねますね。ご本人から許可をいただいておりませんので。というか、あの方はふつうの平均的な女の子のように生きたいと願っておられますので、許可はおそらく出ないでしょう』

『そっか～。もったいないな。あんなにすごい魔術師さんなのに、耳が聞こえるようになっただけの、いまのわたしみたいな平均的な女の子になりたいのかぁ』

自分だったらヒーローになるのだけれど。そんなことを考える。

『……いや、そ、ええ……？　あの、ふつうとか平均っていう言葉の意味くらいは、リリィさんも知ってらっしゃいますよね？』

ナノちゃん様の言う魔術師と、あの夜自身を救ってくれた女の子が同一人物かは結局のところわからないけれど、あの女の子にはもう一度会ってお礼がしたい。

けれども名前も知らなければ、暗かったこともあって顔もよく見えなかった。ぼんやりとした視界でもわかったことは、とっても可愛らしい人だったということだけだ。

「……」

もう一度会いたいと言えば、家族の無事も気になっている。ラフィネに尋ねてみても、知らないの一点張りだ。

弟や妹は元気にしているのだろうか。父や母は息災なのだろうか。あの日、ロックウッド家を襲った賊は何者だったのだろう。

胸がギュッと締め付けられた。

けれどすぐに頭を振って、元気に顔を上げる。

いまは考えたってどうしようもないことだ。くよくよ悩むだけ時間の無駄。

ダブルオークチーズバーガーをかじりながらパタパタ走って、ようやくスラムの広場に辿り着く。

そこにはすでにベイルの姿があった。

「ごめ～ん、ベイルくん。遅れたぁ」

「いや、こっちもいま集まったところだ」

ベイルの隣には、リリィと同じくらいの年齢か、それ以下と思しき子供らが十名ほどいる。みんな純粋な瞳でリリィを眺めていた。

「えっと……？」

「ああ、こいつらはスラムの浮浪児なんだ。俺の弟妹みたいなもんだよ。今日はこれから薬草の採取に連れて行く。みんなハンターの準構成員だ」

「わっ、すごいっ。みんなハンターなんだぁ」

ベイルの隣にいた男の子が憮然とした表情でつぶやく。

「Gランク（準ギルド員）だからってバカにすんなよな。おまえなんてハンターでさえないらしいじゃないか。変な仮面をつけやがって」

「やめろ、チムリー」

「……」

チムリーと呼ばれた赤毛の男の子がプイっとそっぽを向いた。ベイルは苦々しい表情で続ける。

「で、こっちの女の子は、最近ちまたを騒がしているハローワールド仮面、魔術師だ」

リリィが片手を挙げて元気に言い放った。

「リリィ——あ、うぁ、違った。ハローワールド仮面だよっ。よろしくねっ」

その場にいた全員が察した。

正体はリリィという少女なんだなぁ、と。

「仮面の魔術師には採取の手伝いじゃなくて、俺と一緒にこいつらの護衛を頼みたい。採取場所は王都の外だし、オークやホーンラビットなんかの魔物も多発している場所なんだ」

赤毛のチムリーが不機嫌そうに吐き捨てた。

「あんちゃん。必要ねえよ、こんなガキ。俺たちの護衛なら、いつも通り、あんちゃん一人だけで十分だろ。ハンターですらないやつなんて、足手まといに決まってる」

　ベイルがうつむいて頭を掻く。

「ごめん、仮面。気を悪くしないでくれ」

　どんどん呼ばれ方が短くなってきた。

「あ、うん。全然へーきだよ！　だってわたし、ハンターになる気ないし！」

　目指すはヒーロー一択である。

　チムリーがリリィを嘲る。

「そりゃいい。そうしろ。おまえみたいな小綺麗なやつは、いずれ金持ちのおっさんが妾にでもしてくれるだろうさ。そうすりゃ楽に生きてける。リリィっつったっけ？　よかったな。おまえを器量よしに産んでくれた両親にせいぜい感謝しとけ」

「チムリー！」

　ベイルの叱責に、チムリーが舌打ちをして視線を逸らせた。けれどリリィは笑顔で大きくうなずいていた。

「うんっ！　妾になるかはわかんないけど、お父さんやお母さんには感謝だね！　こんなにも楽しい音で溢れる世界に、わたしを誕生させてくれたんだから！」

　癪(しゃく)に障ったのか、チムリーの眉間に縦皺が寄った。

「俺の仲間はスラムのみんなだけだ。両親も、こんなやつも知らねえ。どうせ恵まれて生きてきたんだろ。小遣い稼ぎの遊びなんかのために、俺たちの場所まで踏み込んでくるなよ。おまえなんて必要ねえんだから」

「いい加減にしろ！」

「……ッ」

ベイルはすでに知っている。

リリィの本当の姓がアルステアではなく、ロックウッドであることを。そして当然、数ヶ月前にロックウッド家で起こった惨劇に関してもだ。

襲撃事件以降、リリィの実父であるネイハム卿が無事であるかどうかは知らないけれど、少なくともリリィは館に置き去りにされて、迎えは未だに来ていない。

それはつまり両親が死んでしまったか、もしくは両親から見捨てられたということに限りなく等しい証明でもある。そしてそのどちらであったとしても、リリィにとっては悲劇に違いない。恵まれてなどいないのだ。浮浪児らと同じくして。

けれど笑うのだ。リリィ・ロックウッドは。いつものようにニコニコと口角を上げて、真っ白な歯を見せて、幸せそうに目を細めて。

チムリーが吐き捨てる。

「何が感謝だッ、くだらねえッ。誰が親なんかにッ」

ベイルがリリィに歩み寄り、耳元で囁いた。

「ごめん、リリィ。チムリーは俺や他の子たちと違って、つい最近になってスラムに置き去りにされた捨て子だから、まだ明確に覚えてるんだ。両親のことを……」

ベイルは言葉を切る。続かない。

捨て子にせよ遺児にせよ、リリィはチムリー以上のものを背負ってしまっている。彼を気遣えなどと、言えるはずもない。

けれどもリリィは気にしない。少なくとも態度や言葉に表したりはしない。なぜならいま、この世界にあるすべてが「楽しい」に繋がっていると、本気で思っているからだ。

耳が聞こえるようになって、誰かと会話ができるようになっただけで、これまでロックウッド家の一室のみだった彼女の世界は、大きく広がった。

見るものすべてに感動して、見るもの、聞く音、そのすべてに心が躍る。

ただ、それでも――。

「うん。大丈夫よ、ベイルくん。わかってるから」

「埋め合わせはする」

「そんなのしなくていいよ」

もしもネイハム卿が生きていて、それでもリリィを迎えに来なかったのだとしたら、彼女自身もまた、そのときに何を思うことになるのかは想像もつかない。

いまは感謝している。嘘ではない。けれども、この先はわからない。

弟妹だけを連れて逃げた両親を、耳が聞こえないことで一室に閉じ込めてきた両親を、チムリーのように恨むようになるのかもしれないと、そんなふうに考えることがある。

でもいまは祈る。彼らの無事を。それでいいと思っている。心の底から。

言いたいことを吐き出したためか、チムリーは幾分落ち着いた表情で、スラムの子らと話をしていた。

「さて、気を取り直して行こう。先頭は俺が行くから、殿は仮面が頼む」

「うん。わかった」

ベイルが歩き出す。

ベイルは剣を腰に吊しているけれど、他の子たちは採取用の小さなナイフと背負い籠、首から紐で下げた水筒。チムリーがそれに加えて、木剣を所持しているくらいのものだ。比して、リリィは何も持ってはいない。

夕方には王都に戻っている予定だから、食料は必要ない。剣士じゃないから剣もいらない。水は必要だけれど、思念波を飛ばせばナノちゃん様がくれる。

前を歩いている女の子が背負った籠を、ばれない程度に底からそっと持ち上げて支える。身体が一番小さくて、なんだか大変そうに見えたからだ。

重量はそれほどでもないけれど、ずっと背負って歩くとなれば重そうだ。現に女の子はもう、かなり前から息切れしている。

けれどリリィが底を持ち上げてすぐ、女の子が振り返った。

「……？　あ。えっと、ありがとう」

「どういたしましてっ」

気づかれてしまった。

かくなる上はと、開き直って腕に力を込める。籠が女の子の背中から少し浮いた。

「あ、あの……」

「ん？」

「メル……です」

たどたどしい、生命力の感じられない声だった。

「リリィだよっ」

「知ってる……」

「だよねっ。あ、いまのナシ。ハ、ハ、ハローワールド仮面だよっ」

メルが口元に手を当てて、クスクス笑う。

リリィは思った。この子クソ可愛い、と。

同時に刺すような視線を感じて顔を上げると、二番目を歩いていたチムリーがこっちを睨みつけていた。

「へあっ!?」

変な声が出てしまった。

うう……、居づらい……。わたしと仲良く話してたら、あとでメルちゃん、チムリーくんにいじめられたりしないかな……。

視線を逸らすべきか迷っていると、チムリーが立ち止まって、自然と追いついてしまった。リリィの背中に汗が滲む。

チムリーはリリィの手を睨んでいる。

「……」

リリィが慌てて、メルの籠を支えていた手を戻した。

「えっと……これは……その～……えっへっへ～……」

端から見れば、仮面をつけたリリィのほうが不審者であった。

「ふん。大丈夫か、メル？　俺が持つ。籠貸せよ」

メルの視線が、リリィとチムリーの間でさまよった。

「あ。でも」

「いいから貸せッ！」

チムリーはリリィを無視してメルから籠を奪い取ると、背中に背負った自分の籠とは反対側の、お腹側にメルの籠をかけた。

それだけだ。それだけで、さっさと走って列の二番目に戻ってしまった。

メルがチムリーに声を掛ける。

「ありがとね、チムリー」

「……」

チムリーは軽く片手を挙げただけで、振り返りもしない。

リリィの頬が自然と緩んだ。

なんだかよくわからないけれど、いいものを見た気がする。気分がいい。

「あ、あの、おねーさん」

「ん？　どしたの？」

メルが首だけで振り返って、口元を手で覆い隠しながら、リリィに囁いた。

「さっきのチムリーのこと、許してあげて……。口とか、態度とかは……いつもあんな感じなんだけど……わ、悪い人じゃない……から……」

「うん。怒ってないよ。大丈夫」

にやにやと謎の笑みを浮かべるリリィを殿にして、一行は王都外の街道から外れた平原を行く。

その林に到着したのは、それからしばらく進んでのことだった。

ベイルが長く伸びた草木を掻き分けて、周囲を見回っている。籠を置いて木剣を手に持ったチムリーもまた、ベイルを真似るように見回りをしていた。

しばらくして、二人が戻ってくる。

ベイルが浮浪児たちの前で口を開けた。

「周囲に魔物はいないみたいだ。みんなそれぞれ採取を開始してくれ。俺と仮面が常に歩いて回っているから、もし魔物の影を見かけたらすぐにどちらかに声をかけるように。わかったな？」

浮浪児たちが口々に「は〜い」と返事をする。

むろん、チムリーを除いて、だ。

「ベイルのあんちゃん、俺も見回りチームに入れてくれ。俺だってホーンラビット程度の魔物くらいなら倒せる。みんなのことを守れる」

「だめだ。ハンターのランクには請けられるクエストに制限があるだろ。チムリーはまだ九歳でGランクの準ギルド員だ。護衛付きの採取しか許されてない。魔物退治はあと一年待って、Fランクハンターになってからだな」

チムリーがリリィを指さして怒鳴った。

「じゃあ、こいつはどうなんだよ！」

「わた、わたし？　え、えええええ？」

「おまえ、いくつだよ！」

リリィがこたえる。

「九歳だよ」

「同い年じゃねえか！　ずるいぞ、おまえ！」

ベイルがリリィを庇うように、間に割って入った。

「やめろ、チムリー。リリィはハンターじゃないって言っただろ」

リリィがすかさず言い放つ。

「そうだよ。わたしはヒーローだよ。ただの正義の味方だから」

「いや、リリィ、いまは余計なことは言わないでくれ」

「う……。ごめんね」

すごすごと引っ込む。

ベイルはチムリーに言い聞かせるように続けた。

「ハンターじゃないリリィにはギルドからの保障はない。報酬もだ。すべて自己責任で動いてる。でも、おまえは違うだろ？　ギルドから定期的に仕事をもらって、報酬を得ている。その上でハンターギルドの協定を破れば、ハンター証は没収されて、もう二度とハンターとしての活動はできなくなるぞ」

「……く……っ」

「先のことを見据えるなら、いまはまだ我慢していてくれよ」

チムリーが苛立たしげに籠を引っつかみ、草むらの中へと消えていった。

ベイルが額を押さえて、長いため息をつく。

「はぁ～……」

「大変だねぇ、ベイルくんは」

「まったくだよ……」

しかしすぐに気を取り直したように手を叩いた。

「ほら、みんな、薬草の採取を始めてくれ」

浮浪児たちが籠を持ち、思い思いの場所へと散っていく。

「リリィは周囲の警戒を頼む。護衛代は俺の報酬からしか出せないから、あまり額はないけど、どうかあいつらのことをよろしく頼むよ」

リリィが両腕に力こぶを作ってニッと笑った。

「うんっ、任せてっ」

「それと、魔法に関しては可能な限り威力を絞ること。絶対」

「う、うぃっ」

「なんだ、その返事……」

リリィは思った。

力の制御って、結局どうやればいいいんだろう？

＊　＊

浮浪児たちは半径にして数十歩ほどの距離でしゃがみ込み、草むらから薬草らしきものを刈り取って籠に放り込んでいる。ベイルはちょうど円の中央にある石に腰を下ろし、時折全方位に視線を散らしながら剣の手入れを始め、手持ち無沙汰となったリリィは円の外周をぐるりと歩き続けていた。

やがて剣の手入れを終えたベイルは他の子らに交じって薬草の採取を手伝い始めたけれど、手伝おうにもリリィには雑草と薬草の違いがわからない。

両手を突き上げて背筋を伸ばす。

「ん～！」

草原の空は澄み渡り、雲が流れている。風が気持ちいい。

何も起こらなくて退屈だけれど、たまにはのんびりするのも悪くない。目を閉じればいろんな音が感じられる。それだけで退屈は紛らわせることができる。

王都側から吹く風が草を払う音、サー、サー。それが一カ所だけ滞る場所がある。ゴウ、と、回り込むように。

目を開けると、その方角には岩があることに気づく。

「おー」

また目を閉じる。

どこかで微かに水が流れる音がしている。わずかに水の匂いがしているから、たぶん風上だ。

目を開けると、遠目だけれど、風上の方向には小川らしきものがあった。

「へへ〜」

楽しくなってきた。案外、目で見ずともどこに何があるか、わかることが多い。

リリィ・ロックウッドは五感のうちの一つを失って生まれてきたからこそ、それを補うために残る四つの感覚が鋭く研ぎ澄まされてきたのだ。

ザ、ザ、ザ。これは浮浪児たちが場所を移動している足音か。バサ、バサ、足音に合わせて草むらから鳥が飛び立つ。

遠慮がちな足音はメルだ。彼女はリリィのすぐ前を歩いていたから、その足音の癖ははっきり覚えている。ドカドカ歩くチムリーと、迷いなく一定のリズムを刻むベイルもだ。

微かに空に向けて目を閉じたまま立ち尽くすリリィへと、メルが近づいてくる。

リリィは瞼を上げずに声をかけた。

「……どしたの、メル？」

「わっ！　え？　え？」

リリィの瞼が上がった。それがメルにとっては意外だったらしい。ちょっと驚かせてしまったようだ。

「おねーさん、どうしてわかったの？」

リリィが破顔した。

「へへ～。どうしてでしょう？」

「魔法！」

「違うよ。足音とか匂いとかだよ」

「ふぇ!?」

メルが自分の服の匂いを嗅ぐ。

「うう、わたし、臭う？　少し前からスラムのみんなで定期的に水浴びとかして、カラダを清潔に保つようにしてたのにぃ～……」

リリィが首を左右に振った。

「あ、もちろん嫌な臭いじゃないよ。メルは甘い果物みたいな匂いだよ。なんかね、おいしそーなんだよ」

「え、えええええ……」

メルが数歩後ずさった。

怯えさせてしまったようだ。リリィは慌てて話題を戻す。

「でも、そっか。そのほうがいいよね。女の子だもんね」

「えっとね、ギルドを通さないスラムの依頼じゃなくて、ギルドや商人さんとかの依頼を請けるには、そうしたほうがいいって教えてくれた人がいたの。ベイル兄ちゃんの憧れの人なんだよ。ベイル兄ちゃんはその人に相応しい人になるんだーって、だからハンターのお仕事がんばってるの。目指せ、Aランクだね」

「へぇ～、そうなんだぁ」

リリィは知らない。その人物こそが、自身の恩人その人であることを。

ベイルに視線を向けると、薬草を刈り取っては浮浪児たちの籠に投げ入れていた。それも不公平が出ないように、遅れている子のほうに比重を置いている。

もっとも、彼らは全員合わせて一つのパーティだ。そしてギルドの報酬は、パーティ単位で配布される。つまり一人頭での報酬に違いは発生しない。パーティ内での内訳があるのであれば、ともかくとして。

「と、わたしもがんばらないと。みんなの足を引っ張っちゃだめだもん」

「あ、じゃあ手伝うよ。メル、わたしに薬草がどれか教えてくれる？」

「いいよ～。わたしが集めてるのは、ジヨーキョーソーに効くお薬になる薬草だから、これだよ。食べると元気がモリモリ出てくるよ。もー夜も眠れないらしいよ」

メルが自分の籠から取り出した薬草を、リリィはまじまじと見つめて記憶する。

「あ、仮面姉、これくらいの大きさのやつだけだよ。育ちすぎると太くて強いセンイシツが残っちゃって、加工が大変なんだって。だからあっちのはダメだよ」

そう言ってメルが指さした先には、背の高い草むらがあった。

どうやらあれ全部が育ちすぎた滋養強壮に効く薬草らしい。その前ではチムリーが薬草を採取している。

「わかった。ありがとね。じゃあ探そうっ」

「おーっ」

ふと視線に気づいてもう一度振り返ると、チムリーに睨まれていた。草むらを見ていたのに、どうやら彼には自分が睨まれたと勘違いをさせてしまったようだ。心底嫌そうな顔をこちらに向けている。

「ぅ……。だめだめ、笑顔笑顔。よし」

手を振りながら笑い返してみると、チムリーはおもしろくなさそうに視線を逸らせ、背の高い草むらの中へと消えていった。

「ありゃ……」

笑顔は争いを遠ざけると思っていたから笑ったのだけれど、どうやら逆効果となってしまったようだ。人間関係は難しい。

ベイルはチムリーが離れたことに気づかないまま、他の子たちの採取を手伝っている。彼に声をかけようかと思ったけれど、原因はあきらかに自分だと考え直して追いかけることにした。

「ごめんね、メル。お手伝いはまたあとでいい？」

「うん。どうかした、仮面姉？」

リリィがチムリーの消えた草むらを指さす。

「チムリーくんが離れちゃったみたい。ちょっと捜しに行ってくるよ」

「あ、うん。ケンカはしないでね」

そうしたいのはやまやまながら、相手がそれを許してはくれない。それでも、可愛らしい小さな子に上目遣いでお願いされたら、無下にはできない。

「うぅ、善処しますぅ。一応ベイルくんにはメルから言っといてくれる？　行き違いになったときのために、チムリーくんが戻ってきたら大声か何かで報せてって」

「うん、まかせて。でも、仮面姉は一人で大丈夫？　ここらへんは街道から外れてるし、魔物が出るんだよ」

「わたしは魔法が使えるから平気だよ。なんたって正義のヒーローだからね」

むしろ手加減のほうが難しい。さすがに薬草の群生地を灼き払うわけにはいかないのだから、今度こそ失敗はできない。もっとも、そんな心配は魔物が現れてからすればいいのだけれど。

「わかったー。気をつけてね」

メルが背負った籠を置いて、早速ベイルのほうへと走り出す。

知らされても、おそらくベイルは追ってこないだろう。他の子たちをこの場に残しているのだ。護衛がそれでは本末転倒だからだ。

どうにか一人でチムリーを連れ戻さなければならなくなってしまった。

「またあとでね、メル！」

「うん」

メルに手を振って、背丈の高い草むらへと走る。後ろを振り返っても、すぐにみんなの姿は見えなくなった。

背丈の高い草は、先ほど採取した薬草と同じ形状の葉をしていた。どうやら育ちすぎた薬草らしい。

リリィは両手で掻いて、足で踏みつける。

なるほど。強い繊維質だ。踏みつけて倒しても、すぐに起き上がる。これだけの生命力なら、滋養強壮に効くというのも納得できる。

「う～……」

しかしこれだけ育ってしまっていては、チムリーの姿を見ることはできない。ちょっとした迷宮のようになってしまっている。当然、大地から生えているため足跡を辿ることも不可能だ。誰だかの提案で清潔を保つようにした彼らに体臭はほとんどなく、臭いを辿ることもできない。

リリィは目を閉じる。

音だ。けれどここではベイルたちのいる広場からの物音や楽しげな話し声が大きすぎて、他の音がかき消されてしまう。

「だめだぁ。もう少し進まなきゃ」

両手で薬草林を掻き分け、編み上げ式ブーツで踏みしめて、リリィは草原を一人進んでいく。

歩きにくい。視界もない。これはもはや、深く暗い森を強行しているようなものだ。

かなり進んだところで立ち止まり、耳を澄ませながら考える。

四方、視界の大半が薬草で覆われてしまっていては、万が一すれ違ったとしてもわからないかもしれない。

「これは一度戻ったほう――が？」

微かに、いま。

目を閉じ、呼吸を止めて、聴覚をさらに研ぎ澄ます。

草木のざわめき、虫の声に混じって、何か、硬い草を無理矢理踏み潰しながら前後左右、縦横無尽に走るような大きな音がしている。

「――っ！」

方角を定めて、リリィも走る。

五十歩ほど行ったところで何かに躓（つまず）いて転びかけた。

「ひゃぁ！」

草の根元に、真っ赤な液体が飛び散っている。血だ。その中央にあるのは、一本角の生えたウサギの死骸だった。どうやらこれに躓いてしまったらしい。

「ホーンラビット……？」

危険度はほとんどないが、歴とした魔物だ。

死んでいる。斬り口はない。撲殺されたらしく、肉体の一部が大きく窪んでいる。これなら毛皮が高く売れるだろう。

チムリーが持っていたのは木剣だ。彼の仕業である可能性が高い。

草木を掻き分け、踏み潰して走る音はまだ続いている。それも、あちこちからだ。

「何？　何々っ!?」

ザザ、ザザザザッ！

何かに追い越された。いや、一体じゃない。後ろから前から横から、何かが縦横無尽にここらへん一帯を駆け回っているのだ。

「チムリーくん？」

そう声をかけた直後のことだった。

後方から唐突に飛び出してきた影がリリィを呑み込むように覆い被さり、うつ伏せに押し倒されて地面に這い蹲った。

「〜〜っわきゃ、痛！」

そのまま頭を地面に押さえつけられ、抵抗する間もなく全身を押さえつけられる。その影の上を、別の大きな影が凄まじい勢いで通り越した。

「おまえッ、何やってんだッ！　立て！」

「え？　へ？」

手を取られて無理矢理起き上がらされ、足をもつれさせながらもそのまま走り出す。

チムリーだ。チムリーがリリィの手を引いて走っている。

「チム――」

「黙ってろッ！　くそっ！　くそっ！　こんなはずじゃ……！」

その彼を追うように、数歩離れた距離を保ちながら左右の草むらが揺れている。何かの群れに追われていることだけは、リリィにもわかった。

草むらの向こう側に見え隠れする大きな魔物。猪のような頭部を持つ巨体。手には発達した大きくて硬そうな蹄がある。

「わっ、豚頭だ！　あれってオーク？　ねえねえ、わたし初めて見たよ！」

興奮して暢気に叫ぶリリィを呑み込むように、一体のオークが跳躍する。いち早く気づいたチムリーが、リリィの腕を引いて急激に方向転換をした。

「こっちだ！」

「わぅ！」

オークは巨大な蹄を大地に叩きつけていた。

大地が抉れて礫が飛び散る。頑丈なはずの成長しきった薬草が、根元から切れて地面に倒れ込んだ。

「うへぇ～」

あんなものが頭にでも当たれば、内容物が出てしまう。どうやら自分は、間一髪のところでチムリーに助けられたらしい。

チムリーは必死の形相でリリィの手を引いて逃げ続ける。

もう方角も何もあったものじゃない。とにかくオークが走る音とは反対側に向かって、右へ左へ、前へ後ろへ。元の採取場所がどっちの方角だったのかすら、リリィにはすでにわからない。

おそらくそれは、チムリーも同じだ。

帰る方角を見失った彼は、真っ青な顔色をしていた。それでも繋いだ手だけは離さないあたり、心の底から意地悪な人ではないのだと、リリィには嬉しく思えた。

「ちくしょう！　真剣さえあれば、あんなやつら！」

ホーンラビットを討ち取ったと思われる彼の木剣だったが、オークの得物とかち合ったのだろう、すでにひび割れて曲がっている。これでは受け止めることはもちろん、受け流すこともできそうにない。

リリィはチムリーに腕を引かれたまま、薬草林を逃げ続ける。

息が苦しい。足がもつれそうになる。

「ハッ、ハッ、ぅぅ……」

「おい、止まるな！　しっかり走れ！」

もともと、八年以上を部屋に閉じ込められていた少女だ。ナノマシンによって覚醒させられたその強大な魔力に反し、体力はほとんどない。

「……チムッ……リーッ……くん……ッ」

「なんだよ！」

首だけで振り返ったチムリーに、リリィは情けない表情でつぶやいた。

「……も、吐き、そ……」

「そんくれえ我慢しろ!? 吐いてもいいけど走りながらだぞ! 足は止めるな! あと、俺にかけたらぶっ殺すからな!? 絶対だぞ!」

周囲一帯を灼き払ってもいいのであれば、オークを撃退することは容易(たやす)い。けれども、ラフィネからもベイルからも、強すぎる魔法は使うなと釘を刺されている。これ以上、王都付近の地形が変わるようなことがあれば、軍沙汰に発展しかねない。

でも、だからといって。

オークは容赦なく追ってくる。鈍器のような蹄を振り下ろし、薬草林を薙ぎ倒しながら。

このままでは、遠からず二人ともオークに頭をかち割られてしまうだろう。治癒魔法の使い方なんてまだ誰にも教わっていないし、そもそもが自分の頭を割られた上で使えるのかは甚(はなは)だ疑問だ。

「くっそ、ベイルあんちゃんたちはどっちにいるんだよ……ッ」

その言葉で、ふと思い出した。

治癒魔法は見たことないけれど、ベイルが盗賊相手に使っていた魔法をだ。たしか、空気弾とかいったか。のちに原理を尋ねてみたところ、空気を圧縮するイメージを固めて、それを放つだけの単作業魔法なのだとか。

右手は繋がれているから、左手で空気をつかむように思念波を放ちながらイメージする。

グッと握りしめた左手の中に、強い弾力を持った物体のような感触が生まれた。

あ、いけそう。

その瞬間だった。眼前、唐突に草むらが割れて、一体のオークが二人の前に躍り出てきたのは。

「～～ッ」

鈍器のような蹄はすでに頭上高く振り上げられていて、確認した瞬間には振り下ろされる。

「おお――っ」

チムリーがとっさに手にした木剣で受け止めるも、木剣は中央から折れて落ち、強固な蹄をかろうじて逸らすのみにとどまった。

木剣を失った。次はもう逸らすことさえできない。

狂気を宿した魔物の眼球が動き、二人を捉える。チムリーが息を呑んだ。

「ひ……っ」

繋いだ手をとっさに解き、オークが地面にめり込んだ蹄を引き上げる瞬間を狙って、リリィは左手の中の空気の塊をオークの肩口へと叩きつける。

「ていっ！」

パシンと、掌で。瞬間、空気の塊が破裂する。

指向性を持って飛び、敵を穿つ空気弾とはまるで別物。それはただ叩きつけられて破裂しただけ。

ただし、破れる箇所はリリィの側ではなく、オークの側のみ。

直後、チムリーは目と耳を疑った。

耳をつんざくほどの炸裂音。顕現する熱い暴風は頑丈な薬草林を薙ぎ払い、一瞬で目の前からオークの姿を掻き消していた。

「……」

もちろん本当に消えたわけではない。オークの巨体は真横に吹っ飛ばされたのだ。目にも留まらぬ勢いで。全身で薬草林を薙ぎ倒し、地面に叩きつけられて跳ね上がり、落ちて転がって、薬草林のいずこかへと。

二人の立っていた場所に、舞い上がっていた肉片とオークの片腕が空からボトリと落ちてくる。

「……」

「……」

返り血を浴びて呆然とするリリィの後ろ姿に、チムリーは恐る恐る尋ねた。

「おま……、あの……武術かなんか……やってたり……する……？」

到底、魔法には見えなかっただろう。

いくら圧縮しようとも、空気は無色透明だ。圧縮するほどに高温にはなるけれど、当然温度も可視できない。

つまりチムリーの目には、こう映った。

リリィが踏み込みから左の掌底をオークの肩口に繰り出した直後、オークの肩口が破裂して身体ごと吹っ飛んでいった、と。

返り血で真っ赤に染まったリリィが、いつものように微笑む。血の滴る仮面を装着しているのだから、笑顔がかえって不気味だ。

「そんなの使えないよ。最初に魔術師だよって言ったでしょ」

「ひぇ……」

リリィが差し出した手を、チムリーが華麗に避ける。

「……」

「……ひぇって」

何やら微妙な空気が流れた瞬間、チムリーの背後の薬草林が割れて、再びオークが現れた。

「危なぁ～いっ」

「うわあっ」

振り下ろされる蹄に、チムリーが両腕で自らの頭部を庇う。

しかしその瞬間にはもう、リリィはチムリーの両足の隙間にまでブーツで踏み込み、彼の両脇を通すように圧縮空気をつかんだ両手をオークの土手っ腹へと突っ張っていた。

「えいっ」

凄まじい熱風が再び吹き荒れ、腹部を破裂させたオークが血と涎と内容物を吐き出しながら、後方へと吹っ飛んでいく。

チムリーに抱きつくかのような打ち切った体勢で、リリィがつぶやいた。

「わあ。これ、すっごく便利だ」

想定していたベイルの空気弾とはまるで違う魔法になってしまったみたいだけれど、何も考えずに相手に触れるだけで吹っ飛ばせるから、とても使いやすい。ただ、これもまた威力の加減がよくわからないので、人間相手には使えそうにないけれど。

三体目のオークの脇腹に平手を叩きつけつつ、そんなことを考える。

一方でチムリーは、ベイルが浮浪児たち全員を引き連れてこの場までやってくるまでの間、生きた心地がしなかった。何せ自分と年の変わらぬ小さな女の子が、平手だけでいとも簡単にオークを破裂させ、吹っ飛ばして骸に変えていくのだから。

「あっはははは、楽ち〜ん！」

しかも返り血を浴びた仮面の顔で、嗤いながらだ……。

だからこの恐怖は、自分たちの生命を脅かすオークの存在に因るものではなく、オークの返り血を浴びて嗤うハローワールド仮面を名乗った、極めてあやしい少女に向けてのものであったという。

＊　＊

拳骨が二度、叩き落とされる。

一度目はチムリーの頭に。二度目はリリィの頭にだ。

「いでっ」

「あうっ」

もの言いたげな視線を上げる二人を、ベイルは歯を剥いて見下ろした。

二人は正座をさせられていた。薬草林から、採取場所である草原まで戻ってからだ。

「あ、あんちゃん……ごめん……」

「なんでわたしまでぇ～？」

ベイルが軽装鎧の胸当てで両腕を組み、怒りの表情で口を開いた。

「心配させたからだッ」

その言葉に、はにかむ。

「えへへ、ベイルくんは優しいお兄ちゃんだねっ」

「あたりまえだろっ」

ふうと苛立たしげに息を吐いて、ベイルが二人の前で膝を折る。

「チムリー。なんで勝手な行動を取ったか言え！」

「お、俺は……こんなスラムに住んでもいいねえような平民なんかに頼らなくたって、俺だって、魔物くらい倒せるんだって……あんちゃんに証明したくて……」

ベイルの拳骨が、再びチムリーの頭に落とされた。

「出身なんてどうでもいい。いい加減拗ねるのはやめろ。過去を振り返って悔やむことは、時間の無駄にしかならない。――リリィはおまえを捨てた家族じゃないぞ！」

「う……」

「みっともない八つ当たりなんかより、これからどうやってみんなで生きていくべきかを考えろ。幸せな他の誰かを妬んだって、おまえ自身が醜くなるだけだ。もっと大人になれ、チムリー」

チムリーが羞恥に頬を染めてうつむいた。

「ごめん、あんちゃん……」

「謝るのは俺にじゃないだろ」

チムリーはうつむいたまま、隣で正座をさせられているリリィへと、うめくようにつぶやく。

「……ごめん。仮面の姉御。助けてくれて、どうもありがとう。あんた、チンチクリンに見えて、ほんとに強かったんだな」

あねご？　同い年なのに？　チンチクリンに見えて？

言葉の端々に何やら引っかかる部分があったけれど、リリィは胸をなで下ろす。

誰かに嫌われたままというのは、やっぱりつらい。それが解消されただけでも、頑張った甲斐があったというものだ。

そんなリリィを、ベイルが指さした。

「それからリ――仮面！」

「は、はひ」

睨まれて押し黙る。

「チムリーを追いかける前に俺に報せなかったのはどういうつもりだ」

「えっと、急がなきゃチムリーくんが危ないって思ったから……。どっちみちみんながここにいるから、わたしかベイルくんの片方しか追いかけられないでしょう？　それに、嫌われてるのはわたしだから、わたしの責任だと思って……」

嫌われてる、という言葉が出た瞬間、チムリーの肩がびくりと大きく震えた。顔色に羞恥と罪悪感がありありと浮かんでいる。

　ベイルがため息交じりにつぶやいた。

「チムリーは君を嫌ってたわけじゃない。行き場のない怒りや、振り上げた拳のぶつけ先が、幸せに見えた君に向いてしまっただけの八つ当たりだ。そうだろ、チムリー」

「ぅ……。あ、ああ。ごめん、ほんとに。ずっとイライラして、俺、どうかしてた」

「うん」

　微笑みながらうなずいたリリィの前に移動して、ベイルが再び片手を挙げる。リリィが首をすくめて目を閉じた。

「で、だ」

「～～！」

　けれど頭部に訪れた衝撃は、拳骨ではなく掌だった。

「ふぇ？」

　そのまま髪の毛を乱すように、わしゃわしゃと撫でられる。

「すまない、本当に助かったよ。弟を救ってくれて、ありがとう。少なくとも君は、俺たちスラムの浮浪児にとってのヒーローだ」

　そのぬくもりが嬉しくて、頬が自然と緩んだ。

　こんなことは初めてだ。お金のためじゃない。誰かを助けて、誰かに感謝されて、必要だと言ってもらえることが、こんなにも嬉しいなんて。

館の一室に閉じ込められていた頃には、想像もつかなかった。

ああ、この世界ってとっても楽しい。嬉しい。おもしろい。

それに、イイモノを見られた気がする。スラムの浮浪児たちに血のつながりはないけれど、本気で心配してくれる弟妹がいて、本気で叱ってくれる兄がいる。それはとても幸せなことだと、いまならわかる。

監禁状態で育てられたリリィ・ロックウッドは、褒められたことはもちろん、叱られたことさえなかったのだから。それどころか、声をかけられることだって年に数回。食卓を囲むのもラフィネのみ。

ゆえに、思うのだ。

ああ、家族ってこういうことだったんだ、と。

ならば自身が家族と信じていたものは、いったい何だったのか。危険の迫る館に置き去りにされ、迎えにもきてもらえず、連絡一つ寄こさない。少なくともミアマ・サトデイルの小説に出てくる家族というものは、どれもそんな関係ではなかったように思う。

リリィの笑顔に、少し影が差す。

「えへへ」

「ただ、君もあまり心配をかけさせないでくれ。今度から似たようなことがあったとしても、ちゃんと俺に一声かけてからだ。雇い主として、それだけは今後遵守してもらうからな」

ややうつむき加減になっていたリリィが、その言葉に顔を上げた。

「わたしのことまで心配してくれて、ありがとね」

てっきりチムリーのことだけかと思っていた。

「あたりまえだろ。わかったら二度としないこと。約束だ」

彼のほうがよほど本当の家族のようだと、そんなことをふと考える。自分にもし兄がいたなら、こんなふうに叱ってもらえたのかもしれない、と。

だからうなずく。心の底から。

「うん。これからはちゃんとベイルくんに真っ先に報せるよ」

ベイルが満足げにうなずいて、両手を腰に当てた。

「よし。じゃあこの話はこれでおしまい。さて、早速小川に向かうか」

「へ？」

オークの骸で、比較的綺麗な形状を残している部分のみを切り取って詰め込んだチムリーの籠を指さす。

「オークの解体作業をするんだ。血抜きをして、食べられる部分と食べられない部分に分ける。もう少し綺麗に殺してくれれば市で買い取ってもらえたんだけど、あの有様じゃもう俺たちで食うしかない。捨てていくにはもったいない量だしな」

置かれた籠の編み目からは、だらだらと血が地面へと流れている。

「というわけで、喜べ、チビたち！　今夜は仮面のおごりで、オーク肉パーティだ！　取り置きはできないから、食えるだけ食うんだぞ！」

メルが両手を挙げて大声を出した。

「わー、やったー！　ありがと、仮面姉！」

それを皮切りにして、浮浪児たちから次々に歓喜の声が上がる。リリィに対する感謝の声もだ。

その声を遮るようにベイルが一度大きく手を叩いた。ざわめきが急速に遠のく。

「よーし、じゃあ役割を割り振るぞー！　解体班は俺についてきてくれ！　報告班と調理班は、仮面と一緒に一足先に王都だ！　報告班はギルドに採取した薬草を納品しに行き、調理班はスラムへ先に戻って調理のための下準備を整えておいてくれ！　以上、解散！」

あらかじめ、スラムの浮浪児たちにはそういった役割が割り振られているのだろう。みんなテキパキと班ごとに分かれて、それぞれに動き出す。

チムリーはベイルのあとに続き、メルは——リリィの手を引っ張った。

「帰ろう、仮面姉！　メルたちがお料理するから、今夜は仮面姉も食べてってね！」

「あ、うん。あ、でも、ラフィネが——」

家で待っている。お腹を空かせて。泣いちゃうかもしれない。

戸惑うリリィのもう片方の手を、別の浮浪児が引っ張る。

「ほら、仮面さんも早く早く。日が暮れちゃったら、真っ暗な中で調理しなきゃいけなくなるだろ」

「う、うん。ま、いっか」

両手を引かれ、腰のあたりを押されて、リリィは歩き出す。戸惑いの表情が徐々に明るく変化して、リリィは楽しそうに笑った。
ラフィネにはオーク肉のお土産を持って帰って、それで許してもらおう。
そんなことを考えながら。

動き出す陰謀

キッチンのテーブルに行儀悪く腰かけ、瓶入りのエールを喉へと流し込む。窓の外には月が浮かんでいて、灯りの消えた室内には月光が差し込んでいる。

物音一つしない家。町もすでに寝静まっている。聞こえるのは風の音くらいのものだ。

ラフィネ・アルステアはため息をついた。

リリィは、帰ってきていない。

空になった酒瓶を隣に置いて、ラフィネはテーブル上から夜の空を見上げる。そこには雲一つなく、星と月があった。

「……逃げちゃったかな……。……ふふ、ま、いいけど……」

あの子の笑顔が嫌いだった。初めて出逢ったときから、すでに嫌いだった。

生まれつき耳が聞こえず、親からは見放され、存在すらしなかったことにされて館の一室に閉じ込められ、暮らしてきた少女。彼女が向けてくる無知ゆえの無邪気な笑顔には、吐き気すら催す。

子供の頃、ラフィネは強く誠実な父に憧れていた。

平民の出でありながら剣を持ち、兵士として国に仕えた。各地の国境線での小競り合いや、魔物退治、盗賊退治などで武勲を次々と挙げ、ほどなくして王より騎士爵を戴いたときには、親族総出でお祝いをした。

騎士爵といえば、一代のみとはいえ準貴族だ。このまま順調に武勲を重ねていけば、世襲の許される準男爵を賜る(たまわ)こともあるかもしれない。

弱きを助け、強きを挫く。正しいことに剣を振るい、王からも民からも認められたそんな父は、幼いラフィネにとって大きな誇りだった。

父のようになりたくて、ラフィネは彼から剣術を学んだ。父にとってそれは、おそらく子供の遊びの延長線上のようなものという認識だったのだろうけれど、それでも彼は熱心に指導をしてくれた。

そんな父が亡くなったと聞かされたのは、ラフィネが十歳になった頃だった。

ある日家に帰ってくると、父の同僚の前で泣き崩れている母がいた。何が父を殺したのかはわからなかった。聞ける状況でもなかった。

騎士爵に世襲はない。一家は爵位を失って、ただの平民に戻った。取り巻いていた親族も、いつの間にか姿を見せなくなった。もともと平民であり、且つ騎士爵を戴いていたときもこの家に住み続けていたため、一見すれば生活は変わらなかったけれど、一家の稼ぎ頭を失ったアルステア家は、幼いラフィネの気づかぬ間に困窮(こんきゅう)していった。

ある日家に帰ってくると、いつも出迎えてくれていた母がいなくなっていた。父が亡くなった日に似ていたけれど、父のときとは違って、誰も母のことを伝えにはこなかった。蒸発したのだ。そ

のときラフィネは、自身の胸の奥で何かが欠けてしまったかのような音を聞いた。

いまでも、母が生きているのか死んでいるのかわからない。興味もない。

家族なんてそんなものだと、その頃から考えるようになった。急速に何もかもがどうでもよくなっていた。世界に存在するすべてが嫌いで、興味の対象外となった。

それでも腹は減る。だから、磨いた剣術で数年間はハンターとして生きた。

父譲りの剣術は、貴族たちが使う騎士の剣術とはまるで違っていたことに、そのとき初めて気がついた。それは騎士たちが扱う正統派の剣術ではなく、生死の入り交じる実戦によって叩き上げられた実用的な剣術だと知った。

同ランクのハンターに比べて、ラフィネの剣術は圧倒的だった。

粗暴で野蛮、狙いはつけない。相手が魔物であろうと人間であろうと、斬れる箇所があれば斬る。足でも、目でも、耳でも、斬る。削ぐ。削る。殺す。技ではない。それは魔物や野獣の戦い方だと、騎士を知るハンター仲間は言った。

その是非はともかくとして、ラフィネはメキメキと腕を上げ、数年後には二つ名を持つほどのハンターになっていた。

そんなときだ。辺境伯ネイハム・ロックウッドに拾い上げられたのは。

もともとハンターになりたかったわけではない。暮らしが楽になるのであればと、彼女は二つ返事でその話を引き受けることにした。

当初は専属護衛の付き人かと思っていたけれど、どうやら違ったようだった。ネイハムはラフィネを異性として見ていたのだ。事実、彼女がロックウッド家の使用人に赴任してからは剣を取り上げられ、使用人服を着せられた。身体に触れられることも多かった。

不快だった。けれどそれ以上に、自身の安全ですら、もうどうでもよくなっていた。

そんな日々が続いた中、ネイハムはついに深夜、ラフィネの部屋を訪れる。

しかしネイハムの妻でありリリィの母でもあるイヴァーナ・ロックウッドは、貴族の妻としては、しっかりとした女だった。ネイハムが辺境伯となれたのも、彼女の補佐が優れていたためだろうと言われているほどにだ。

ネイハムがラフィネの部屋を訪れた夜、イヴァーナはラフィネの部屋で彼女と紅茶を飲んでいたのだ。ラフィネはその行為を迷惑に思っていたけれど、ネイハムが部屋を訪れたことでようやくすべてを察した。イヴァーナはラフィネを守ったのだ。あるいは守ったものは、自身が正妻であるという矜持だったのかもしれない。

彼女に睨まれた半裸の辺境伯が顔面を蒼白にする様は、なかなかに笑えた。

以降、賢明なイヴァーナは、ネイハムがラフィネに接近することを許さず、さりとて嫉妬に駆られて彼女を追い出すような真似もせず、ラフィネを耳の聞こえぬ娘の専属にした。そして平民であるラフィネに頭を下げた。

今後は娘の護衛をよろしくお願いします、と。

……吐き気がした。

捨てた娘に護衛をつけることに何の意味があるのか。それは娘に対する愛か、それとも捨てたことで生じた罪悪感か、あるいは存在を知る者に見せるための愛の真似事だったのか。いずれにせよ矛盾をはらんだ劣悪な依頼は、ラフィネを不快にした。

それでもイヴァーナの庇護を得たラフィネは、働かない使用人としてロックウッド家に居座ることにした。当然の権利である。使用人ではなく、護衛と言われたのだから。

他の使用人からは浮いた存在となった。羨ましがられ、疎まれ、嫌がらせを受けることもあったが、気にもとめなかった。解雇されるなら、それでも別にかまわないと思っていたからだ。

けれどイヴァーナが彼女を解雇することはなく、また数年が経過した。

そして、ロックウッド家にとっての、悲劇の夜が訪れる――。

あの夜、家人が気づいたときにはもう、賊は館の奥深くにまで侵入していた。ロックウッド夫妻はリリィの弟妹である長男と次女だけを連れて、馬車で逃げ出した。耳の聞こえないリリィだけを、置き去りにしたのだ。

まあ、家族なんてそんなものだろうと、ラフィネは考えた。

残された使用人は、ラフィネを除いてみんな降伏した。ヘタに逆らわなければ、盗賊とて人は殺さない。殺しを働けば国家権力が動き、盗賊団など簡単に殲滅させられることを知っているからだ。

それでも見目麗しき妙齢女性の使用人の末路は、決して幸福なものにはならないだろう。ラフィネとてそれは例外ではない。生や貞操にしがみつくつもりはなかったが、いまの安寧を壊した相手に従わされるのは不快に思えたため、身を隠すことにした。

だからあの夜のラフィネは、リリィをわざわざ助けに戻ったわけではない。

常識で考えれば、子供部屋のクローゼット内に金目のものを置いておく人間などいない。盗賊から身を隠すためリリィの部屋に向かい、たまたままだその場に残っていたリリィを道連れにクローゼットに引きずり込んだに過ぎない。

すべては自分のためだ。自分が生き残るために、リリィを匿わざるを得なかった。

そしてもくろみ通り、盗賊はリリィの部屋を子供部屋であると判断し、クローゼットを調べずに去っていった。

その盗賊らが去ってしばらく。

腕の中で安心し切ったように眠っているリリィを置いて、ラフィネは誰もいなくなってしまった館を出た。ロックウッド夫妻のように、あるいは自らを捨てて去った母のように、ラフィネはリリィを見捨てた。

罪悪感などない。なぜなら彼女は、冷酷な世界からそう育てられたのだから。

なのに。なのに、再会したあの娘は言うのだ。あのとき助けてくれてありがとう、と。

自身と比べてすら厳しい冬のような人生ばかりを歩んできたくせに、幸せそうに笑いながら、あろうことか感謝の言葉などを述べられたのだ。

あんたは、どうしてそんなふうに笑えるの？

ああ、不快だ。この子が。リリィ・ロックウッドが。自分とはまるで別の生物のようで、得体の知れない恐ろしさすら感じる。嫌いだ。気持ち悪い。

だから、もう一度利用してやることにした。この脳天気で愚かな娘を。腹立たしいあのロックウッド夫妻の娘を。

耳が聞こえるようになったのなら、使い道は多い。夫妻に捨てられたこのタイミングで聞こえるようになったのは、実に運がよかった。この子は容姿が美しい。数年も経てば、かなりの美女になるだろう。そしてあろうことか、とんでもない魔法の才能までをも秘めていた。

きっと数年内には、貴族か大商人の目にとまる存在に成長する。正妻でも妾でもかまわない。金持ちに彼女を差し出し、助けたことを恩に着せて、リリィの人生に寄生する。

世界に奪われたすべてを、あたしはこの娘から奪ってやる。

……と、思っていたのだけれど。

ラフィネはテーブル上から月を見上げたまま、ぼやく。

「さすがに気づかれたかな……」

もう帰ってはこないかもしれない。町が寝静まっても戻ってこなかったことなど、盗賊団に騙されていた日以外には、一度もなかったのだから。

しんと静まり返る家が、なぜか心細く感じられた。幼少期を大好きだった父と過ごした家なのに、いまはひどく冷たく感じられる。

空になった酒瓶に唇を当て、ひっくり返す。

どうにも手持ち無沙汰だった。

ぐずぐずと、胸の中で何かがうずく。母がいなくなった日の夜のようにだ。

一滴も落ちてこない酒瓶をあきらめて、ラフィネはテーブルに腰をかけたまま、両腕で膝を抱えた。

　今夜の酒は、あまりよくない。悪酔いしてしまいそうだ。明日は朝から頭痛か。

　そのときだ。静かに、遠慮がちに、ドアが開いた。

「――！」

　あたふたして、ラフィネは慌ててその場に寝転ぶ。テーブルの上で、酒瓶を片手に持ったままだ。目をギュッと閉じて、寝息をわざとらしく立てて。

「……うわっ、お酒くさっ。もう、ラフィネったら、またこんなところで寝てぇ。寝返り打ったら落ちてケガするよ」

　お腹の辺りに手を置かれて揺さぶられるが、頑として瞼は上げない。上げられない理由がある。こんなことバレてたまるか。

「お酒の瓶、取るからね？　落ちて割って刺さったら危ないからね？」

「……ん～……」

　寝ぼけた返事を装って誤魔化すと、片手の中から酒瓶が引き抜かれた。パタパタと足音が遠ざかり、すぐに戻ってくる。

　何やら両脇に毛布らしきものを詰められた。どうやら寝返り時の落下防止のつもりらしい。そのいかにも適当な対処法に少し笑えてくる。必死でこらえたけれど。

　最後にお腹の辺りにケープをかけられた。

「うーん、これで落ちないかなあ……」

まだ温かいから、おそらくリリィが家を出る際に着用していたものだろう。微かに香ばしい匂いがしている。どこかで肉料理を食べてきたようだ。

そういえば、お酒は飲んだけれど食事は昼以降摂っていない。そんなことをいまさらながらに思い出した。

「おやすみ、ラフィネ。キッチンの流し台にお土産があるからね。起きたら食べてね」

「……ん～……」

おざなりに返すラフィネの目元を、温かい指が滑る。こぼれ落ちずに溜まっていた涙を拭われたのだ。

ああ、やっぱりバレてしまった。

ラフィネ・アルステアはこの夜、ずっと泣いていた。母に置き去りにされたと気づいた日の夜のように、ずっと泣いていた。

「……もう泣かなくていいからね。遅くなってごめんね。でもちゃんと毎日帰ってくるから。ラフィネもわたしも、独りじゃないよ。だからね、お腹が減ったくらいで泣いてちゃだめだよ」

それは囁くような、吐息の声だった。在りし日の母のように、優しい声だった。

「……」

揺さぶられる感情をこらえるため、歯を食いしばった。

ふざけるな。

ふざけるな。ふざけるな。

顔を洗う音がした後、テーブルのある居間からリリィが去り、扉を閉ざす音がした。

ラフィネは上体だけを起こし、服の袖で涙を拭う。

「……なんで……なんで、あんたはいつもそうなの……？」

彼女はまだ知らない。どうしようもないほどに胸の奥底から湧き上がってくるこの感情を何と呼べばいいのかを、知らない。

ぬくもりの残るケープを抱きしめて、ラフィネはうつむいた。

あんたなんか、嫌いだ……。

＊　＊

いつものように朝に目覚めて、顔を洗う。昨夜遅くまでスラムで遊んでいたためか、まだ少し眠い。髪がボサボサだ。

リリィは手早く着替えを済ませてキッチンに向かった。

自分のための朝食と、昼に起きてくるラフィネのための昼食を作らなければならない。昨日もらったお土産のオーク肉がたらふく余っているから、あれを焼いて野菜と一緒にパンに挟もうか、などと考えながらドアを開けて、目を丸くした。

「おはよ」

ラフィネが起きてる。

そんなバカな。そっか、まだここは夢の中なんだ。うっかりうっかり。ちゃんと起きないとね。

「いやいやいやいや、なんでドア閉めて寝室戻ろうとしてんのよ、あんた！」

「ええええ!?　現実っ!?　これ夢じゃないのっ!?」

「……寝ぼけてんなら、いっそぶん殴ってあげるけど。これで」

しかも、起きていただけではない。

ラフィネがフライパンでオーク肉を焼いている。どうやら焼けたフライパンで殴るの殴らないのと言っているらしい。

テーブルを見れば生野菜サラダとスクランブルエッグがすでにできあがっていた。

二人分――ッ！

「えっと……？　誰……？　ほんとにラフィネ……？」

「あんたねえ……」

さらに彼女はすでに着替えている。いつも昼まで寝間着で、ヘタをすれば一日中寝間着姿のままの日だって少なくないというのにだ。

怖っ！

「ラ、ラフィネ、今日どこか出かけるの？」

「ちょっとね」

ハッ、と気づく。

デートだ。男だ。きっとそうに違いない。でなければ、あのラフィネが朝早く起きて着替えて朝食を作るなどという極めて一般的ではあるが、このような奇行に走るわけがないのだ。

これは心配である。今日の仕事をキャンセルしてでも尾行しなければならない。

グビッとリリィの喉が鳴った。

リリィ・ロックウッドは娯楽本で育ってきたため、耳年増なのである。

「よっと」

ラフィネが焼いていたオーク肉を、自分の皿とリリィの皿へとのせた。

「食べるわよ」

「う、うん」

機嫌がいい。なぜだかさっぱりわからないけれど、そう感じられる。

フォークでむしゃむしゃとサラダを口に運ぶ。

いまならこたえてくれるかもしれない。

「ねえ、ラフィネ」

「何よ？　味に文句あんなら自分で作りなさいよ」

「ううん、おいしいよ」

「……あ、そ」

ちょっと照れたような表情で、そっぽを向いたりして。

「聞いてもいい？」

「内容による」

「わたしの家族って、ラフィネはどこにいるか知らない？」

ラフィネのフォークを持つ手が一瞬止まった。けれども何事もなかったかのように再び動き出し、オーク肉の薄切りを丸めて、切れ目のあるパンに挟んだ。

「さぁね」

「知らないの？」

「少なくとも現時点ではどこにいるのか知らない」

あ、少し不機嫌になった。

現時点では、という言い方が少し気になる。裏を返せば、おそらくラフィネはロックウッド家襲撃事件のあった夜に関してだけは、両親や弟妹の動向を把握していたということではないのか。けれどその後、彼女の目の届かぬところに移動した。もしくは、させられた。たぶん、そんなところだ。

これ以上は聞いてもこたえてはくれなそうだ。

「そっかぁ。ありがと」

「……」

うなずきもせず、ラフィネは朝食を口に運び続けている。それは不自然なほどに、急いで詰め込んでいるように見えた。

食べ終わると早々に皿を持って立ち上がり、流し台で洗う。

「家事、できたんだねえ」

「あん？」

「ゴメンナサイ」

そんな怖い顔をしていたら、フラれちゃうよ。

皿を洗い終えると、ラフィネは髪を指で梳いてから首筋で一本に縛り、どこから取り出したのかショートソードの収まった鞘ベルトを腰に装着し、玄関口へと向かった。

「じゃね」

「あ、うん」

剣、必要？　デートなのに？

「はぁ～……くそかったるいわ……。……なんであたしが……」

そんな一言を残して、ラフィネはドアから出て行く。

リリィは大急ぎでパンに肉と野菜を挟み、口に詰め込みながら立ち上がった。足音を忍ばせて玄関口のドアを開けた――ところで立ち止まる。

ラフィネが大きな胸の下で両腕を組んで、こちらを見下ろしていた。

「ついてくるな」

バレてた。

「……ふぉふぇんふぁふぁい……」

「口にものを詰めたましゃべるな」

んぐ、んぐ、ごくん。

「えっへっへ、ラフィネの彼氏さんをちょっと見てみたいなぁ～なんて……」

額に縦皺が寄せられた。しかしすぐに解かれて、視線を斜め上空へと上げて。それから心の底から面倒くさそうな表情で吐き捨てる。

「見せない」

「あ、やっぱりデートはデートなんだ？」

「そう。大人のデートをするから、あんたにはまだ早い」

「んぇ!?　お、お、大人の!?」

「そういうわけで」

ラフィネが歯を剝いて、シッシと野良犬を追い払うように手を振った。

「よ、夜はやっぱり遅くなるの？　なっちゃうの？」

「状況による。帰ってこなかったら夕食だけ作り置きしといて。今日は昼食の用意はいらない。外で食べる。あんたが稼いできたお金でだけど」

「うん、わかった」

ラフィネが去っていく。

「がんばってねっ。応援してるからねっ。デート代が足りなかったら言ってねっ」

「……母親か！」

たぶん、追いかけたところで、これはもう撒かれる。そんな予感がひしひしとする。

馬車で王都に越してくるときに起こった盗賊事件でも思ったけれど、やはりというべきか、ただの使用人ではなかったようだ。

短剣？　ショートソード？　自分の剣なんて持ってたんだ。

剣はそれなりに高価なものである。戦う必要性のない一般人は、武器を持っていたとしても、そのほとんどが盗賊に拉致されたときに貴族の娘が使う、自害用のナイフくらいのものだ。そんな用途なら、何なら包丁だって十分というもの。

けれどラフィネが装着したものは、鞘ベルトまで立派な短めの――剣だった。それも、ずいぶんと使い込まれていたように見える。

「う～ん、何者かな？」

結局、ラフィネの尾行は開始前に失敗したため、いつも通りに午前は仮面を装着してお出かけすることにした。

今日は青果店のおじさんにお願いせねばならないことがある。

丸めた手作りのポスターを持って、青果店を訪ねる。

「おじさ～ん」

「やあ、リリ――ハローワールド仮面さん。おや、それはなんだい？」

「これね、わたしのポスターだよ。おじさんのお店の壁に貼ってもらえたらなーって思って持ってきたの」

丸めたポスターを手渡すと、おじさんは早速それを広げた。

「ふむふむ。『お店の番や忘れ物のお届けから盗賊団や魔物の殲滅まで、成功報酬のみの格安でお引き受けいたします。正義の味方ハローワールド仮面』。はっはっは、仮面の絵が上手に描けているねえ。はっはっは、はっはっは。こんなものは、こうして、こうして、こうしてぇ～──」

おじさんはポスターを四つに折りたたんでゴミ箱に叩き込む。

「ぽーん！」

「えええええっ！」

捨てられた。

おじさんが額に縦皺を寄せて、唇を尖らせた。

「だって危険過ぎるでしょ。それに、こんなデタラメを書いちゃだめだよ。商売にするならなおさら信頼が大事だからね。リリィちゃんまだ九歳だっけ？　正義の味方ごっこがしたければ、ハンターになってランクを上げてからじゃないと」

「デタラメじゃないのにぃ……。あとわたしリリィじゃないよぉ……」

「ハローワールド仮面さんでもだめだろ」

リリィがすでに盗賊団をうっかり三つばかり解体し、うち二つはアジトを跡形もなく消し飛ばしていることを、おじさんは知らない。

「うう、せっかく作ったのに……」

「うんうん。だったらせめてさ──」

愕然とする様子に心が痛んだのか、おじさんはゴミ箱からポスターを拾い上げ、インク壺と羽根ペンで、盗賊団や魔物の殲滅を黒く塗りつぶした。

「これなら貼ってあげるよ。何だったら探し物とかペット捜索とかも書き足して。最後の行に、期待しないで待っててね〜ってつけて。ほら、失せ物や落とし物って、そのほとんどが見つからないから」

「うう……」

がっくりと肩を落とす。

しかし店の壁を借りる以上、青果店の信頼を地に落とすわけにはいかない。それくらいのことは、リリィとてわかっている。

バッと顔を上げた。

大丈夫。これから自力でいろいろな事件を解決し、そのたびにヒーローを名乗っていけばいい。信頼は自分で勝ち取る！　よし！　気合い入った！

「じゃあおじさん、それも書き足しといて！」

「うんうん」

おじさんが早速書き足して、青果店の壁面に貼る。

「うん、いいね。商売は多角的なほうが有利なんだ。うちにとってもリリィちゃんにとっても有利に働くことは間違いない」

「うんっ、ありがとね！　あとリリィじゃないからねっ！　まだ若いんだし、しっかり頭切り替えていこうねっ！」

「ただ、料金体系はちゃんと決めておいたほうがいい。配達なら距離と重量で銀貨何枚とか。あとで揉めたくないだろ？　格安とかお気持ちだけ、なんて書いたら、世知辛え世の中だから誰もくれなくなるよ」

「あー、かも？　でもわたし、市場価格とかあんまり知らないよ。ハンターギルドに聞いたら教えてくれるかな？」

「どうかなあ。ハンターじゃないし、むしろギルドから見れば商売敵だからねえ」

リリィが難しい顔をしてうなる。

「うう～」

「よし、なら価格帯はおじさんが考えてやろう。なぁに、リベートを取ろうなどとは思ってないから安心していいよ。ハローワールド仮面さんの商売がうまくいったら、こっちの客も増えるからね」

「わ、ありがと！」

パンと手を合わせて飛び上がって喜ぶリリィを、おじさんは細めた目で眺めていた。

それから、すっかり馴染みとなってしまった野菜や果物の配達をこなすため、今日もリリィは王都を駆け回る。

午後になればスラムだ。

ありがたいことに、Fランクハンターの採取の仕事は常時依頼といって、毎日のようにあるらしいのだ。当然、ベイルもほとんど毎回のようにそれに付き合っている。リリィもそこにお邪魔しているという形だ。

遅れないようにスラムに向かう。

ふと広場を通ると、視界の隅に見慣れた人物がいた。ほとんど反射的に、半壊した建物に姿を隠す。

「ラフィネ……？」

ラフィネが腕組みをして、スラムの広場の片隅に立っている。遠目でもわかるのは、何か話しているということだ。

誰と……？　彼氏……？

「にひひ。見ィ～つけたっ」

建物の柱の陰に隠れながら、そっと相手の人物を確認する。

「あ……っ、うそ……っ」

あいつだ。先日、盗賊の依頼を交通量調査と偽って回してきた、あのマスクの男。スラムの斡旋屋だ。

混乱した。

あの人がラフィネの彼氏なの？

いや、ラフィネも男も笑ってはいない。やはりデートではないようだ。男は束ねられたメモを次々とめくっている。

何してるの？　仕事を請けようとしてる？　あのラフィネが？　危険な男から？

「声、かけたほうがいいかな……」

躊躇っているうちに、ラフィネは去っていった。

きっといま彼女を追ったとしても、何も話してはくれないだろう。真相を問い詰めるならラフィネよりも斡旋屋だ。

リリィは斡旋屋に近づいていく。

「こんにちは」

「何だ、その仮面は？　ヘンタイか？」

「あ」

リリィが仮面を外した。

「……ああ、この前の嬢ちゃんか。報酬か？　ずいぶんと取りにくるのが遅かったじゃないか」

男が懐に手を入れた。けれどその手を引き抜く前に、リリィは早口でつぶやく。

「そんなのいらない。あなた、盗賊たちからもらえてないでしょ？」

男に報酬を払うはずだった盗賊団は、壊滅させた。リリィ自身がだ。盗賊団が壊滅した以上、当然斡旋屋にも報酬は入っていないはずだ。

「……ほう。依頼主が盗賊であることに気づいたか。運がなかったな。まさか報酬を支払うべき依頼主が、何者かに壊滅させられてしまうとは」

その何者かが、珍しく不機嫌な表情で言い放つ。

「運がよかったんだよっ。盗賊の片棒を担がずに済んだんだからっ」

「なるほど。盗賊は嫌いか。それで今日まで報酬を取りにこなかったというわけだな」

盗賊団のアジトが壊滅したことは、ギルドを通じて国にも届き、当然のように国は国民に発表した。斡旋屋はさぞかし驚いたことだろう。

「あたりまえでしょ！　あんなこととして稼いだお金なんて！」

骨張った男の手が懐から引き抜かれる。

「金に綺麗も汚いもない。同じ価値の同じ物体に過ぎない。それはともかく、依頼主まで自力で辿り着いたのは驚いた。おまえのような人の好さそうな甘ったれたガキがな」

自力ではない。ベイルがいなければ、リリィはいまも騙されたままだった。騙されたまま、また同じ仕事を求めて盗賊団のために働かされていたかもしれない。

だけれど、ベイルの名前をここで話してしまうのは、彼に迷惑がかかる気がする。

「あまり甘く見ないで。これでも王都を騒がす正義のヒーロー、ハローワールド仮面なんだから」

「知らん」

リリィががっくりと肩を落とした。

「だが、報酬は受け取ってもらう。おまえは俺の斡旋した仕事を見事にこなした。正当報酬分を払うのは当然のことだ。それでもいらないと言うのであれば、スラムのガキどもにでもくれてやればいい。喜ぶぞ」

リリィは軽くうなると、男から数枚の銀貨を受け取って、枚数を数えもせずにポケットへとねじ込んだ。

「あんな仕事を持ってくるのはもうやめて」

男の視線が上がる。

「俺は金と仕事を求めるやつに、それらを斡旋しているだけだ。依頼主や雇用するやつら自身には興味がない。スラムではそれで救われる命もある」

「危険だよ！」

「危険？　おまえに斡旋した仕事は、直接的な犯罪ではなかったはずだが？　それに、おまえが余計なことを調べさえしなければ、おまえ自身が危険にさらされることもなかったのではないのか？」

ムッとした表情でリリィは言い返した。

「そうだけど、そもそも内容を知ってたら請けなかったもん！　わたしが安全でも、わたしの情報で危険にさらされちゃう人だっているでしょ！」

「俺には関係のないことだ。おまえにもな。……それで、用件はそれだけか？　見ての通り忙しくはないが、小うるさい女のガキは苦手でな。話が終わったのなら、去ってくれると助かる」

言葉に詰まった。

まだまだ言ってやりたいことはあるけれど、ラフィネがこんな男に騙されているかもしれないことを考えて、いまはグッとこらえる。

「さっきの人と何を話してたの？　斡旋したの？　また悪いお仕事？」

「順番にこたえよう。一つ、仕事上のちょっとした昔馴染みだ。二つ、仕事の斡旋はしていない。そういう用件ではなかった。だから三つ目は、質問の内容がそもそも間違っている。的外れだ」

「じゃあ彼女の用件は何だったの？」

マスクの上からでもわかる。男は微かにだけれど笑った。笑って、マスクの前に人差し指を立てる。

「こんな商売だ。依頼者や雇用者の情報は提供しないし、知ろうともしない。それが互いの安全に繋がるからだ。そこは理解しろと、この前も言ったぞ。おまえこそ、あの女の何だ？　関係者か？　もしもただの他人であるならば、お節介などやめておけ」

「わたしは家族だもん！」

男の口角が上がった。今度は微かにではない。マスクが高く持ち上がるほどに。

「家族。くっく」

ゾクリ、と背筋に悪寒が走った。

けれど、男の口から出た言葉は。

「そうか。ああ、なるほど。それは心配だな」

「う、うん」

「安心しろ。先も言ったが、あの女に仕事は斡旋していない。あいつはただ、ある情報を買いにきただけだ」

「情報？　それって――」

男はリリィの質問を予想していたかのように、マスクの前に人差し指を立てていた。

「こんな灰色の商売でも、守秘義務という言葉があるのでな。信頼を失えば、同時に俺は命をも失うことになる」

またしても機先を制された。話す気はないということだ。

「用がそれだけなら、もう帰れ。仕事が必要になったら、またこい。商売の邪魔だ」

それだけを言うと、男はうつむいてメモの束を捲り始めた。

食い下がりかけたリリィの口を、背後から掌が覆う。

「んん～っ!?」

男が一瞬だけ視線を上げて、すぐに戻した。

「ふん、ベイルか」

ベイルくん!?

リリィが手を振り払って振り返ると、そこにはたしかにベイルが立っていた。ベイルは男の言葉には一切反応を示さずに、リリィに語りかける。

「この男とはもう口を利かないほうがいい。そう言ったろ?」

「う、うん。でも……」

ラフィネが……。そう言いかけて、口を閉ざす。

男の言葉を信じるならば、ラフィネは情報を買っただけだ。それが何の情報かは気になるけれど、仕事として実際に動いているのならばともかく、情報を買っただけなら命の危険にさらされることは、いまのところはまだないはず。

それよりも、男のいる前でベイルと話してラフィネの名前を出してしまうことのほうが危険に繋がる可能性が高い。とはいえ、馴染みの顔ではあるようだけれど。

リリィがうなずいた。

「ん。わかった」

「遅いから迎えにきたんだ。もう行こう」

ベイルがリリィの背中を押して歩き出す。メモを眺めたままの男に背中を向けて。

「あ、そっか。遅れちゃってごめんね、ベイルくん。さっきちょっと気になることがあったんだ」

しかしベイルの視線はもうリリィにも男にも向けられてはいなかった。

ベイルが背中越しに、吐き捨てるようにつぶやく。

「あんたは、いったいいつまでそんなことをしているんだ。『赤き誓い』が行った改革のおかげで、スラムはもう変わったってのに」

「……」

男はこたえない。メモを捲るばかりで、反応すら示さない。

ベイルが大きなため息をついて、足を速めた。リリィはその隣から、ただ悔しげに下唇を噛みしめて歩くベイルを見上げていた。

＊　＊

二人の姿が視界から消えてから、男はメモを捲る手を止めた。長く重いため息をついて、メモを懐にしまう。

メモに視線を通していたわけではない。ただ、目を合わせたくなかっただけだ。まっすぐな瞳の青年とは。

もう一度ため息をつく。

そして、そよ風にさえ搔き消されるような小さな声でつぶやいた。

「……なるほどな。あれがロックウッドの隠された長女か。耳が聞こえないと聞いてはいたが、はてさて」

今日の客はもうこないだろう。

椅子代わりにしていた倒れた石柱から立ち上がり、尻についた砂埃を叩く。

ああ、しばらく忙しくなりそうだ……。

＊　＊

先日とは別種の薬草がはびこる草原に散らばって、メルやチムリーたちが採取を行っている。その彼らには聞こえない程度の小声で、浮浪児たちの中心に立つベイルがつぶやいた。

「ラフィネさんが武装して家を出て、スラムの斡旋屋から情報を買ってた、か。それはたしかに気になるな」

「うん」

話をしながらも互いに背中合わせで別の方向を眺め、警戒は怠らない。そもそも採取依頼に護衛が必要な時点で、魔物はどこにでも出現するのだ。

「ベイルくんはあの人が誰かを知っているの？」

「……うん。知ってはいる。ただ、本名は知らない。数年前からスラムの浮浪児や孤児院の孤児たちを相手に、スラムの広場で仕事を斡旋してるんだ。知ってのとおり、まともな仕事からあまり善くない仕事まで手広くな」

リリィが首を傾げた。

「でも、あそこで仕事をもらっている子なんて、わたしの他にはいなかったよ？　今日だってラフィネ以外は見てないし。あんなので商売になるの？」

ベイルが人差し指で頬を搔く。

「ああ、それに関しては、俺がもう少しまともな仕事をもらいやすいように、浮浪児たちを小綺麗にさせたんだよ。身体を洗わせて、清潔な服を着せて。ただ、そのせいで浮浪児が孤児たちの仕事にまで手を出し始めて、孤児たちから仕事を奪ってしまっていたんだ。依頼主からすれば、雇うなら浮浪児のほうが安いってのもあってね」

メルが採取をしながらこちらに手を振ってくれている。リリィは笑いながら手を振り返して、ベイルに返事をした。

「大変だねえ。ケンカになっちゃう」

「俺はただ、弟妹たちの暮らしをよくしたかっただけだったんだけどな。そのせいで孤児院の孤児たちには迷惑をかけてしまった。で、ケンカになりかけたときに『赤き誓い』っていうCランクハンターのパーティが介入して、浮浪児と孤児の仲を取り持ってくれたんだ。そのおかげで、いまでは縄張り争いじゃなくて、両者で落としどころをちゃんと平和的に探せてるよ」

Cランクハンターのパーティ『赤き誓い』。王都において、時々名前が出されるパーティだ。一度は逢ってみたいと、リリィも考えていた。

もっとも、王都にくる遥か以前に、すでに一度逢っているのだけれど。

「あ、じゃあこの採取のお仕事って」

「ああ。ハンターの準構成員資格を持ってる浮浪児たちには、なるべく町からの個人的な依頼じゃなくて、ハンターギルドからの常時依頼をやらせてる。そのほうが孤児たちの仕事とかち合わなくて済むから」

「孤児はハンターにならないの？」

「なるやつもいるよ。でも依頼の取り合いにはならない。ギルドの常時依頼には定員がないんだ。もっとも、あまり採取が進むと薬草の価格が安くなってしまうかもしれないけどな。そうなったらランクを上げさせて、鉱石でも掘るかな」

準構成員の採取依頼には護衛が必須だ。だからベイルはCランクの正規ハンターでありながらパーティを組まず、町から離れずに済む依頼ばかりを請けているのだと、リリィはこのときになって知った。

「『赤き誓い』には感謝の言葉もない。浮浪児はまっとうな仕事にありつくことが簡単になって、孤児院には国の財務卿からの給付金が増えた。あの人たちは本当にすごいよ。俺のような凡人が考える方法とはスケールが違う。心の底からそう思う」

　ベイルが遠い目をして、付け足す。

「俺はいつになったら、あの子に追いつけるのかな……」

　リリィが歯を剝いて笑った。

「誰のことを言っているのかわかんないけど、ベイルくんもわたしから見れば十分すごい人だよ？」

「俺が？　なんで？」

「たった一人でこんなに沢山の浮浪児たちを助けて、育ててるんだもん。わたしね、自分で働いてみてわかったんだ。お金を稼ぐって大変なんだなぁって。自分一人でも大変なのに、ベイルくんはみんなのお仕事の面倒まで見てるんだよ。これってすごいことだよ」

「ははは、俺にとって浮浪児たちは家族だからな。家族を助けるのはあたりまえだろ」

　言ってから、ベイルが言葉を切った。少し言葉に詰まって、しばらく。

　風が薬草林を流れる。浮浪児たちの楽しげな声が耳に心地いい。

「……ごめん。君の前なのに、余計なことを言った」

　リリィ・ロックウッドは、家族に見捨てられた。もしくは、家族はすでにこの世を去っている。

　そのどちらかだ。いずれも幸福とは到底言えない状況だ。

　それでもリリィは明るく返す。

「平気だよ？　わたしだってロックウッド家の家族をあきらめたわけじゃないもん。どこかで困ってるなら、わたしはきっとどこにでも助けに行く。今回のラフィネの件だって、ラフィネが危ないことをしようとしてるんだったら、止め――られはしなさそうだから、お手伝いでもしに行くかな。両方ともわたしの家族だからねっ」

背中合わせのまま同時に振り向き、破顔した。

「そのときは、できる範囲で俺も手伝うよ。言ってくれ。ロックウッドのことも、ラフィネさんのことも」

「わっ、助かるぅ～。あ、でもわたし、ベイルくんを雇うだけのお給料払えない」

背中に伝わるぬくもりが、微かに揺れた。

「ははは。ラフィネさんのことはともかく、ロックウッド家に関しては辺境伯にでも請求してみるよ。もしくはそこまで事件が大きくなるなら、ギルドからだって報奨金が出るかもしれない。それに、ないならないでいい。その分リリィがスラムのほうを手伝ってくれれば貸し借りはなしだ。この人数だ。実際に俺だけじゃ見守り切れないからね」

「そっか～。それ、いいね。うん。楽しそうだよ」

また笑い合う。

「ベイルくんはいい人だね」

「君に言われたくはないな。だから斡旋屋なんかに騙されるんだ」

リリィが苦笑した。

「むへぇ、いまそれ言う？」

咳払いを一つして、ベイルが背中を離す。そのまま浮浪児たちに交じって、採取を手伝い始めた。

リリィもそれに倣ってメルのところへ行き、籠を覗き込む。メルはこの中で最年少であるためか、あまり捗（はかど）っていない。いつも遅れ気味になってしまう。

なんだか耳が聞こえなかった頃の自分のようだ。

「よ～し、わたしも手伝うよ、メル」

「わーい、ありがと、仮面姉！」

あの館の一室に閉じ込められて生きていた頃を思えば、いまがどれほど楽しいことか。こういう暮らしを続けるのも悪くない、そんなことを考えながら。

＊　　＊

リリィの心配に反して、夜２の鐘が鳴る前には、ラフィネは家に戻ってきた。

帰ってきて目が合うなり、ラフィネがつぶやく。

「なんだ、先に食べてたらいいのに。別に待たなくていいわよ」

「一緒に食べたほうがおいしいよ」

ラフィネがあからさまに顔をしかめた。

「ひとりで食べても誰かと食べても、味は一緒よ。だったらできたての温かいほうがおいしいに決まってる」

ランプの灯りが揺れている。

テーブルの上の料理には、まだ手をつけていない。夜1の時間から作り始めたから、もうすっかり冷めてしまった。

リリィはいそいそと立ち上がる。

「じゃあスープだけ温め直すね。おいしく戻るかもだ」

「ん」

スープの入った鍋を火にかける。

「ラフィネ、帰ってくるの遅かったね」

「あんたもこの前遅かったでしょうが」

「あ、そっか。お互い様だったね」

にへへと、リリィが笑った。ラフィネが鼻を鳴らしてつぶやく。

「ちょっと盛り上がっちゃってね。なかなか帰れなかったの」

ラフィネが上着を脱ぎ捨てながら、大あくびをする。

「何が?」

「大人のデートに決まってるでしょ」

ああ、いま、ラフィネは嘘をついた。スラムの斡旋屋から情報を買っていたくせに。

ちょっと寂しい。悩みがあるなら、真っ先に話してくれてもいいのに。ハローワールド仮面では頼りにならないのかな。

　スープ鍋を掻き混ぜながら、表情には出さずに返す。

「へえ、そうなんだ」

　ラフィネがテーブルについた。

「……てっきり根掘り葉掘り聞かれるもんだと思ってたけど、何も聞かないのね。もしかして出先であたしを見かけてたり？」

「み、みみ見てないよ？」

　間があった。間があって。

「………ふ～ん……」

　じっとりとした半眼になった。視線が突き刺さって痛い。

「あんたさ」

「んえ？」

「いつもあのベイルってハンターの男の子とどこでどんな仕事してんの？　ああ、午後の話ね。午前は八百屋のオヤジんとこに貼ってあった、何でも屋みたいな変なポスターを見たから知ってるけど、あれだけじゃ二人分は稼げてないわよね」

「あ、それは、ベイルくんとこの弟妹たちの採取を手伝ったり、魔物退治をしたりだよ。手が足りないんだって」

「魔物退治か。相手にもよるけど、盗賊退治よりはいくらかマシね」

「魔物って言っても、オークとかゴブリンとかホーンラビットばかりだから、それほど危険じゃないよ」

ラフィネがテーブルに突っ伏した。大きな大きなため息が聞こえる。

なんだか妙に胸が高鳴った。

「ま、その程度が相手なら、あんたなら万に一つもないと思うから別にいいけどさ。あんまり危険なことはするんじゃないよ」

微妙に震えそうな手で、温まったスープを木皿へと注ぐ。

「ラフィネ、もしかして心配してくれてる……？」

突っ伏していたラフィネの顔が、ものすごい勢いで上がった。

「あんたの心配はしてない。あたしはあたしの将来の心配をしてるの。あんたはあたしの妹って体で、貴族か豪商に嫁ぐんだからね。妙なことをして顔に傷でもつけられたら、たまったもんじゃないのよね」

結婚か。まだまだ考えられないや。

「そっか～。気をつけるよ」

「そうしなさい」

スープの入った皿を並べて、リリィもラフィネの向かいに着座する。

「それに、ケガでもしたら誰があたしの世話をしてくれるのよ。言っとくけど、二人して餓死するかもしれないのよ」

「今朝作ってくれたラフィネの朝食、と～ってもおいしかったよっ」

「～～ッ」

そうこたえると、ラフィネは苦々しい顔をして視線を逃がすように皿の上のサラダへと向けた。

「と、当然よ。あたしが作ったものがまずいわけないじゃない」

「うん！」

よくよく見れば、うつむき気味のラフィネの表情が緩んでいる。リリィの視線に気づいた彼女はすぐにそれを引き締めて、消してしまったけれど。

「……もう食べよ。さすがにお腹空いたわ」

「うん。お腹空いたね」

食事の風景はいつも同じだ。

リリィが一方的に今日あったことを楽しげに話し、ラフィネはほとんど無言ながら、それに対してたまにうなずく。ラフィネからは味の感想はないけれど、彼女はリリィが作ったものを残さずに食べきる。時々はおかわりをすることもある。

リリィ・ロックウッドには、なぜだかそれがたまらなく嬉しく感じられた。

＊　＊

翌朝も、ラフィネはリリィよりも先に起床して、朝食を作っていた。昨日と同じようにすでに出かける準備はできているようだ。けれど結局のところ、彼女が外へ何をしに出かけているのかだけは教えてもらえなかった。

出て行くラフィネを見送ってから、リリィもまた家を出る。だから彼女は、自身とほとんど入れ替わりに、無人となった家屋にフードにローブというあやしげな姿の男たちが現れたことを知らない。

フードの男たちは手慣れた様子でハンドサインを出し、施錠されたドアの鍵を開け、苦もなく家屋に入り込む。すべての部屋をたしかめて誰もいないことを確認すると、互いに見合わせた首を横に振り、何も盗むことなく家から出て行った。

その一部始終を路地裏から眺めていたラフィネは、彼らが立ち去ったあとの家に戻って、各部屋を隅々までたしかめる。

一通りたしかめ終えてから、頬を伝う汗を拭った。

「……やぶ蛇だったかしら」

リリィの尾行を警戒して、しばらく家を見張っていたのが功を奏した。まさか我が家への賊の侵入現場をこの目で見てしまうとは。

痕跡は何も残していない。家からなくなったものはないし、当然のように増えたものもない。ご丁寧に、あえてわかりやすい場所に置いてある銀貨入りの革袋でさえも、中身ごと無事に残っている。盗賊でもなければ、当然、配達でもないということだ。

片手で口元を覆ってつぶやく。

「最悪だわ……」

いっそ何かを盗んでくれていたなら、もう少し気楽だった。

何も盗らずに去ったということは、この家に住む二人のうち、どちらかに用があったということだ。だから盗賊という可能性は消えた。もちろん鍵を無断で開けて侵入したわけだから、日常平和的な用件ではないだろう。

ならば十中八九、ロックウッド家絡みの問題だ。つまりはあの夜、ロックウッド家を襲った輩は金銭目当ての盗賊ではなかったということになる。

ネイハム・ロックウッドといえば、ティルス王国でも国境線を任されるだけの信頼と実績を持った有力貴族、辺境伯だ。中身は妻に操られるだけの不出来な男ではあったが、しかし問題は、彼の分不相応ともいえる高貴な身分にあるのではない。公爵でも侯爵でもなく、地方統治と他国からの防衛を任されている、辺境伯という部分だ。

もしも金銭目当てではなかったのが正解だとしたら、辺境伯とその血筋を邪魔者に思うような相手は、おおよそ絞られることになる。

ティルス国内で辺境伯の地位を狙っている他の有力貴族か、そうでなければ同じ国境線を有する相手。つまりは南の大国アルバーン帝国の間者ということになる。

「はぁ～……」

ラフィネは両手で顔を覆った。

いずれも一介の元ハンターの手には余る相手だが、特に後者だとなおさら最悪だ。国家が総力を挙げて動くべき相手に、個人で何ができるものか。せいぜい姿を眩ませて逃げることしかできないだろう。

さらに言えば、可能性は後者のほうが圧倒的に高い。もしも有力貴族の犯行であったならば、未だ安否確認の取れていない辺境伯の地位に、すでに名乗りを上げている輩がいるはずだからだ。

国王とて、いつまでも国境線の重要拠点を空席にしている理由はない。

「アルバーン帝国の暗躍か……」

これは思っていた以上に大事(おおごと)になってしまった。

心臓が痛いくらいに跳ねていた。

最初はほんの気まぐれだったのだ。らしくないことに、リリィの家族を捜してやろうなどと余計なことを考えた。結果として、とんでもないことに気がついてしまった。ロックウッド家に夜襲をかけた犯人が、まさかアルバーン帝国だったとは。

では、どこから情報が漏れたか。

そもそも、ラフィネ・アルステアがロックウッド家の長女をかくまっていることを知る者など、ほとんどいないはずだ。

自分と本人、そしてベイルのみ。

「あいつか……！」

スラム出身、Cランクハンターであるということ以外は何の情報もない青年だ。リリィがロックウッドの生き残りだと知られたのは、口を滑らせてしまった自分の責任だったが、それを置いておいても迂闊だった。

他人をリリィに近寄らせすぎた。

銀貨の入った革袋をつかんで腰に吊す。

とにかくいまはここを出る。一刻も早く。そしてベイルに口を割らせる。どこの誰にどこまで話したか。場合によっては、王都から姿を眩ませるしかない。

「よし」

玄関のドアを開けた瞬間、フードを目深にかぶった男一名と鉢合わせる。男の口がニタリと嗤った。

「おまえがリリィ・ロックウッドか？」

「〜〜ッ!?」

顔を引き攣らせて驚いたのは、ほんの一瞬。

次の瞬間には、ラフィネは微笑みでこたえる。

「あたしがそんなに若く見える？」

「ほう。彼女を実際に知っている口ぶりだ」

しまった。のせられた。

ラフィネの判断は早かった。少なくとも、フードの男が動くよりも。

「チッ」

舌打ちと同時に剣を抜いて、側方から薙ぎ払う。ギィンと剣呑（けんのん）な金属音が響いて、男の剣がラフィネのショートソードをかろうじて受け止めていた。

「貴様……ッ」

「──邪魔よ！」

男の腹を蹴って押す。

「うおっ!?」

男が数歩背後によろめいた直後、ラフィネは舌打ちをして屋内にバックステップで戻り、ドアを乱暴に蹴って閉めた。

内側から施錠する。だが、こんなものはいくらも保たない。

そのまま寝室へと走ってベッドに跳び乗り、両腕を交叉して窓を突き破る。そして着地と同時に路地裏を走り出した。

すぐに叫び声が上がった。

「裏に回れ！　逃がすなッ!!　娘ではないが、おそらく人質に使える！」

家屋を回り込んでくるいくつもの足音が響く中、ラフィネは野良猫のような身軽さで路地裏を走り出す。

置かれたゴミを飛び越えて家屋と家屋の間の細い道を何度も曲がり、表通りには出ぬままにスラムの方角へと。

＊　　＊

それはCランクハンターの中では剣術において頭一つ抜けているベイルにとってさえ、奇跡と呼んで相違ない超反応だった。

いつものようにリリィとともに採取集団を率いてスラムを歩き、現地に向かっていた最中、唐突に頭上に影が落ちたのだ。

太陽が陰った。本来なら雲でもかかったのかと思うところだ。

なぜその瞬間、剣を抜けたのか、自分でもわからなかった。

ベイルは隣を歩くリリィを片手で突き放すと同時に剣を抜き、上空から風を切って飛来してきた銀閃を受け止めていた。

けたたましい金属音と火花が散った。剣を持った腕がジンと痺れる。

「な――――っ!?」

「見つけたわよッ！」

よろけて尻餅をついたリリィが、目を丸くする。後方上空から、ラフィネが剣を抜いてベイルへと唐突に斬りかかってきたのだから。

鍔迫り合いになり、ベイルが男性の力でラフィネを突き放した。数歩後方に下がったラフィネが、リリィに叫ぶ。

「リリィ、離れなさい！　こいつは敵よ！」

「へ？　え？　ラフィネ？　え？」

戸惑い、その場から動かないリリィをベイルから庇うように、ラフィネが移動した。ショートソードの切っ先をベイルに向けたまま、油断なくだ。

スラムの子供たちは、目を丸くして何事かと驚いている。

ラフィネは汗だくで肩で荒い息をしていた。対するベイルは、剣を片手で下げてもう片方の手を広げている。

「ちょ、ちょっと待ってくれ、ラフィネさん！　俺が敵って、何の話なんだ？」

「とぼけるな！　リリィを帝国に売ったな、おまえ！」

ラフィネが駆け出し、ショートソードを袈裟懸けに振るった。ベイルがそれを後退しながら受け流す。

「だから何の話だよ……ッ」

まるでネコ科の野獣のように縦横無尽にステップを踏み、次々と斬撃を浴びせるラフィネを、ベイルは的確な動きで捌く。

袈裟懸けの剣閃を逆袈裟に斬り上げて弾き返すと、ラフィネは返された勢いのままに身体を自ら回転させて、流れるような動作で斬り払う。

「うおっ！」

皮膚一枚。ベイルの額に薄い傷が入った。

なおもスカートを翻して躍りかかるラフィネの剣を、ベイルは受け止めてから地面に流し、靴裏で刃の峰を踏んでそのまま大地に押しつける。

「待ってくれ！　俺の話を――ぐがっ」

直後、ベイルの顎が上がった。武器を押さえられたラフィネが、つま先で蹴り上げたのだ。

「く、足技!?　剣術だけじゃないのかよ……！」

たまらずに下がった瞬間、ラフィネがショートソードの自由を取り戻して再び構えた。切っ先をベイルに照準し、その太ももを狙って低く大地を蹴る。

ラフィネの剣術は、騎士が使う正道の剣術ではない。父から教わった、言うなれば野獣や魔物の戦闘術だ。そこには決まった型や剣の常識など存在しない。必要が生じれば剣を投げることもあるし、無手の心得も学んでいる。

通常の騎士や剣士から見れば、まるでデタラメなのだ。

それでもベイルは食い下がる。予測不能の動きに対し、速さ正確さで食らいついていく。学生時代、『赤き誓い』のとんでもない速度と力を備えた少女に剣の修業をつけてもらっていなければ、もう立ってなどいられなかっただろうと、考えながら。

火花と金属音が幾度も鳴り響いている。

「やめて、ラフィネ！」

リリィの叫びが、ラフィネの声で上書きされた。

「さっき、あたしの家を辺境伯の一件絡みの賊が襲ってきた！　やつらはリリィを捜していた！　拉致か暗殺を目的にね！　真実を知っているのは、あたしたちの他にはあんたしかもういないのよ！」

「だからちょっと落ち着いてくれ！　俺は誰にも話してない！」

下段、足首を狙って振るわれた刃を、ベイルが最小限の跳躍で躱す。大きな隙を晒してしまえば、次の瞬間には肉体のどこかが欠損する。

「嘘だ！　あたしとリリィの両方と関わりを持つ相手で、且つリリィの正体を知る人間なんて他にいない！」

二人の間に割り込もうとしていたリリィの動きが、ピタリと止まった。

突き出された切っ先を体捌きのみで躱して、ベイルが歯がみした。

「く――！　仕方がない！」

ベイルが左手に何かを握り込む。

「少し痛いけど、恨まないでくださいよ！」

ただの空気だ。ただしそれは、単工程の魔法、空気弾だった。威力があまりないゆえに不殺、しかし不可視であるがゆえに、初見の相手にはほぼ確実に決まる。たとえそれが凄腕のAランクハンターであろうともだ。

「それはこちらの台詞よ！　手足を封じた上ですべてしゃべってもらう！」

一方のラフィネは右手のショートソードの他に、ブーツに隠す長い針のような暗器に左手を伸ばした。ハンター時代から使用してきた対人戦闘の切り札だ。暗器であるがゆえに、こちらもまた初見の相手に見破られることは滅多にない。

二人が地を蹴る――直前。

「いるよ！　他にもいる！」

　リリィの声が響き渡った。

　両者がつんのめってバランスを崩した。

「斡旋屋さんはわたしのことも、ラフィネのことも知ってるでしょ!?」

　ラフィネの表情が戸惑った。

「斡旋屋っていうのは、まさかスラムの斡旋屋のこと？」

　リリィが少し怒ったように両手を拳にして叫んだ。

「そうだよぉ！」

「なんであたしがあの斡旋屋から情報を買ってたことを、あんたが知ってるの？」

「わたしが最初に、あの人から悪いお仕事を斡旋されたからだよ！　ベイルくんが助けてくれた一件の！　それに、あの人からラフィネが情報を買ってたのを、わたし、遠くから見てたもん！　何の情報を買ってたかまでは教えてもらえなかったけど！」

　ベイルが安堵の息をついて、剣を腰の鞘へと滑り込ませた。

「はー……。どうやら誤解は解けたみたいだな」

　ラフィネが尋ねる。

「でも、あいつはあたしとリリィの関わりまでは知らないはずよ。あんたの正体もね。迂闊なことはしゃべってないわ。この際だから言うけど、買った情報はロックウッド家の居場所よ。けど、それだけじゃあたしとあんた、そしてロックウッド家の血筋を繋げるのは無理なはず」

「ラフィネが何をしてたのかが気になったから、わたしがあのあと、あの人のところに聞きに行ったの！　教えてくれなかったけど。でも、そっか。……それでわたしの正体に気づいたんだと思う……」

繋がった。すべてが。

ラフィネが額に手をあてながら、腰の鞘へとショートソードを戻す。

びゅうと風が吹いた。

もじもじと両手を大きな胸の前で絡ませ、気まずそうな視線をベイルへと向けて。

「あー、えっと……」

無実の罪で不意打ちし、あまつさえ暗殺しかけたのだ。殺されかけた当人であるベイルは難しい顔をして、両腕を組んで立っているだけだけれど。

ラフィネが若干泣きそうな顔をしながら、両手を拳にして口元にあて、可愛らしく上半身を横に傾けた。

「べ、ベイル……くん……さん？　なんか……ご、ごめ〜んネ！」

反応ナシだった。

しばらくしてベイルは、スラムの子供たちを振り返る。

「みんな、いまの話は絶対に他ではしないようにしてくれ。命に関わるから。それと、今日の採取は中止にする。ちょっとやることができた」

採取を楽しみにしていた子供たちから不満の声が上がったけれど、チムリーやメルが他の子の背中を押し、子供たちの撤収を手伝ってくれた。

スラムの一角に三人だけが残されて、しばらく――。

もう一度ベイルに謝ろうとしたラフィネの前で、ベイルが深々と頭を下げた。

「すまない。スラムの斡旋屋が迷惑をかけたみたいだ」

「……はい？　え、いや、謝るのはあたしのほうで――」

ラフィネがぽかんと呆ける。リリィが静かに尋ねた。

「どうしてベイルくんが謝るの？」

ベイルがため息交じりに続ける。

「あの斡旋屋。実は俺たちスラムの浮浪児の……兄なんだ……」

スラムでは、一定の年齢に達した者は姿を消す。

ハンターとなって独り立ちをする少年もいれば、豪商や貴族の愛妾に収まる少女もいる。とにかく劣悪な環境であるスラムにとどまる物好きなど、ほとんどいない。ベイルの兄姉もそうだった。みんな成人となる十五の頃には、スラムから去っていった。

弟妹を見捨てられなかったベイルは、その慣例を変えたくて、スラムに残ることを決めた。自身がハンターとなって年下の弟妹たちにも積極的にその資格を取らせ、スラムそのものの環境を変えようとしていた。

「そんなことを考えるスラムの出身者なんて、俺だけだと思ってたんだ。だけど、実際は違った」

名前は知らない。スラムでは勝手に自ら名乗るか、新たに名付けなければ名前などないままなのだから。

だからその人のことは、あんちゃん、と呼んでいた。

「面倒見のいい人だった。俺がまだ五つの頃だ。いまのように全員にハンター資格や固定の仕事を与える方法こそなかったものの、あんちゃんは十五になるまで自分の稼ぎのすべてを弟妹の面倒を見るために費やしてくれていた。当然、贅沢はできなかったけれど、一日一欠片のパンだって、当時はありがたかった。みんな大好きだったんだ」

けれど十五を迎えたあんちゃんは、他の兄姉同様に姿を消してしまった。その次の年長者だったねえちゃんも、同じように弟妹の面倒を見てくれていたけれど、やはり十五を迎える頃に豪華な馬車に乗って去っていった。

そういうものだと、それでいいのだと、昔はベイル自身も考えていた。

ところが上ねえちゃんと呼ばれる女の子が最年長になったとき、突然仕事の依頼が増えるようになった。食うや食わずだったスラムでの暮らしは、それで多少なりともマシになっていった。

世代は替わり、ダルにいちゃんが最年長となり、ベイルが二番目の年長者となったときに、ダルにいちゃんが、スラムの斡旋屋について教えてくれた。

あやしげな風体。フードを目深に被り、巻かれたマスクで鼻から下を隠している。布越しに聞こえる声はくぐもっていて、男性であることくらいしかわからない。

実のところベイルに彼を紹介してくれたダルにいちゃんもまた、上ねえちゃんから紹介されたのだと知った。

ベイルは気づいた。

ちょうどスラムでの暮らしがマシになった頃と、スラムに斡旋屋が出現した時期が重なっていたということに。斡旋屋が善悪の縛りなく与えてくれる仕事のおかげで、飢えることが少なくなっていたのだ。

斡旋屋に興味が湧いた。

ある日ベイルは、たまたま斡旋屋がマスクを取る瞬間を見てしまった。そこには己が五歳の頃にスラムを去っていった、名前のない、あんちゃん、の顔があった。

あんちゃんはベイルに正体を知られてからも、口止めをしながら斡旋を続けた。善悪の縛りがないがゆえに、のちにトラブルとなることも少なくはなかったけれど、それでも、飢える子供らの数が減ったことは、あんちゃんの功績だったと、いまでも思える。

「そして、俺は知ったんだ」

スラムを去らずに、支えるという生き方もあるのだと。だからCランク以上のハンターになって、ハンターギルドの常時依頼でスラムの浮浪児たちを食べさせていくことを思いついた。

時は流れて――。

ハンター養成学校を卒業してベイルが最初に行ったことは、スラムの改革だった。まずは浮浪児たちの服装や身体を清潔に保つようにさせた。これによりスラムの浮浪児は、町の商人たちから直接仕事をもらえるようになっていった。

しかしこのことが、小さな騒動を生む。

スラムの浮浪児が町の仕事に手を出すに連れて、孤児院の孤児たちの仕事が奪われ始めたのだ。

ベイルにとってこれは予想外のことだった。

しかしCランクハンターのパーティ『赤き誓い』が浮浪児と孤児の両者の仲を取り持ってくれたことで、事なきを得た。そのおかげで孤児院には国からの援助が増えたため、仕事を取り合ってのトラブルはめっきり減った。

加えて、ベイルがスラムの浮浪児たちをハンターにして、彼らにギルドからの常時依頼をこなさせるようになったことで、スラムの環境はさらによくなっていった。

「やがて、かつてのスラムを支えてきた斡旋屋は、子供たちから忘れられていった。スラムのために残ったあんちゃんが、スラムから忘れられていったんだ」

いまスラムの斡旋屋から仕事を請けるのは、リリィのような世間知らずや新参者、肉体に欠損を持っていたり、採取さえまだできない幼い子供だけだ。もっとも、他の兄姉たちの稼ぎのおかげで、斡旋屋の仕事をせずとも暮らしてはいけるのだけれど。

それでもあんちゃんは、いまもスラムの一角に座り続けている。メモの束を持って。そこから一人でも、あぶれる者がいる限り。

「あんちゃんは自分を悪に堕としてまで、スラムの最後のセーフティネットになろうとしてるんだ。俺は、あんちゃんにはもう自由になって欲しいと思ってる。浮浪児のために、いつまで犠牲になっているんだって――」

ベイルが言葉を切った。

リリィがやけに頬を上気させていたからだ。そして興奮した口調で言う。

「ほんとはすごく優しい人なんだね！　まるでスラムのヒーローみたいだよ！　人知れず支え続けてただなんて！　すっごくかっこいいよ！　あんちゃんさんの採った方法は間違ってるけど、うん、それでも憧れちゃう！」

「あ、ああ。うん、そうだな。ヒーロー……か。そうか。そうだな」

ラフィネが意地の悪い笑みでベイルを茶化す。

「立つ瀬がないね。あんただって正当な方法でスラムのために頑張ってきたのにさ？」

「う……」

リリィが慌てて付け加えた。

「えっと、じゃあベイルくんはスラムのお父さん？　とーちゃんだ！」

「ランクダウンも甚だしいわね、それ」

「いや、俺、まだそんな年齢じゃないぞ」

ベイルが静かに微笑んだ。

「とにかく、俺だけが斡旋屋の正体をあんちゃんだと知ってる。上ねえちゃんもダルにいちゃんも知らなかった。だから、あの人を止められるのは俺しかいないんだ。危険なことに関わっているのならやめさせたい。スラムはもう、誰かの犠牲がなくたって成り立たせることができるんだって、俺が教えてやりたいんだ」

リリィがこくりとうなずく。

「わたしも助けてあげたい。それにロックウッドのことは、いつかは決着をつけなきゃいけないことだって思ってるから」

「ああ。俺たちは当事者だ。あんちゃんのことも、ロックウッド家のことも、できるだけのことはしよう」

「うん」

横倒しになった樽の上に腰を下ろして聞いていたラフィネが、額を押さえてうつむいた。

情けをかけてリリィの家族を捜してやろうと頼った情報屋が、よりによってスラムの斡旋屋だったとは。

確実にやぶ蛇だったと、いまならわかる。この二人はどれだけの真実を突きつけられても、決して引き下がりはしないだろう。

だが、相手はアルバーン帝国だ。

もはや家と名を知られた以上、自身もこの一件から逃れることはできない。でなければ、あの家には戻れないし、いずれ発見されて消されてしまう恐れさえある。いや、たぶんそうなる。余計なことを知りすぎてしまったのだから。

もう腹をくくるしかない。

ラフィネがため息交じりにつぶやいた。

「あたし、ロックウッド家の居場所を突き止めたわよ。それから、彼らを襲撃、監禁した犯人の目星もついてる」

リリィとベイルが同時に勢いよく振り返った。

あっけにとられたような表情で。

「……一応尋ねるけど。かなり危険よ。それでも聞く?」

意味のない疑問形だった。

二人が間断なくうなずく。

「聞くよね~、やっぱ」

あぁ、やってしまった……。

笑顔でさようなら

少し前に来た道を、馬車に揺られながら引き返していく。ティルス王国の王都から、辺境伯ロックウッドが治める国境線の町へだ。

統治者不在となってしまった国境線の町から、安全な王都や他の都市への移住者はかなり多いが、当然のようにその反対は滅多にいない。戦地になりかねない場所に向かうという酔狂な人間など、戦場で名を揚げたい傭兵や、他者には言えない後ろ暗い仕事をしている者くらいのものだ。

だから、客車の中には三名しかいない。

リリィと、ラフィネと、ベイルだ。

少々寂しいけれど、これからのことを誰に気兼ねすることなく話せるという環境が、いまはありがたい。

ラフィネが語る。

「ロックウッド家が襲撃された夜、ロックウッド一家はいち早く馬車で難を逃れたのよ。でもその後、どこにも姿を見せなかったから隠れているのかと思っていたんだけど、どうやら王都までの道のりの間にアルバーン帝国の密偵に捕まって、国境線近くの隠れ家に連れ去られてしまったみたい」

　ベイルが尋ねた。

「それは、あんちゃんからの情報ですか?」

「ええ、そうよ。かなり大まかだけれど、地図ももらってる」

　ちなみにスラムの斡旋屋こと〝あんちゃん〟は、あれ以来スラムに姿を見せてはいない。可能性は二つ。アルバーン帝国の間者に消されたか、大金を手にして姿を眩ませたか。

　後者はおそらくないと、ベイルは言う。でも、そうだったらいいのに、と付け足して。

　ラフィネが続ける。

「それに、裏付けがあるのよ。まず、ティルス王国が国境の町を見捨ててはいないこと。統治者不在のまま国王はいち早く軍を差し向け、素早く国境線を封鎖したらしいわ」

「それって、ただの国境防衛の暫定処置では……」

　ベイルの疑問に、ラフィネが首を左右に振った。

「ううん。国境線の防衛目的にしては、かなりの頻度と言えるほどに国内の見回りを強化してる。町だけじゃなくて、草原、山、海岸線、すべてよ」

　リリィがつぶやく。

「お父さんやお母さんを捜索してるってこと?」

「そ。つまり軍による国境封鎖は対外的処置ではなく、国内から国外に出ようとするアルバーン帝国の密偵を捕縛することが目的なのよ」

ベイルが口元を手で覆った。

「密偵は帰国できずにティルス国内をさまよっている」

「そういうこと。ロックウッド家を人質にしてね。あんたの〝あんちゃん〟は、それを知ってあたしに情報を売ったってわけ。もっとも、あたしとリリィから得たロックウッドの隠された長女に関する情報を、ほとんど同時に密偵側にも売っていたみたいだけど。まったく、敵味方を同時に商売相手にするなんて、とんでもない情報屋だわ」

「……すまない」

ラフィネがフンと鼻を鳴らす。

「ま、あんたを責めても仕方ない。リリィが世話になってる借りもあるし、あたしもあんたには迷惑をかけちゃったしね。……それでも、あんちゃんを見つけたら、ケジメはつけさせてもらうわよ」

向かいの席に一人で座るベイルが、膝の上で強く両手の指を絡めた。そうして、決意を秘めた視線をラフィネへと向ける。

「……ああ。だけど、その前に少しだけでいい。俺とあんちゃんの二人だけで、話をさせてくれないか」

ラフィネが顔をしかめた。

「はあ？　悪いけど、あんたのあんちゃんは、いまやティルス王国を揺るがした大犯罪者よ。見逃すようなことはできないからね？」

「わかってる。少しでいいんです」

渋い顔で頭を掻いたラフィネの腕に自らの腕を絡めて引いて、リリィが諫める。

「いいよ、ベイルくん」

「あんたねえ！　どこまでお人好しなの！」

「あんちゃんさんに売られたのはわたしだよ、ラフィネ」

ラフィネがさらに苦々しい表情になって、口をつぐんだ。

「………あーもう……好きにしなよ……」

「うんっ、ありがとっ」

ラフィネがリリィに抱えられた腕を強引に引っこ抜いた。人差し指を立ててリリィの鼻を押して、半眼になる。

「それとリリィ」

「ふぁ？」

「あんた、ロックウッド家の両親のことはどう思ってるの？」

「どうって？　家族だよ？」

「理由はどうあれ、彼らがあんたを置いて逃げたことだけはたしかよ。あたしはその場にいたからね。小さな弟妹たちはともかくとして、あんたはネイハム（父親）やイヴァーナ（母親）が憎くないの？」

　リリィが目を丸くした。

「いい？　あんたは捨てられたのよ」

「お、おい、ラフィネさん。そんな言い方は……」

「黙ってて。大事なことなの。でなきゃ命なんてかけられない」

ベイルを言葉と片手で黙らせて、ラフィネは続ける。

「ここにはあたしとベイルしかいない。リリィ、あんたの本音を聞きたい」

「わたしの……本音……」

考えなかったわけではない。

何をどれだけよい風に解釈しても、あの襲撃の夜、リリィは父と母に捨てられた。弟妹たちは連れて逃げてもらえたけれど、耳が聞こえず将来性に期待できない自身だけ置き去りにされた。それだけはたしかだ。

おまえはロックウッド家に必要ない、と意思表示されたのだ。実の両親から。

あるいはもしかしたら、もう少し時間的余裕があれば、連れて逃げてもらえたのかもしれないけれど。

だが、現実は残酷だ。

「ねえ、リリィ。あんたが両親に復讐や恨み言を伝えたいと望むのなら、あんたはここでもう身を引くべきだと思う。あんたにとって何の価値もない親なんかのために、あえて危険に身を投じる必要はない。ベイルのあんちゃんのことは別にしてもね。親への復讐は、帝国の密偵にでも任せればいい」

「ああ。俺もそう思う。この馬車が決意の分水嶺だ。ここで逃げても、俺は君を恨んだりはしない」

リリィはぼんやりと一点を見つめる。

そのことについては言われるまでもなく、毎日のように考えていた。そして一つのこたえに辿り着いた。

リリィは視線を上げる。

いつものようににっこり笑って。いや、笑えたつもりになって、ぐちゃぐちゃな感情の、ぐちゃぐちゃな表情で。

そして口を開いた。弱々しく震える声でつぶやく。

「愛してくれなきゃ、愛しちゃだめなのかな？」

ラフィネとベイルが息を呑み、まったく同じ表情になった。

「わたしが過度に求めさえしなければ、きっとお父さんやお母さんの迷惑にはならないよね？　ねえ？」

二人は目を見開いて、次に悲しげに表情を歪めて、リリィから視線を逃がした。その様子を見て、自身は間違ったこたえを出したのだと、彼女は考える。

だから慌てて付け加えた。

「そ、それに、ほら、お父さんやお母さんはともかく、小さくてまだ何も知らない弟や妹たちのことは、誰かが守ってあげなきゃ……っ」

がばっと、何かがのしかかってきた。

受け止めきれずに倒れ込みそうになるリリィを、ラフィネは両腕で強く抱きしめていた。

「リリィ。あんた本物のバカだね。想像以上だ。ううん、想像のずっとずっと遥か上を行くバカだよ」

ベイルが続ける。

「なあ、リリィ。すべてわかるとは言わない。でもな、俺も親からスラムに捨てられた身だから、君のことはある程度は理解してるつもりだ。だから言わせてくれ」

リリィがラフィネの腕の中で微かにうなずいた。

「――こたえはまだ出さなくていいと思う。再会したときに心で感じた想いのすべてを、ロックウッド夫妻にぶつけてやろう。そのときは俺もラフィネさんも、君の隣にちゃんといるから」

心の中にまで響いてくるベイルの声と、肉体の隅々にまで感じられるラフィネの柔らかな身体のぬくもりが、とても心地よかった。

きっと生まれたばかりの頃は、わたしもこんなふうに祝福されていたのだ、と……。

「うん……」

国境の町を目指して揺れる馬車の中――。

蹄鉄と車輪の音だけが響く中、リリィは今度こそ幸せそうな微笑みを浮かべていた。

＊　＊

パチパチと、焚き火の爆ぜる音が夜に響く。

草原の岩陰で、キャンプをしていた。

国境の町へと続く街道の途中、御者に賃金を支払い、途中下車をした。御者は報酬を受け取るなり、逃げるように王都方面へと戻っていった。

ここまで、王都に向かう馬車や旅人とは何度もすれ違ったけれど、国境の町を目指して南下する馬車はリリィたち一行のみだった。みなロックウッド家襲撃の一件と国境線の封鎖による不穏な空気に、北へと避難しているのだ。

国境の町に住む人々は、特に。

この数日で、アルバーン帝国が攻めてくるかもしれないと、王都民の間でまことしやかに囁かれるようになった。しかし現状では、国境封鎖以上の人員が軍から割かれているわけではない。それに大規模な戦争が起こるのであれば、国王からその旨の達しが民へと下知されるはずだ。

「……と、思いたいわね」

座ったまま顔を両手で覆ってつぶやくラフィネに、ベイルが尋ねる。

「俺たちがロックウッド夫妻を救うためにアルバーン帝国の密偵を倒すことで、その引き金が引かれる可能性は？」

「それはないわね。戦時下ならばともかく、いまは表向き平和を保ってる状態だから。アルバーン帝国は密偵をティルス王国に送り込んでいること自体、諸外国に知られるわけにはいかないのよ。ま、あたしたちの作戦が成功したら、帝国としては密偵を盗賊にでも仕立て上げて切り捨てるでしようね」

「すっとぼけるってことか」

「そ。密偵は、よくてティルス王国の犯罪奴隷にされ、悪ければこれ」

ラフィネが親指で自らの喉を掻き斬る仕草をする。

「帝国に消される。口封じに」

リリィが唇を尖らせて、不満そうに言った。

「ええ、そんなのかわいそうだよ～……」

ラフィネが顔をしかめる。

「あんたねえ。もしかしたらあんたは、そいつらに一族郎党、皆殺しにされてたかもしんないのよ？　いまだって家族の安否はわからないでしょうに。ほんと、どこまでお人好しなのよ」

「そうだけどぉ～……」

「言っとくけど、辺境伯夫妻は交渉に使えるからともかくとして、あいつらにとってあんたの弟妹たちは、生かしておく必要性のない人質だからね。そこんとこもちゃんと理解しときなさい。いい？　敵に情けは無用よ。殺すことを躊躇っちゃだめ」

リリィの顔が曇ると、ベイルが慌てて付け足した。

「交渉には使えないって言っても、弟妹を殺せばその分罪が重くなる。犯罪奴隷は致し方ないにしろ、やつらだって死罪だけは免れたいはずだ。だから交渉に使えない人質だとしても、無意味に殺しはしないと思う」

「う、うん」

ラフィネがベイルを睨む。

「ちょっとベイル。あんた、リリィに余計なことを吹き込まないでくれる？　躊躇すれば殺されるのはこっちなのよ」

「それはそうだが、九歳に背負わせるような話でもないだろ」

温かい飲み物を片手に食ってかかるラフィネを、ベイルが苦笑いでいなす。

そんな光景を、リリィは微笑みながら眺める。

ああ、楽しいな……。こんなときなのに、楽しい……。

助けを求めるようなベイルの視線を受けたリリィが、真っ白な歯を剝いて無邪気に言い放った。

「大丈夫だよ、ラフィネ。わたしね、こう見えて交渉は得意なんだよ。ちょっとだけ魔法を見せてあげれば、ほとんどみんな首を縦に振ってくれるって、もうわかってるから。だから最初にぶっ放してみるよ。どーん！　てね」

ベイルが左右の眉の高さを変えた。

「いや、それは交渉じゃなくて脅しっていうんだぞ」

正論を言ってのけたベイルの顔面を押しのけて、ラフィネが片腕で力こぶを作る。手にしたカップから温めたハーブティーが飛び散って、ベイルの腕にかかった。

「熱……ッ！」

「そう！　それよ、それ！　それくらいの気概でいなさいってこと！　避けられる戦いなら避けたいしね！　楽して儲ける、これが基本！」

「うん。がんばる」

「そうそう。気楽にね。もしあたしたちが失敗して、位置が帝国の密偵に特定されてるあの家に帰れなくなったとしても、最悪スラムに転がり込めばいいし。ホホホ、いい伝手ができたわ」

自分の腕に息を吹きかけていたベイルが、心底面倒くさそうな表情をする。

「はあ!?　や、いままでも弟妹を養っていくのに結構いっぱいいっぱいなんだけど……」

そんなベイルの肩に馴れ馴れしく手を置いて、ラフィネが可愛らしく片目を閉じながら親指を立てた。

「よろしくネ、ベイルお兄たん？　ウフ！」

ラフィネの会心の一撃。

「あ、ああ。よ、よろしく、……その……上姉さん……？」

「おぉん!?」

痛恨の一撃。ラフィネは心に深い傷を負った。

「いや、だって、年上でしょ？」

ベイルの首に両手をかけ、絞めつけながら前後にガクガク揺する。

「妹だっつってんだろ！　あんた、ちょっと若いからってあたしのこと嫁ぎ遅れとか思ってバカにしてたの!?　そんな目で見てたの!?　あたしはね、結婚できないんじゃなくて、自分の意志でしないの！　そこんとこ履き違えないで！」

「い、いや、決してそんなことは……ああああ、めんどくさいこれ――」

「あはっ」

はたと、ラフィネとベイルの動きが止まった。

「あっははははははははっ!!」

リリィが大笑いをしていた。いつものような微笑みではなく、腹を抱えて大声で笑っていたのだ。

ラフィネとベイルが視線を合わせて同時に破顔する。

街道外れの草原には、優しい夜の風が流れていた……。

が、次の瞬間、ラフィネの右手がガッシリとリリィの顔面をつかむ。メリメリと音を立てるほどに力を込めて。

「ホホ、何がそんなにおかしいの……?」

「うぁ? あぁぁぁぁぁぁぁごめんなさいぃぃぃ!」

マジギレだった。

ジタバタと手足を動かすリリィから、唐突にラフィネが手を離した。その瞬間にはもうベイルは愛用の剣に手を伸ばしていたのだけれど――。

「……動くな……」

柄をつかんだあたりで、ベイルは立ち上がることをあきらめてうなだれた。ラフィネの首に、逆手に持ったナイフの刃がすでにあてがわれていたからだ。

ベイルが剣から手を離して、両手を挙げた。

すでに囲まれている。二十名ほどか。

ラフィネが舌打ちをした。

岩陰に隠れていたとはいえ、焚き火をして肉を炙ったのは軽率だった。風にのって香ばしい薫りが充満している。

すぐさまベイルの首筋にも剣の刃があてられ、動きを封じられたところで縄で縛られた。

「く――っ、くそ！」

ラフィネも後ろ手に縛られ武器を投げ捨てられ、その場にうつ伏せに倒された上に、背中に足を乗せられる。

「痛い！　ちょっと、これが女に対する扱いなのッ!?」

「愚か者め。盗賊を相手に自ら性別など主張はせぬことだ。我らでなければただでは済むまい」

ラフィネが地面から男を睨み上げた。

「ご忠告感謝！　そう言うからには、無事に帰してくれるんでしょうね？」

「ああ、余計なことをしなければな。だが、勘違いはするなよ。女性だからと言って手心を加える気はなく、あくまでも男と同列に扱うと言っているだけだ」

騒げば殺す、暗にそう言っている。

地面の砂を噛みしめて、ラフィネが微かにうなる。けれど言葉はない。いまは抑えるしかないからだ。

リリィは……ただ慌てふためくだけだった。

「わ、わわわわ、と、盗賊さん……！」

誰もリリィを取り押さえようとはしない。あきらかに戦力外に見えるからだ。女性で子供、それも武器を携帯していない。魔術師が持つような杖すらもだ。

「その通り。我らは盗賊だ。静かにしていれば危害は加えない」

下卑た感情は含まず、ただ淡々と、若い男はそう告げた。

周囲を見回す。年齢層はほとんどが二十代から三十代、体格や体型はよく、常日頃からの錬磨が見て取れる。服装こそバラバラではあるけれど、武器はロングソードで統一されている。

陣形の形成も早い。

人質に武器を突きつける役と縛り上げる捕縛役、見張り役とバックアップの四役にきっちりと分けられている。それもハンドサインさえなく暗黙のままにだ。

会話は必要最小限。余計な脅しがないため、こちらに情報を漏らすこともない。

「金目のものと食料を探せ」

リーダーらしき人物がそう命じると、捕縛の終了を待ってから数名が荷を漁り始めた。ベイルのロングソードとラフィネのショートソードを鞘ベルトごと奪い、さらにラフィネが腰に吊していた革袋と、ベイルのナップザックにあった食料を取り出す。

「食料がやけに多いな」

「助かるじゃないか」

それらを手際よく自分たちの持ってきた革袋に放り込み、無言でうなずき合う。

「……」

「……」

路銀の全額と、ありったけの食料を失った。

奪うだけ奪うと、彼らは焚き火に砂をかけて消し、闇に溶け込むように素早く立ち去っていった。

盗賊被害にありがちな、若い女性を人質にして連れ去るでもなく、金目のものと食料、そして武器だけを奪ってだ。

最後に残ったリーダーが振り返り、立ち尽くすだけだったリリィに告げる。

「悪いな、お嬢さん。俺たちも生きるために必死なんだ」

「で、でも、だからって、他人のものを奪っちゃだめだよ……！　これ、とっても悪いことなんだよ……？」

弱々しく告げる少女に、リーダーが苦い顔をした。革袋から数枚の銀貨だけを取り出して、リリィの足下に投げる。

「すまない。それで数日分の食料は買えるはずだ」

声に抑揚がないため、感情が読み取れない。けれどこの銀貨は、もともとはリリィたちのものだ。

「ここからなら国境の町までそう遠くはない。勝手な真似をして悪いが、おまえたちの旅の無事を祈っている」

一言だけ残して、リーダーも闇に溶けていく。

その気配が去ってすぐ、リリィはラフィネのブーツにあった暗器を取り出し、彼女の縄を切った。

「大丈夫、ラフィネ？　背中をおもいっきり踏まれてたけど……」

「どうってことないわ。ただただムカつくだけよ。あいつ、あとで往復ビンタね」

ラフィネが立ち上がり、リリィから受け取った暗器でベイルの縄を切る。

「えへへ、うまくいったね。ベイルくん」

「ああ、そうだな。思った以上に早く釣れたから、俺も驚いたよ。さすがは、あんちゃんの情報だ」

縄から抜けたベイルが、両手首をくるくると回して身体をほぐした。それから岩の下を掘って、抜き身のロングソードとショートソードを掘り出す。

盗まれた武器は鞘にこそ入れていたが、木彫りの模造品だ。鉄と同じ厚さにまで削ったため、木剣としてすら使えない虚仮威し（こけおどし）の道具に過ぎない。

「ラフィネさん」

「はいよ」

ベイルが投げたショートソードをラフィネが受け取り、慣れた手つきで抜き身のまま腰に差した。

国境の町の近辺でキャンプを張って、初日の夜の出来事だった。

ラフィネがあんちゃんから買った情報には、こうあったのだ。

ロックウッド家の面々が不明者となり、ティルス兵が国境を封鎖してしばらく、新進気鋭の中規模盗賊団が国境付近を荒らし回っている、と。被害額が小さく、人的損害がほとんど出ていないことから、国もギルドも後回しにしている……が。

あんちゃんの推測では、ロックウッド家襲撃の夜に難を逃れた辺境伯夫妻は、国境の町と王都のどこかで身を隠していたところを、アルバーン帝国の密偵に発見されて捕まった。けれども国王の決断が思った以上に早く、帝国に戻るための国境線を封鎖されてしまい、彼らは帰国することができなくなった。

この段階で彼らに選べる手段は二通りだ。

帝国を裏切って王国に投降するか、盗賊に身をやつすか。

一時的にでも辺境伯を人質にした以上、投降したところで犯罪奴隷は免れない。王国が追求したとしても、帝国は彼らなど知らぬ存ぜぬで切り捨てるだろう。

実質、盗賊に身をやつしてでも、国境封鎖の解除を待つ以外ないに等しい。

だからこそ、王国を発つ前にラフィネは言ったのだ。

被害が頻出している地域で、彼らが現れるまでキャンプを張り続けましょう、と。見えない位置で、わざと見つかりやすく。

そして、その初日に彼らは現れた。まんまとだ。

この盗賊団が帝国の密偵であることは間違いないだろう。どこをどう見ても盗賊には見えず、むしろ正道を重んじる騎士のような言動すら吐いているのだから。

この場で壊滅させるのは簡単だ。リリィに魔法を使わせればいい。だが、それではロックウッド夫妻の居所がわからない。彼らの帝国に対する忠誠心が強かった場合、拷問も無意味に終わるだろう。

ならばわざと盗賊行為を完遂させ、その後を尾行すればいい。

相手がリリィの顔を知っているなら使えない作戦だけれど、不幸中の幸いか、リリィはロックウッド家においてその存在さえ、世間には知られていない。ましてや間者とはいえ、他国ともなればなおさらのこと。存在くらいは知っていたとしても、顔までは知られているわけがないのだ。

「尾行するわよ。リリィ、ほんとにわかるのね？　真っ暗よ？」

「うん！　精霊様が教えてくれるから！」

「……は？」

若干白目気味に聞き返すラフィネを無視して、リリィは目を閉じて思念波を飛ばし、ナノマシンに尋ねる。

『ナノちゃん様、いる？』

『はいはーい。どこにでもいますよ～』

『だったら状況はわかるよね？』

『ええ。彼らでしたら、風上に――』

風が流れる。不自然にも、先ほどまで吹いていたのとは別方向に。

当然、ナノマシンの仕業である。

『臭いで尾行がばれないように？』

『はい』

『もしかして、わたしって臭いの!?』

『さあ？　我々は人間の感覚に対する善し悪しは、嗅覚はもちろん視覚や聴覚さえ存じ上げておりませんので。ただ、え～っと？　なんだか独特の香りがあるみたいですよ』

「うぁぁぁ～……」

自分の腕をクンクン嗅ぐ。

「何をしてるんだ？」

その奇行に、ベイルが顔を近づけて尋ねた。ぴょんと飛び退いたリリィが叫ぶ。

「わっ！　な、なんでもないよ！　ベイルくんのエッチ！」

「な――っ!?」

これまでの人生で言われたことのなかった言葉に、青年は愕然とした。

ラフィネがリリィとベイルの背中を叩く。

「いいから！　早く追いなさいよ！　言っとくけど、ここであいつらを逃がしたらお金と食料の盗られ損なんだからねっ!!」

「そ、そうだったたっ。えっと、真っ暗だから手を出して、二人とも」

「は？」

「え？」

「早く、逃げちゃうでしょっ」

言うや否や、リリィは左手でラフィネの右手を、右手でベイルの左手をつかんで、風上へと向けて走り出す。

「こっちだよっ。引っ張るからついてきてっ」

「あ、ああ」

「ハァ～……」

不思議と、三人ともが同じように笑いを噛み殺すような表情をしていたけれど、暗闇でそのことに気づく者は誰もいなかった。

＊　＊

常緑樹の繁茂する小高い丘の先――。

盆地となっている場所の夜空が、微かに橙色を映している。盆地の底、死角になっている地に灯りがあるのだ。

目を凝らして木々の隙間から覗き込むと、ぼんやりと、建造物の跡地のようなものが見えた。その一角、壁に囲まれた場所から火の灯りが微かに漏れているのだ。数は定かではないものの、人が動いているように見える。

「あれかも」

リリィが足を止めると、手を引かれていたラフィネとベイルもまた足を止めた。

「何だ、あれ？　あんな場所がティルス国内にあったのか」

「遺跡みたいに見えるわね。それに、ずいぶんと広い。田舎町一つ分くらいはあるんじゃないかしら」

遺跡。未発見の遺跡をアジトとして使っているということか。

リリィは目を凝らす。

見えはしない。見えはしないけれど、あそこに父や母、弟妹がいる。

「ふー……」

ずいぶんと走った。なのに不思議と、鍛えている後方の二人と同じように、息切れはしていない。

『ナノちゃん様、わたしに何かしてくれた？　すっごいの、全然疲れないの！』

『何もしていませんよ。アドレナリンなどこの世界では説明のしようがありませんが、リリィさんの脳がいま興奮状態にあって、疲労や痛みなどが誤魔化されている状態なのです。ちなみに、お望みとあらば肉体強化の〝何か〟をして差し上げても構いませんが、どうします？』

聞こえないはずの耳を聞こえるようにしてくれるほどの劇的変化をもたらす精霊様だ。肉体強化など迂闊なことを言ってしまえば、獣人族や魔族にでも変異させられかねない。

そんなことを考えて、リリィは思念波を飛ばす。

『い、いまはいいや。えへへ、そのうち、ね。危なくなったらとか』

『……』

なんか、怖ぁ……。がっかりしてそう……。わたしのこと、怪物みたいに強く改造したかったのかな……？

『そうですか。何やら不穏な恐怖にも似た思念波を微かに受信したような気がするのですが――』

『き、気のせいだよ！　魔物と人間を掛け合わせようとするような、狂った魔術師みたいだなぁとか思ってないよ！』

何やら無言の時間が流れた。

『まあ、いいでしょう。それではご武運をお祈り――って、この世界に神様はいないのでしたね』

『？』

ここが神に見捨てられた世界であることを知る者は、ナノマシンを除けば世界にただ一人、異世界から転生してきたマイルと名乗る少女だけである。同時に彼女はリリィの恩人でもあるが、それを知られることは望んでいない。古竜に次ぐ力を持ちながら、あくまでもこの世界の平均的な少女として生きようとしているからだ。ヒーローを目指すリリィとは、まるっきり正反対の生き方だ。

それはまるで、マイルが奥底に秘めた望まぬ力の何割かを、生まれつき平均以下だったこのリリィ・ロックウッドという少女に押しつけたかのようにも見える。

『因果なものですねえ……』

『インガ？　なんだかおいしそうな果物の名前っぽい！』

『違います』

即答された。

『まあ、そこらへんのことは例によって説明できませんので、お気になさらず。では、頑張ってくださいね、リリィさん。死にそうになったら、そのときは先ほど言っていた処置をいつでも施せるようにしておきますから、早めに声をかけてください』

獣人族とか魔族にされちゃう……？

『……えっ？　ええ～……う、うん……』

とにかくがんばろう。そうならないようにがんばろう。

リリィはそう思った。

『何ですか、その返事』

「――て、聞いてんの？　リリィ？」

「あ、うん？　ごめん、何？」

思念波に集中していたためか、ラフィネが何かを言っていたことに気がつかなかった。

ラフィネが表情をねじ曲げる。

「あんた、ほんとに大丈夫？　かなりの時間、ぼーっとしてたわよ？」

「精霊様と話してたんだよ。道案内してくれたヒト。ヒト？」

ラフィネの表情がさらにひん曲がった。

「……ふざけてる？」

「ふ、ふざけてないよぉ！」

「おい、頼むから大きな声を出さないでくれ。何にせよ、ちゃんとアジトを突き止められたんだからいいじゃないか」

ラフィネが溜飲を下げるように舌打ちをした。

「で、どうすんの？　このまま行く？　戻って報告？」

「本来ならギルドを通して国家権力を動かしたいところだけど、そうなると到着までに数日はかかる。やつらは追われる身だから、いつまでもここに潜伏しているとは限らない。人質の安全も心配だし、あんちゃんの行方もわからない。もしかしたら、あそこに攫（さら）われたかもしれない」

だが、数がわからない。

先ほど遭遇した盗賊に偽装していた人数がおよそ二十名。あれが全員でないことだけはたしかだ。なぜなら、少なくとも四名の人質を見張るだけの人員は、アジトに残す必要があったはずだからだ。ましてや重要人物である辺境伯夫妻の監視に世話係、この範囲の遺跡の周辺警邏（けいら）もするとなると、ヘタをすれば同数以上が潜んでいる可能性がある。

「目算で五十名ってとこかしら」

「……だといいですね」

ラフィネがそうつぶやくと、ベイルが苦々しい口調で返した。

「夜明けまではまだあるわね」

ラフィネが立ち上がる。

「どうするつもりですか？」

「あたし、正面戦闘よりは闇に紛れて不意打ちするほうが得意なのよね。発見されるまでは先行して人数をできるだけ減らすから、あんたたちは後ろからついてきてちょうだい。あまり気は進まないけどね」

ベイルがぽかんと口を開けた。

「嘘だろ……。この前の不意打ちにはたしかに驚いたけど、そのあともめちゃくちゃ手強かったですよ。あのままやり合ってたら、正直言って勝敗は賭けだと思いました。奥の手はありましたが、それが通用しなかったら負けていたのは俺だ」

ラフィネの片頬が、得意げに吊り上がった。

「あら、ブランクが長かったのに嬉しいこと言ってくれるわね。でも、ベイル。あんたは自分を過小評価してる。あの不意打ち、まさか防がれるなんて思わなかったから。もしかして、騎士や剣士じゃなくて、かなり特殊な剣術を使うようなお師匠から剣を学んだりした？」

ベイルが目を見開く。

「あ……！　え、ええ。ハンター養成学校にいた頃、ラフィネさんと同じように、型にまったくはまらない、速さと力だけで剣を振るう女の子に鍛えてもらっていたんです」

視線が斜め上から下に動いた。

「そっか、なるほど。だからか。ラフィネさんの不意打ちにかろうじて反応できて、防げたのは。またあの人のおかげだったのか」

「騎士や剣士の正統派剣術を学んだ人ほど、あたしの不意打ちは有効なはず。野生動物が狩りをするようなものだから、暗殺者に近いのよ。でも。フフ、あれを防げるなら、あんたのお師匠さんは、剣士の中では相当変人扱いされてたんじゃない？」

「え、ええ。まあ。変人ですね。いや、でも剣士じゃなくて魔術師なんですよ」

ややあった。

ややあって、ラフィネが眉間に皺を寄せる。

「は？」

「本業は魔術師なんです。Aランクハンターを剣だけで相手にしても引けを取らないくらいとんでもない強さなのに、魔法に関してはそれ以上に使えてしまう変な子です。俺が知る限り、無敵の人です」

「……は？」

「それを鼻にかけることなく、でもなぜか力を隠そうとしてるんですよね。自分はふつうの女の子でありたいって言って」

ベイルが苦笑しながらそう言うと、ラフィネが若干引いたように笑った。

「……無理でしょ」

「無理ですね。本人は秘めたる力はバレてないと思っていたようですけど、クラスメイトも教官も全員が彼女の才能に気づいてましたよ」

ラフィネがリリィを指さす。

「こいつのヒーローごっこみたいなもの？」

「ごっこじゃないよ！」

リリィの反論を無視して、ベイルは続ける。

「どちらかと言えば正反対です。彼女の場合は、ふつうの女の子ごっこですね」

ラフィネが苦い笑みを浮かべた。

「それはまたなんとも……変な子ね」

「彼女の本当の腕前について詳しく知りたければ、養成学校の卒業試験で彼女と剣を交えたパーティ『ミスリルの咆哮』のリーダーを紹介できますよ。といってもグレンさんはAランクハンターでとても忙しい方だから、いつお話を伺えるかはわかりませんが」

「『ミスリルの咆哮』のグレンって、超有名ハンターじゃない。あんた、そんな人と連絡が取り合える仲なの？」

ベイルは卒業試験の際に、剣の勝負で彼から一本を取っている。しかしその戦いがフェアであったとは、到底言えない。なぜならグレンは、その直前にベイルの師であるマイルと戦い、激しく消耗していたからだ。それに二度と通じるとは思えない奇策を使用して、かろうじて勝てたということもある。

だから、ベイルは誤魔化す。

「ええ、まあ。ちょっと縁がありまして」

ラフィネが細い肩をすくめて、リリィを指さす。

「でも、紹介は結構よ。グレンはともかく、あんたの師匠に興味はないから。大体、変な魔術師なんて、こいつ一匹でもうお腹いっぱいよ」

今度はベイルが苦笑した。

ちらりとリリィに視線をやって、しみじみとつぶやく。

「ああ、ここにもいましたね。変な魔術師が。いるもんだなあ、世の中には」

よもや、この変な魔術師が、その変な魔術師によって生み出された産物であるとは、二人は知らない。

「わたし、そんなに変じゃないよ！」

「はいはい。大声出さないの」

プンスカピーと憤慨するリリィをなだめて、ラフィネがぐるぐると肩を回した。

「さて、じゃあ二十歩ほど後ろを静かについてきて。絶対に大きな音は立てないように」

「わかりました。もし危ないと思ったら、すぐに飛び出しますから」

「よろしく。それとリリィ」

リリィが首を傾げる。

「あんた、隠密行動中は魔法を使っちゃだめよ」

「ええ!?」

「バカ。あんな派手で高威力の魔法を使ったら、あっという間に発見されて取り囲まれるじゃない」

「まとまったところを、ド～ン、てやるのじゃだめ？」

ラフィネがこめかみに指を当てた。

「だめって言ってるでしょ。あの遺跡には人質がいることを忘れないの。あっという間に盾にされるわよ。それにあんた、敵とはいえ人を殺せるの？」

言われて、ふと気づく。

これまで使った魔法はすべて殺傷能力が高すぎる。マシだと思われるオークに使った風の玉だって、一撃で手足を吹っ飛ばすほどの威力があるだろう。即死はなくとも、傷口を塞ぐ治癒魔法がなければそう長くは生きられない。

「う〜……」

「加減できないうちは、脅し程度にとどめておきなさい」

「は〜い」

不承不承うなずく。

けれども、心に強く誓う。

それでもラフィネやベイルが危険に陥ったときには、目の前のすべてを薙ぎ払ってでも助けよう、と。

「じゃ、そろそろ行くよ」

三者が視線を合わせてうなずき合う。

次の瞬間、ラフィネは枯葉の上であるにもかかわらず、音もなく滑るように盆地へと続く斜面を下りだした。木の幹をつかみ、速度を殺しながら確実に下って行く。

「すごいな、本当に野生動物みたいだ。足音も葉擦れもほとんど聞こえない」

ベイルが思わず感嘆の声を漏らした。

しばらく見ていると、こちらを振り返らぬままにラフィネが片手で二人を招く。ハンドサインだ。

ベイルはリリィが滑り落ちないように片手で支えながら、斜面を下る。ラフィネのハンドサインが変化すると、ベイルとリリィは止まり、ラフィネがまた先行する。

何度かそれを繰り返し、遺跡近くまで斜面を下った。

ハンドサインは制止。少し待ってみても変化はない。

リリィは息を殺す。胸が高鳴る。

次の瞬間、ラフィネが跳躍した。

密偵の哨戒だ。ラフィネは男性の首に両腕で取り付くと、頸動脈に暗器の先を突きつける。彼女の唇が、哨戒兵の耳元で動いた。男の動きが止まる。

次の瞬間、ラフィネは哨戒兵を一瞬で絞め落とした。

周囲を警戒しながら男を草むらまで引きずり、せっせと枯葉で覆い隠す。

「前言撤回、野生動物というより熟練の暗殺者だ」

「こ、殺してないよっ、たぶんっ」

ハンドサインが制止から手招きに変わった。少し進み、しかしすぐに制止に変化する。ラフィネが息を殺すように地面に伏せた。

「あれ？　また止まったよ。なんだろう？」

「哨戒は基本、複数名で行われるものだから。たぶんもう一名を発見したんだろう」

首を傾げたリリィに、ベイルが早口で説明した。

「そーなんだぁ」

リリィとベイルが立ち止まったのは、ちょうどラフィネが男を枯葉に埋めた場所だ。

リリィは枯葉に手を入れて、ラフィネが絞め落とした男の首筋に触れる。脈があった。生きてはいる。しかし偏執的なほどに、口内に枯葉が詰め込まれていて憐れだ。

「生きてるみたい」

「リリィ、起きられると厄介だ。あまりそいつに触らないほうがいい」

「あ、そだね」

またしてもせっせと枯葉に埋める。口の中の枯葉だけ取り除こうかと思ったけれど、ベイルに叱られそうなので見なかったことにした。

そうこうしている間に、もう一人の哨戒兵が遅れて小走りでやってきた。

「お～い、待ってくれよ。用くらいはゆっくり足させてくれ。たく、マジメなやつだ。て、あれ？　どこ行った？　ウィル？　ウィールゥー？　……え……」

たぶん、リリィの足下で昏倒している男がウィルだ。

哨戒の男が異変に気づく。表情を引き締めて手にした槍を両手でつかみ直す。

だがもう、そのときには遅いのだ。背後の闇から忍び出たラフィネが、彼の喉元に腕を回していたのだから。

「ひゅご……ッ」

わずか数秒。声を立てることすらできずに、男の手足がぐったりと伸びた。ラフィネはそのまま男を引きずり、またしても草むらに隠す。

またしても、なぜかニヤニヤしながら口の中に枯葉を詰め込んでいるのが不思議だ。ただの嫌がらせだろうか。

ハンドサインに従って斜面を下りきり、盆地の底に足をつける。

廃墟レベルではない。遺跡だ。それも町の。何百年、もしかしたら何千年と経過したらしき風化具合の、古い遺跡が眼前に広がっていた。

「わあ……」

リリィが感嘆の声を漏らす。

屋根の残る建造物はもうない。壁も大半が崩れ落ち、蔦(つた)に侵蝕されている。瓦礫は樹木に取り込まれ、地面もほとんどが雑草で覆われていた。用水路だったらしき小川は、いまも健在だが、もはやほとんど自然のものと化している。

廃墟。けれども月光に照らされるその非日常の風景には、不思議と心躍るものがある。

「……きれい……」

「リリィ」

呼ばれてふと気づくと、ラフィネがハンドサインを出していた。

慌ててベイルの後に続き、遺跡の中を進んでいく。瓦礫に何度か足を取られていると、ベイルが腕を引いてくれた。

「ありがと」

「ああ。気をつけて。なるべく音を立てずに歩こう」

「はいっ」

落葉の積もった斜面ではなくなった分、先ほどまでよりもずっと歩きやすい。

ラフィネは痕跡を探すように時々立ち止まっては周囲を見回している。しばらくするとまた制止のハンドサインが来て、ベイルとリリィは立ち止まった。

声。しゃべり声が聞こえる。

言葉までは聞き取れないけれど、独り言とは考えにくいから今度は複数名だ。ベイルがリリィの手を離し、剣の柄に手をかけた。

身を低くしたラフィネが、瓦礫に半身を隠しながらそっと覗き込んだ瞬間――――！

「ラフィネ！」

リリィが大声で叫んだ。

ラフィネが身を隠す瓦礫の上に立った、一つの人影。月光を反射する刃を抜いて、上空から飛び降りながら、ラフィネの背中へと斬りつける。

ラフィネがそれに気づいたときには、もう遅かった。

間に合わない――――！

悟った瞬間、背筋に悪寒が走った。ラフィネが死ぬ、そう思った。得体の知れない恐怖がわき上がった。

けれど一瞬早く滑り込んだロングソードが、ラフィネの背へと斬り下ろされた曲刀を弾き上げる。

「――ッ！」

「～～ッ!?」

ベイルの斬り上げが、曲刀の斬り下ろしを弾いたのだ。

火花が散って、甲高い金属音が静かな遺跡に鳴り響いた。ラフィネが前方に転がって逃れ、すぐさま地を蹴って反撃に出る。

ショートソードを抜き放ち、黒ずくめの影の足首を斬り払った。曲刀を持った黒い影は軽業師のように高く跳躍してそれを躱し、地面に静かに着地する。

「避け――っ!?」

ドカドカと無数の足音が響いた。

リリィの叫びと剣戟の音で、どうやら見張りに発見されたらしい。それも足音から察するに二人や三人ではない。

ラフィネが舌打ちをする。

「一旦退くわよ、ベイル！」

「……行ってくれ」

ベイルの返事に、駆け出しかけたラフィネがつんのめって止まった。

「はあ?」

ベイルはロングソードの切っ先を下げたまま、痩せ細った黒ずくめの影と向かい合っていた。無数の足音にも気づいているはずなのに、ベイルは影だけを見つめていた。

「リリィを連れて先に行ってくれ、ラフィネさん」

「あんた、何格好つけてんのよ?」

「勘違いしないでくれ。二人を逃がすためじゃない。いや、甘い勘違いをしていたのは俺のほうだった。あんちゃんを救うだなんて、思い上がってた。そもそもが違ったんだ」

ロングソードの切っ先が持ち上がる。

「あんちゃんとは決着をつけなきゃならなかったんだってことが、ラフィネさんを背中から狙ったいまの攻撃でわかったよ。——そうだろ、あんちゃん」

リリィが息を呑む。

「家族が間違ったら、家長が正さなきゃならない。だから、行ってくれ」

目を凝らせば、月光の下でうっすらと見える瞳に見覚えがあった。鼻から下は布を巻き付けたマスクで覆われているけれど、間違いない。

フードから覗くアッシュグレイの瞳と前髪が、月光を受けて銀色に輝く。

スラムの斡旋屋だ。

スラムの浮浪児たちのためにだけ生きる、優しい人だと思っていた。それがなぜ、ラフィネの命を狙ったのか。アルバーン帝国の密偵に連れ去られたと思っていた人が、なぜこの場で自由に動くことを許されているのか。

こたえは一つだ。

無数の足音が近づく。声が聞こえた。

「音がしたのはこっちだ、急げ！」

「見張り番の二人は何をしているんだ！」

もういくらも時間はない。

斡旋屋がマスクの奥から、くぐもった声を出した。

「バカなやつだ、ベイル。こんなところにまできやがって。俺はスラムを捨てて、帝国に殉じることにしたというのに」

歯を食いしばり、ベイルが哀しげな表情を向ける。

「なんでだよぉ……ッ！」

その問いのこたえを聞くことはなく、リリィは、あんちゃんの横をすり抜けて走ってきたラフィネに全身をかっ攫われていた。

「逃げるわよ！」

「待って、ラフィネ！　ベイルくんが——！」

「待てないッ」

リリィはラフィネに抱え上げられ、その場から強制的に離脱させられていく。剣戟の音が響いた。何度も何度も、金属を打ち鳴らす音が聞こえる。続いて男の声がいくつも。

「お願い、ラフィネ！」

小脇に抱えられたリリィが激しく手足を動かすと、ラフィネの腕が強く締まった。その痛みでリリィが苦悶の表情を浮かべる。

「……ッ」

「暴れないで」

ああ、遠ざかる。角を曲がったからもう見えない。ほとんど暗闇で、どこをどう走ってきたかもわからない。

かなりの距離を走ってから、ようやくラフィネはリリィの足を地面に置いた。

もう戻れない。どこだったかもわからない。恩人で大切な仲間であるベイルを、敵のただ中に置き去りにしてきてしまった。

心が曇る。沈む。臓腑が重く感じられる。

「ラフィネ、どうして……」

「あんた、ここに何をしにきたの？」

「……家族を……救いにきた」

「そう。だからこそ、いましか機会がない。ベイルが敵を引きつけてくれてる。この間にあたしたちは人質の下まで辿り着き、全員を解放する」

リリィが喉の奥から声を絞り出した。

「でも……ベイルくんが……」

自分でも驚くほどに小さく、低く、澱(よど)んだ声だった。

「……死んじゃう……」

「あいつはここに何をしにきたの？」

少し考えて、リリィはまたつぶやいた。

「わたしと……同じ……。家族を――」

「救いにきた。その家族を目の前にして、背中を向けて逃げ出すことができると思う？　あんたが逆の立場だったらどうする？　敵がいるから逃げようなんて説得に応じた？　その程度の覚悟で人質を救うの救わないのと言ってるなら、今日はこのまま撤退したほうがずっといいわ」

言われて。そう言い捨てられて、リリィは考える。

父や母が自身を見捨てて逃げたことは横に置いて、もし先ほどの場に両親弟妹がいたとしたら、ああ、ラフィネやベイルくんが撤退を命じたとしても、きっと自分はその声を聞き流したことだろう。

黙考するリリィの前で、ラフィネは続けた。

「あの場を三人でどうにか切り抜けても、必ず敵の本体に位置がバレる。そうなれば人質を取り戻すどころか、壮大な追いかけっこが始まるだけ。もちろん人質に危害が及ぶことだって大いにあり得る」

無駄なのだ。あの場にとどまることは。

「あんたとベイルは同じ目的を持つ者同士。だから互いの気持ちは理解できるはずよ。あんただって、自分の目的を達成するためにベイルの目的を捨てさせるようなことはしたくないでしょう？」

「……うん」

「先に行ってくれってあいつが言ったとき、あんたはもらったんだよ」

「もらった……？　何を……？」

ラフィネが拳を握り込んで、ドンとリリィの薄い胸を叩いた。

「んっ!?」

思いの外、重かった衝撃に、一歩、リリィが後ろにふらつく。

「痛いよ、ラフィネ」

「わかんない？　あんたが、あんたの家族を取り戻すための、最大の機会をよ」

「あ……」

じわり。

打たれた胸が熱い。鈍い痛みが、徐々に熱へと変わっていく。

「だったら、ちゃんと正確にそれを受け取りな。男が命張って渡そうとするプレゼントなんて、長い女の人生でそう何度ももらえるもんじゃない」

「う、うん」

言葉を切ったラフィネが、一度咳払いをした。

「それとね、あいつ自身もそうだったけど、あんたも、剣士ベイルというCランクハンターを見くびり過ぎてんのよ。過小評価しすぎ。どう考えてもあれは、Cランクなんかに収まってる腕じゃない」

およそ一年ほど前だろうか。ラフィネがまだロックウッド家の使用人として国境の町にいた頃、ハンター養成学校の卒業試験でとんでもない旋風を巻き起こした学生集団がいたという。

四人の女子と、一人の男子。

「……よもやベイルの口から『ミスリルの咆哮』のグレンの名が飛び出すとは思ってなかったわ

「……」

間違いない。その一人の男子とは、ベイルのことだ。そして四人の女子の中に、ベイルにデタラメ剣術を叩き込んだ怪物師匠がいる。

グレンを剣術で破れる者など、ティルス王国で指折り数えて何人いるかだ。

「え？」

「なんでもない。ベイルは自分自身やあんたが思ってる以上に、だいぶ腕が立つ。きっとあいつの言う、変人の師匠がよかったんでしょ」

ラフィネが腰に片手をあてて、笑みを浮かべた。

「だから、まあ大丈夫でしょ。そのうちひょっこり戻ってくるわ。その間にあたしたちは、さっさとあんたの家族を捜して解放する。そしたら三人そろってトンズラよ。いい？」

「うん！」

ラフィネがスカートの裾を揺らして背中を向け、さっさと歩き出す。

リリィは一度だけ背後を振り返って、思いを切るようにラフィネを小走りで追いかけ始めた。

＊　　＊

多数を相手取って打ち合うため、剣に魔法剣はすでにかけた。そうでなければ剣の刃が保たない。

ギィンと金属音が鳴り響き、柄を持つ両手に痺れが走った。

「この――ッ!」

打ち込んできた正面の男を足裏で蹴って強引に下がらせ、返す刀で周囲を薙ぎ払うと、後方から近づいてきていた男の胸鎧を切っ先が引っ掻いて火花を散らした。

周囲の敵が慌てて距離を取る。

「先ほど奪った荷でも取り戻しにきたか? バカ者め。余計なことを考えねば死なずに済んだものを」

「悪いね。それがハンターの仕事なんだ」

ハンター。その言葉を聞いた瞬間、男たちが顔を歪めた。だがすぐに引き締められる。

「身の程知らずめ」

薙ぎ払われた白刃を最小限の後退で躱し、追撃の突きを下方から弾き上げる。

「く……っ」

「おおおおっ!」

できた隙に胴へと一撃を叩き込もうとするが、側方からの新手の斬撃を剣で捌いて距離を取った。

「しぶといな」

「こいつ、なかなかやるぞ」

「気をつけろ。一人で突っ込むな。互いをフォローし合え」

ベイルは歯がみする。

簡単ではない。盗賊のように無作為に襲ってきてくれたなら、いくらかやりようはあったのだけれど、訓練された兵は連係を組む。互いの弱点を守り合う。

姿形で盗賊を装ってはいるが、やはり中身はアルバーン帝国の兵士で間違いはないだろう。もっとも、そのようなことは拷問でもしない限り認めはしないだろうけれど。

「ふー……」

額から流れる汗を拭う暇もなく、ベイルは周囲を警戒する。

帝国兵の人数は七名。あんちゃんを入れて八名か。絶望的だ。

あんちゃんは曲刀を収め、廃屋の崩れ残った塀の上へと退いた。そこからじっと、ベイルと兵たちの戦いを眺めている。どちらにも与しない。どういうつもりかは知らないが、そのことが余裕のないベイルにはありがたい。

前後左右、ぐるりと囲まれていて、壁を背にすることもできない。包囲の一方を破って走り、追いついてきた者から相手をすることも考えたが、正直なところ体力が保ちそうにないし、動く気のなさそうなあんちゃんを逃がしてしまう可能性もある。

「くっそ……っ」

視線で左を警戒した瞬間、右手方向の兵が剣を上段に構えて地を蹴った。

「ツァイ！」

持ち上げたロングソードをベイルの頭部へと、斜め上方から振り下ろす。

死角からの一撃。だがベイルは、あらかじめそれがわかっていたかのように、身体を傾けるだけで剣閃を躱した。

かかった……っ！

「な――っ!?」

兵士の刃が安物の革鎧（レザーメイル）を掠めて落ちた瞬間、ベイルは彼の剣を持つ腕を切っ先で貫いていた。すぐに引き抜き、今度は足の腱を断つ。

剣を取り落とした兵がその場に倒れ込み、斬られた足を両手で押さえて転がった。

「ぐ、ああああぁぁ……っ」

倒れた兵から数歩距離を取り、ベイルは再び剣を構える。

わざと作った隙に、まんまと独断専行で踏み込んでくれた。おかげで楽に一人減らせたが、依然として状況は絶望的と言っていいだろう。

背後の兵が剣を下げ、倒れた兵の手を取って戦場から彼を下がらせようとした瞬間、ベイルは振り向きざまにその男の腕の動脈を斬り裂いた。

「はあぁぁぁ！」

「ぐあっ!?」

大量の血液と、汗の玉が真っ暗な地面に吸い込まれて落ちる。

男が激痛に顔をしかめながら慌てて飛び退くよりも早く、ベイルは男の足の甲を、ロングソードの切っ先で縫い留めた。

「あぐ……っ」

尻餅をついた男の表情が、ベイルを見上げて絶望へと変化した。

「ひ、やめて――――！」
だが、ベイルの視線はすでに倒れた二人の男にはない。
とどめは刺さない。腕と足の自由を奪えば、もはや向かってはこないだろう。余計なことをして
残る五名を逆上させるのは得策ではない。
とはいえ――――。
「卑怯な！」
「救護の者を斬りつけるなどと、剣士としての矜持はないのか！」
「貴様、それでもハンターか！」
今度はケガをした二人を、二人がかりの三人護衛で引きずって下がらせている。さすがに三人に
守られると隙がない。
開き直って汗を拭い、呼吸を整えることに集中する。
「それは俺一人を相手に、何人で取り囲みながら出た言葉だよ。盗賊の分際で、卑怯だの剣士の矜
持だのと大層なことを言うなよ」
むろん、彼らが盗賊などではないことはすでにわかっている。だが、盗賊行為をしていることも
たしかだ。矜持などという言葉を吐く正規兵であるならば、盗賊呼ばわりされることはどれほどの
恥辱となろうか。
良心に訴えることで罪悪感が出て、少しでも気勢が削がれてくれればと吐いた言葉だった――――が、
男たちは一斉に黙り込んだ。

まずったか……。

心の中で舌打ちをする。

罵（ののし）ることで、むしろ己が何者であるかを彼らに再確認させてしまったようだ。

「囲め。一斉にいく」

「了解」

「悪いな。名もなきハンター殿。たしかにおまえの言う通りだ。だが、我々には使命がある」

五つの切っ先が全方位から向けられる。

ああ、だめだ。ならばもう、かくなる上は。

「知ってるよ。アルバーン帝国のためだろ」

「――っ」

全員が息を呑むのがわかった。むろん、塀の上で成り行きを見守るだけの、あんちゃんは微動だにしなかったけれど。

兵たちの長と思しき男が、苦渋に満ちた声を絞り出す。

「……な、なぜ……それを……」

「訳あって、俺はロックウッド家の長女の護衛をしている身でね。この件に関しては、少し深く踏み込んでいるんだ。俺の目的は、彼女の家族をあんたらから解放して、彼女と再会させることだ」

「ギルドは我らが盗賊などではなく、帝国の密偵であることを知っているのか？　国家中枢は？」

空気が張り詰めていく。

少し考えて、ベイルは嘘をつくことにした。

「ああ。護衛依頼はギルドを通して受理した。当然、いまごろはあんたたちの情報も、ギルドから国に上がっているはずだ。ティルス王国がアルバーン帝国に対して正式に抗議をすれば、あんたたちは帝国から切り捨てられるだろうな」

これで戦意を失ってくれるなら話は早い。

だが、実際は違った。

「そうか。ならばもはや語ることはないな」

じりっ。隊長らしき男が切っ先をベイルに照準した状態にして、すり足でにじり寄った。

「ただ一つだけ訂正させてもらう。先ほどおまえは、我らの活動をアルバーン帝国のためだと言ったな。それは違う。違うぞ、青年」

「……？」

五人の兵らが、思い思いの型で剣を構える。

じわり、背中を汗が伝った。

迷いなき殺気を感じるのだ。先ほどまでよりも、ずっと強く。

隊長格らしき男が、自嘲気味につぶやいた。

「帝国のためではない。帝国で我らの帰りを待つ家族のためだ。ティルス王国の防衛の要となっているロックウッドの血筋をすべて捕らえねば、我らは帰国を許されない。そして敵前逃亡や裏切りが発覚すれば、帝国に残る家族が囚（とら）われる。――ゆえに、退けぬ！」

「……」

みんなそうだ。みんな家族のために戦っている。

彼らには守りたい家族がいる。リリィには再会を願う家族がいる。己とて、あんちゃんの間違いを正さねばならない。

すぅ、はぁ、息をする。吸って、吐く。何度も。

そうしてベイルはつぶやいた。

「……何を言ったって、避けられそうにはないか。つくづく嫌になるな、こんな世界が」

「ああ、まったく同感だ」

「ははは」

「くく」

隊長が笑みを浮かべた。ベイルもまた、彼に笑いかけた。

次の瞬間、同時に表情を引き締めて、五人の兵とベイルは地を蹴った。

「うおおおおおおっ!!」

「があああああああっ!!」

振り下ろされる刃を半身になって躱し、先ほど笑い合った男の胸鎧へと、勢いそのままに叩きつける。

「はあぁぁ!」

「ぐうぅ!」

凄まじい手応えに、両腕が痺れた。だが、強引に振り抜く。

魔法剣で強化された刃だ。金属に強く叩きつけても折れはしない。

隊長が後方へと吹っ飛び、背中から大地に転がる。逆手に持ち替えて彼を貫こうとした瞬間、横から薙ぎ払われた剣を、すんでのところで屈んでやり過ごす。

「やらせんぞ！」

「囲め！」

低い体勢から一気に跳躍して低空で繰り出された追撃を躱し、夜空に左手を伸ばして空気をつかむ。そして着地と同時に後方から迫りきていた男の肩へと叩き落とす。

「空気弾！」

凄まじい音がして、男が大地へとうつ伏せに叩きつけられた。

「うが……ッ!?　げぁ……ッ!!」

「ま、魔法だと……ッ!?」

胸鎧の肩が大きくへコみ、腕が鎧の中で圧し潰されて奇妙な方向に曲がってしまっている。その自身の腕を呆然と見つめる男の足の腱を、素早く斬る。

残り四名――！

「小僧！　ずあぁぁッ！」

渾身の力で薙ぎ払われた一撃を、左手を刃に添えて両足を大地に踏ん張った体勢で受け止める。

二人の男の汗が夜空に散って舞った。

「く、う！」

「うおあああっ！」

ベイルは強引に押し返し、相手が背中を反らせた瞬間に力を抜いて、勢い余って前方に倒れ込みかけた男の太ももを斬り上げる。

三名――！

「～ッ!!」

背中に鋭い痛みが走った。

愛用の革鎧が、背後からの斬撃で破られたのだ。一瞬、前に半歩出るのが遅ければ致命傷となっていたに違いない。

前方に転がって追撃から逃れ、地面を叩いて跳ね起きる。金属鎧ではなく、革鎧だからこそできる芸当だ。だが、金属鎧であればこれほどのダメージを受けることはなかった。

「ハァ、ハァ、ハァ……」

「たたみかけろ！」

痛みに耐えながら後方の敵を放置し、前方へと大きく踏み込み、魔法の光で輝く刃を正面の男へと叩きつける。

「だぁ！」

「……ッ」

甲高い金属音が鳴り響き、男の刃が弾けて飛んだ。

男が顔を引き攣らせて後退しながら、塀の上のあんちゃんを振り返って叫ぶ。

「おい、名無し！　何を黙って見ている！　貴様は、帝国に帰依するのではなかったのか!?」

あんちゃんが男の言葉を無視して、男の背後を指さした。

「……よそ見をしている暇があるのか？」

「――ッ！」

直後、ベイルへと向き直った男の顔面に空気弾が直撃する。

「あがッ!?」

炸裂音――。

爆風が肉体を攫うように首が反って伸び、まるで鈍器で殴られたかのように全身を空中で回転させながら、男は地面に落ちていた。何度か痙攣し、泡を吹きながら昏倒する。

残り二名――！　案外やれるものだ。

そんなことを考えたベイルへと、二名が左右から挟み込むように斬りかかる。右手側の斬撃を剣で受け流し、左手側の斬撃を――苦渋の末に左手を覆う小手で叩き落とす。

「く……そっ！」

激痛が走り、破れた革製の小手の隙間から、血液がどろりと流れ落ちた。右手側の男が流された剣をすぐさま引き戻し、ベイルの首へと薙ぎ払う。

「ハァ！」

ベイルは首を引くことでそれを頰を掠らせながら躱し、左手側の男の追撃を剣で受けて距離を取った。

身軽さにおいては革鎧のベイルに分があるが、防御力は雲泥の差で劣る。

両手で柄をつかみなおそうとするも、左の掌は力を失ったかのように指が曲がらない。それどころか痺れ始め、持ち上げることさえできない。やがて、だらりと垂れ下がった左手の先から、熱い血が地面に滴り始めた。

これでは空気弾が使えない。

むろん、右手の剣を手放せば使用はできるけれど、剣がなければ攻撃を受けることも流すこともできなくなる。

敵は残り二名。あんちゃんを加えて三名か。

あんちゃんに動く気配はない。何を考えているのかさっぱりわからない。帝国に殉じると言いながら、帝国兵である彼らを見殺しにしているのだから。

もっとも、いまはどうでもいいことだし、むしろ好都合だ。

垂れ下がった腕を縛る暇もなく、刃と刃がぶつかり合う。火花が夜に散って互いの顔を映し出し、汗と血の玉が飛び交う。

片腕とは言え、五名を相手取っていたときよりは幾分やりやすい。けれど出血量は少なくない。時間が経過すれば、動けなくなるのは自分のほうだ。

挟撃を避けるために何度も立ち位置を変えながら、刃を交える。仲間が五人倒れても、彼ら二人に退く気はなさそうだ。

当然か。家族が人質同然にされているのだから。

「ああ、つくづく嫌になるな」

振り下ろされた剣をロングソードで受け止めて、動かない左腕を強引に振り上げ、相手の顔面に向けて血を飛ばす。

「うっ！」

うまく瞳に命中した。

慌てて後退する男と入れ違いに、後方から追いすがってきていた男がベイルの眼前に躍り出てきた。

「つぁ！」

気合いの声とともに袈裟懸けに振り下ろされた刃をかいくぐり、ベイルはその男の脇をすり抜けるように通り過ぎて、後方へと下がった男に追いすがる。

目の見えない男に、ベイルの剣を避ける術はなかった。右足の大腿部へと、ロングソードの切っ先が埋まる。

「ぐがぁ……！」

倒れ込んだ男の剣を蹴って離し、背後から斬りかかってきた最後の一人。隊長格の男の斬撃を、刃を滑らせて受け流した。

「もういいだろ。あんたの仲間はみんな倒れた。もう、退いてくれ。そうすれば俺はこれ以上あんたたちに関与しないから」

「できない相談だ。我らが愛する者ともう一度故郷の土を踏むためには、ロックウッドに流れるすべての血が必要なのだ」

男の構えが変化する。

肩に刃をのせて足を曲げ、身を低くして上体を右にねじり込む。ベイルに背中を晒すほどにだ。一撃で決めるつもりだと、すぐにわかった。それができなかったときには大きな隙が生じる、捨て身の剣だ。

男が微かに頬を緩めて笑った。

「だが、いまの言葉。侮辱であるとはいえ、同時に感謝する。すまんな。……子供が生まれたばかりなのだ」

ベイルの顔が歪む。

「ロックウッドにだって家族はいる。スラム育ちの俺にだって弟妹がいるんだ」

男の視線がほんの一瞬だけ、塀の上のあんちゃんへと向けられて、すぐにベイルへと引き戻された。

「そうか」

言葉はそれだけだった。この期に及んでまだ口を開こうとしていたベイルへと向けて、男は躊躇なく大地を蹴る。身をひねって背中を向けた体勢のまま、一瞬でベイルの懐へと潜り込んでいた。

「～～ッ」

放たれる必殺の斬撃。

対話を試みようとしていた分、対処が遅れた。もう躱せない。間に合わない。完全に虚を衝かれた。

けれど、だからと言って。リリィやあんちゃんをこのままにして倒れるわけにはいかない。

こちらも迷いはなかった。

左腕に残る最後の力で、眼前にまで迫っていた刃をつかんだ。刃は掌へと侵入し、手首の辺りで骨と筋肉と革製の小手に引っかかり、そして――命を絶つ直前で、ぴたりと止められていた。

不思議と痛みはあまり感じられなかった。

「……私の、負けだな……」

そうつぶやいた隊長格の男の両足大腿部を、ベイルの刃がなぞっていた。

男が倒れてすぐ、ベイルは片腕で革鎧を脱ぎ捨てた。シャツを破り、右手と口を器用に使って左腕を強く縛る。

出血は止まらない。けれど、かなりマシになった。それでも、治癒魔法もない状態であとどれくらい立っていられるだろうか。

急がなければならない。

見上げる。

月を背負い、抜き身の曲刀を持ち、塀の上でゆっくりと立ち上がった兄の姿を。

＊　＊

身を隠しながら慎重に進む。

何度も哨戒兵とすれ違ったけれど、先ほどまでのようにラフィネは先行しない。リリィの手は、ラフィネと繋がれたままだ。

ベイルがいなくなったいま、おそらくリリィ一人での行動を避けさせるためだろう。場数を踏んだハンターとともに行動するのでなければ、魔物の森で羊を歩かせるに等しい。もっともその羊がすべての枷を外せば、怪物ともなり得るのだけれど。

いずれにせよ、いまは枷が外せない。

「ラフィネ、さっきから進んでるけど、人質のいる場所はわかるの？」

ラフィネは濃いブラウンの髪を揺らして、去っていく哨戒兵の背中を視線で追う。

「哨戒兵の遭遇場所と、見回りをしてる位置から割り出すのよ。あいつらだって、まるっきり関係のないところを警戒したってしょうがないでしょ。ぐるぐる歩き回ってる円の中心近くに人質がいる可能性が高い」

「ほぁー……」

なんだかラフィネを見る目がどんどん変わっていく。

ロックウッド家の使用人だった頃から、ほんとに何もしない、何もできない人だった。お付きのはずなのに、リリィの自室や行動範囲を掃除してくれていたのは他の使用人だったし、料理を作ってくれたこともなかった。外に出られないリリィのため、娯楽本を買いに行くことだけが、彼女にできる仕事だった。

ある日は館の出窓で一日中眠っていたり、もっとひどい日は屋根の上で眠っていたり、さらにひどいときはリリィのふかふかのベッドで堂々と眠っている日もあった。執事長から叱られても、大あくび。

それなのに、国境の町を逃げ出してからは大違い。

盗賊を手玉にとって、現役ハンターと互角に剣を交えて、朝食を作ってくれることだってあるし。しかも元ハンターだなんて話まで飛び出してくる始末だ。

細い背中が、やたらと頼もしく見える。

隠れながら廃墟と化した遺跡を進む。

やがて、ぽっかりと口を開けた地下へと続く階段を発見した。覗き込むまでもなく、暗闇ではない。

奥のほうからぼんやりと、橙色の灯りが漏れ出している。

ラフィネはリリィに視線を向けて唇に人差し指を立てる。リリィがこくりとうなずいた。

この一帯だけ草が刈られていて、むき出しの地面に足跡が無数に残っている。いや、刈られたというよりは、踏み固められて生えなくなっているのだ。

間違いなさそうだ。それに微かにだけれど、音が漏れている。声ではなく、カツ、カツという足音が。

ラフィネは周囲を見回してからリリィの手を離した。中を覗き込み、階段を数歩下り、一度止まる。数秒経ってまた下り、階段を下りきってから先ほどまでのようにハンドサインのみでリリィを手招いた。

リリィは恐る恐る、抜き足差し足で階段を下っていく。つま先から地面にそっとつけて、踵(かかと)を下ろすように心がけて、落ち着きながら、けれども素早く。

ラフィネの背中に追いつくと、ラフィネの手が伸びてリリィの頭を軽く撫でた。

「……」

それでいい、よくやった。たぶんそういうことだろう。

子供扱いして、と思う反面、なぜだか顔がだらしなく緩む。

視線の先は廊下。それも遺跡の構造は利用しているけれど、新たに整備された廊下だ。ところどころにランプが吊されていて、小さな炎が揺れているため、視界に困ることはない。

整備されているとはいえ、遺跡は遺跡。ほとんど廃墟だから、崩壊している壁などはかなり多い。その向こう側は真っ暗な部屋であることがほとんどだ。

ちょっと不気味で怖い。

けれどラフィネは静かに音もなく、滑るように暗闇の中を進んでいく。リリィはハンドサインを待って、足下に気を払いつつ追いかけていく。

やがて、生活音のようなものが聞こえ始めた。ドアのようなものはないから微かにではあるけれど、ほとんど筒抜けだ。確実に誰かがいる。

続いて、声。必要最低限の会話を、低い声でしているのが聞こえる。まだ、その内容まではわからないけれど。

ラフィネに追いついた。

彼女は人差し指を唇にあてたまま、もう片方の手で先を見るように促す。その指さす先では、椅子に腰掛けた兵士が居眠りをしていた。

胸鎧も剣も、足下に転がっている。

ラフィネと視線を合わせてうなずき合う。

二人して足を忍ばせ、目の前を通過――しかけたとき、男の瞼が突如として上がった。

「な、何者――ンン!?」

言葉が言い終わるより早くラフィネの手が男の口を塞ぎ、引き抜いたショートソードの切っ先が男の喉へと突き刺さる――寸前、リリィは両手でラフィネの手をつかんでいた。

「だめだよ、ラフィネ」

「あんたッ――あ！」

男が身をひねってラフィネから逃れ、大声で叫びながら遺跡地下の奥へと駆け出した。

「敵襲！　敵襲だ！」

男と入れ違いに、遺跡の奥から無数の足音が響いてくる。壁や天井に反響していて、おおよその人数さえ想像できない。

「く、一旦戻るわよ！」

ラフィネが身を翻して入り口方向へと走り出す。

「わたしは隠れる。わたしと一緒だとラフィネも追いつかれちゃう。だから行って」

けれどもリリィはその場から動こうとはしなかった。ラフィネが足を止めて叫んだ。

「リリィ！」

「わたしは平気だよ。ちゃんと隠れてやり過ごすから」

無数の足音が迫る。もう時間がない。いまから全速力で駆けても、遺跡地下の入り口に到達するまでに捕まるだろう。少なくとも、リリィの足では。

考えている時間はない。

ラフィネが苛立たしげに壁を殴りつける。歯がみし、憎しみを込めた目でリリィを睨んで、吐き捨てた。

「やつらを引きつける。でも、言っとくよ。あたしはあんたを、わざわざ助けになんて戻らないから」

「うん。がんばる。ここまで連れてきてくれてありがとね、ラフィネ」

「……ッ」

「大好きだよ。ラフィネがわたしのこと嫌いでも、大好き」

盛大に顔を歪めて舌打ちをして、ラフィネが元きた道へと、わざとらしく大声で叫びながら走り出した。

「ああ、もうっ！　さっさと走りなっ！　リリィ！　リリィ・ロックウッド！」

その背中を見送ることもなく、リリィはすぐさま倒壊した壁を乗り越えて、真っ暗闇の小部屋に身を潜めた。

間髪容れずに何人もの兵が廊下を走り抜ける。

「いまの声！　女かッ！」

「待て、あの女、いまリリィ・ロックウッドと言ったぞ！」

「来ているのか、ロックウッドの生き残りが！」

「バカめ、家族を取り戻しにきたか！」

「わざわざあちらから捕まりにきてくれるとは都合がいい！」

「追え！　絶対に逃がすんじゃないぞ！　帝国へ帰るために必ず捕まえるんだ！」

通り過ぎる全員が脇の部屋に身を潜めたリリィに気づくことなく、あっという間に背中の見えなくなったラフィネを追って走る。

その全員が見えなくなってから、リリィは静まりかえった廊下を進んでいく。

一人に戻っただけなのに、暗闇がひどく怖い。先ほどまでより胸が早鐘を打っている。掌に汗が滲んで、いまにも逃げたくなる。

ラフィネを追っていった兵の数は、たぶん二十名ほど。彼女やベイルの想定通りであるならば、きっとまだこの奥には敵が残っている。

竦みそうになる足を、前へと進める。

この先で家族が待っている。生物学上の本当の家族が。無事に会えたとして、自分がどんなことを思い、どのような行動を取るのか、想像もつかない。

でも、待っている。助けを求めて、待っている。

行かなくてはならない。強くならなくてはならない。心身ともに。

ポケットに手を入れて、変装用の蝶仮面を取り出す。物語の中の主人公だって、恐怖を持っていた。けれど彼らは誰も、足を止めたりはしない。救いを求める人々がいる限り、前に進み続ける。

それがヒーローだ。

装着する。

ただそれだけで強くなった……気になれる……かもしれない……といいな……。

「よっし」

暴れ回る心臓を、左胸の上からドンと叩いて、リリィは走り出した。

哨戒兵の大半を引きつけてくれたベイルと、地下の敵の大半を連れ出してくれたラフィネのおかげで、いまのところ敵はいない。

扉——！

ここへ来て唯一の扉だ。遺跡の扉ではない。新造された木造のものであると、すぐにわかる。

この先が、アルバーン帝国の工作員たちのアジトになっていることくらいは、リリィにだってわかった。

息を深く吸って、長く吐く。

ゆっくりと、肩で押し開ける。ギィと蝶番が鳴った。

身を滑り込ませたリリィに注がれる視線は、三つ。いずれも家族のものではない。先ほどラフィネを追った者と同じ装備に身を包んだ、兵士たちのものだ。

「……侵入……者……?」

「子供一人だったのか? それにしても、なんだその妙ちくりんな仮面は? ヘンタイごっこか⁉ けしからんな、ティルス王国は子供らに何を流行らせておるのだッ‼」

違うっ! センスない、この人っ!

「とにかく捕まえろ。無関係な子供であろうと、この場所を知られた以上、ただで王都に戻すわけにはいかん。我々の位置がティルス王国に割り出されては計画に支障が出る。新たなアジトを見つけるまでは、ここに監禁するしかない」

彼らの向こう側には鉄扉がある。これもまた遺跡時代のものではなく、新造されたものだ。おそらく、両親弟妹はその向こう側にいる。

一人の兵に背後に回られ、退路を断たれた。

リリィは考える。

この人たちは自分がロックウッドの生き残りであることに気づいていない。ラフィネの叫びがここまで届かなかったからだ。だから、侵入してきたのは迷い込んだ子供だと勘違いをしている。

「君、おとなしくしていれば傷つけることは――」

退路を断った兵が、言葉を途中で止めた。

この閉ざされた地下室に、強い強い暴風が巻き起こったからだ。

「な、なんだ?」

リリィは両手を広げて空気をつかんでいた。つかんだ空気が掌で暴れて、暴風を発生させているのだ。

ここまで来て捕まるわけにはいかない！　ならばまた盗賊のときと同じように、魔法を見せつけて交渉に持ち込む！

不自然な風が吹き荒れる中、リリィは幼い声で、けれども堂々と叫んだ。

「わたしの名前はハローワールド仮面！　ティルスの王都を守る正義の味方、すなわちヒーローです！　ここに人質がいるはずだー！　すぐさま解放しなさぁぁぁ～～～～い！　さもなければ、これを側頭部あたりにぶつけます！」

しばらく。しばらくあった。風の音だけが響いていた。

やがて、兵士が冷静さを取り戻す。

魔法らしき風といっても、ただ無秩序に吹き荒れているだけの虚仮威しだ。立てかけられた鉄製の剣一つ、倒すこともできない程度。ならば小娘ごとき、恐るるに足らず。しかし相手は子供とは言え魔法使い。油断はできない。

兵士が剣の切っ先をリリィへと向ける。うっ、とリリィが一歩後ずさった。

「いますぐ魔法を止めるんだ。さもなければ――」

「で、できませぇ～ん！」

リリィが勢いよく首を左右に振った。

「バカめ、その魔法が自分自身を傷つけることになると言っているのだ！」

違う違う、そうじゃない。そうじゃないの。

リリィは泣きそうな顔で叫ぶ。

「えっと、一度発生させた魔法をどうやって止めたらいいのか、わたし自身わかりませぇ～ん！　あなたにぶつけていいですかっ？」

ビキィと、兵士の顔に血管が浮かんだ。

「いいわけがあるかっ!!　その程度の風ならば、そこいらの壁にでも撃っておけばよかろう！」

「で、でも、壁が崩れたら、崩落で天井まで落ちて地下遺跡ごと埋まっちゃうかもしれないって、ラフィネが～……」

「風化した遺跡といえど、このようなそよ風ごときで壁が崩れるものか！　四の五の言わずにさっさと放て！　ま、まま、待て待て、こら！　こっちに向けるな！　わ、我々にぶつけてみろ、絶対に許さんぞ！」

いや、崩れる。こんな風化した壁程度なら絶対だ。自信がある。

なぜならばこの魔法は、以前にオークにぶつけたものよりも裡側で渦巻いている風の力が強いからだ。だからこそ、つかんだ球体状の中に力を抑えようとしても、こうして外側にまで暴風が漏れ出しているわけであって。

念のため、精霊様に尋ねる。

『どういうこと、ナノちゃん様！　前より魔法強くなってるみたいだよぉ！』

『リリィさんが興奮状態で使用されたので、思念波が強くなってしまったのでしょうね。ちなみに、

我々の計算でも98％ほどの確率で崩れますよ、壁。残り2％はうまく貫通する、です』

『ぱーせんと？　おいしそうな果物っぽい響き！』

呆れたようなため息が聞こえた気がした。

『ああ、パーセンテージというのは、百回同じ魔法を同じ壁に撃ったら、九十八回は崩れますよーという計算みたいなものと思っていただけると』

絶望した。

『ついでに壁が崩れた場合において、天井が落っこちてくる確率も72％以上と非常に高いです。その場合、ほぼ同じ確率で地下にいる方々はリリィさんを含め、生き埋め状態になって死亡します。付け加えるなら、この先には人質になっていらっしゃっているご家族もおられますので、救出目的である以上はあまりおすすめできません』

思いの外、冷静な返答がきた。そしてすごく重要なことを言われた気がする。

もしかしたら、ナノちゃん様に頼れば最初から両親弟妹の場所も判明していたのでは。いや、いまはそれどころじゃない。

『うわぁぁぁ〜〜〜ん！　鎧を着た人にぶつけても、やっぱ危ない!?』

『いえいえ。あの方々の鎧は頑丈ですので、直撃してもヘコむ程度で済みますよ』

『あ、それじゃあ！』

リリィが両手を向けると、兵士たちが一斉に後ずさった。

「お、おい、貴様、何のつもりだ！　こっちに向けるなと言ってるだろッ！」

ナノマシンが少し慌てたように付け加える。

『あ、でも中の人間は当然圧死しますよ。骨が内臓に突き刺さったりして、痛いだろうなあ。まぁそれ以前に踏ん張りが利かず、吹っ飛ばされて壁に叩きつけられて、中身がドパンでしょうね』

『どぱん……』

ドパン、がどれほどの確率なのかは知らないけれど、やらないほうがよさそうだ。

リリィが下唇をプリッと出して、泣きそうな表情で敵兵を見つめた。

「ええっと……」

両手の中では、凄まじい威力の風が渦巻いている。竜巻を掌サイズに圧縮したようなものなのだから、極めて始末が悪い。木造家屋程度の強度では一溜まりもないのである。圧縮したとなれば、さらに。

思わず口走る。

「……おじさんたち、助けて?」

「何がだッ!?」

「これ、消して?」

「できるか！　いいからさっさと壁にぶつけて消してしまえ！」

炎の玉というか、太陽モドキというか。あの魔法さえ使わなければ正直どうにでもなると思っていた。あれは危ない。特に地下だと、逃げ場もなくて蒸し焼きだ。でも、風の玉もどうやら使ってはいけない類の魔法だったらしい。こんなことならラフィネの言う通り、魔法自体を封印すべきだった。

どちらも威力が問題であることに、リリィは気づかない。

「ふ～……」

涙がこぼれないように上を向く。

滲む視界で、ふと気づいた。

あれ？　崩落してくる天井がなくなればいいんじゃない？　と。

『ナノちゃん様』

『壁に撃つよりは生存確率は高いですよ。はい』

バッとリリィが兵士らに視線を戻した。

「な、何だ!?　まさか我々にぶつけるつもりでは――」

「おじさんたち！　危ないからちょっと伏せてて！」

「……は？」

言うや否や、リリィは両手を天井へと向けた。

「え～いっ」

直後、空気が爆発した。

もはや風などと呼ぶも烏滸（おこ）がましい。たしかな強度を持った空気の壁が、リリィを中心として地下室の上方向に放たれたのだ。逃げ場のない兵士らはその煽りを受けて壁に叩きつけられる。

それだけならまだしも。

轟音。大地が悲鳴を上げた。リリィの巻き起こした暴風は古代の地下遺跡を貫いて、頭上に鎮座する重々しき大地を夜空へと一気に打ち上げる。

さながら、熱量の伴わぬ火山噴火のように……。

天高く打ち上げられた瓦礫が、流星のように遺跡全体に降り注ぎ、再び大地を揺るがした。やがて、そのすべてが落ちきる頃。

「……」

パラパラ、ガラガラと、大地や天井だった砂礫(されき)が壁際に舞い落ちる。周囲には濛々と砂塵(さじん)が立ち籠めていた。

この所業を引き起こした張本人であるリリィも含め、地下室にいたすべての人間は腰を抜かし、ただただ呆然と夜空を見上げていた。先ほどまで分厚い天井だったはずの、夜空をである。

天井が抜けた。否。粉砕され、そして消し飛んだ。

リリィがゆっくりと、壁際で立ち竦む兵士たちに視線を向ける。

「えっと、そういうわけなので、おとなしく人質を解放してください？」

兵士たちは膝を折った体勢で、ただ呆然と、眼前に佇(たたず)む少女を見つめる。先ほどまでと違うのは、怯えた瞳を彼女に向けていることだ。

「あの」

反応がないので、リリィは両手をもう一度兵士たちのほうへと突き出す。兵士たちが壁を背にして、その場で後ずさった。

「人質を、解放してください。わたしの大事な家族なの」

「――！」

「お、おまえ、リリィ・ロックウッドか……？」

リリィはこくりとうなずく。

「くそ、生き残りの娘が魔術師だなんて聞いてないぞ！」

「こ、こんなバケモノを、どうやって捕まえろっていうんだ……」

兵士たちの顔に絶望の色が浮かぶ。しかしその中で、一人の男性が立ち上がった。

「バケモノ？　それがどうした！　ロックウッド家の血縁を捕らえねば、俺たちは帝国には戻れんのだぞ！　故郷に帰りたくはないのか、家族に会いたくはないのか!?　いまが命を賭けるべきときではないのかッ！」

他の兵士たちが怯えた顔を見合わせる。苦渋に満ちた表情で、けれども次の瞬間にはあきらめたように、あるいは覚悟を決めたように立ち上がり、そして口を開――くよりも先に、リリィはつぶやいていた。

「それ、違うと思う。みんな、こんなところで死んじゃだめだよ。そんなことして生かされたって、次の日から誰も笑えなくなっちゃう。あなたたちだって、自分のために家族が命を捨てようとしてたら、悲しいなって思うでしょ？」

気勢が削がれたように、兵士たちが口をつぐんだ。

けれども先ほどの男性だけが大声を張り上げる。

「ならば、俺たちはどうすればいいというのだッ!? すでに進退は窮まった! 先ほどの魔法から鑑みるに、おそらく我らはここで死ぬことになるだろう! だが逃亡もまた死罪! そして罰は一族にも及ぶ! ……おまえと同じだ、ロックウッドの娘。我々も家族を人質に取られている。選択肢など最初から存在しない。俺たちはここで死を望む」

男性が拳で自らの胸を強く叩き、語気を強めた。

「だが、俺たちの死は無駄にはならない! その死によって、帝国は俺たちの家族に手厚い補償を与えるだろう!」

男性とは対照的に、リリィは寂しげな笑みを浮かべる。

「あなたたちの国の難しいことは、わたしにはわかんないよ。でもね、家族の人はそんな補償なんて、迷惑だって、いらないって、そう考えると思うの。すっごく迷惑。きっと、どんな形であっても生きて会えるほうがいいに決まってるもの」

リリィの笑みが歪んだ。

「……だって、だって、わたしみたいにね、両親から見捨てられた子供でさえ、そう思うんだよ?」

男性の顔色が変わった。憎き敵を睨むような視線だったものに、一瞬で戸惑いと憐憫が入り交じる。

「おまえ……。捨てられた子なのに、救いにきたのか……? 捨て子だから、リリィという名がロックウッドのリストから欠けていたのか……?」

「うん。だから失うものはないの。でも、わたしは絶対に死なない。死ににきたんじゃないから。ただ、会いにきたの。ねえ、だからあなたたちも生きて。生きていれば、いますぐにじゃなくたって、いつかは会えるかもしれないんだから」

ああ、言いたい言葉がうまく出てこない。伝わっている自信がない。言葉というものは、使い方が難しい。便利だけれど、ひどく難しい。伝えたいことの毛先ほども、うまく言葉にはできない。耳が聞こえるようになって、声で話せるようになって、ようやくそれがわかった。

男性がうつむき、吐き捨てる。

「いつかとは、いつのことだ……？　俺たちはもう、帝国を出て二年もこの国を放浪しているんだ……。二年だぞ……？　……故郷に帰ることだけを夢見て、盗賊まがいのことを続けて生き恥をさらしてまで……」

大の大人が幼子のように顔をくしゃくしゃにして、静かに強い感情をぶつけてくる様を、リリィはこれまで見たことがなかった。

悲しいと思った。怖いと思った。でも、受け止めなければならないと思った。

「……言葉では、もう止まれないんだ……」

男性が取り落としていた剣を右手で拾い上げた。

「……だから、頼む。……俺を……俺たちを、もう、終わらせてくれ……」

リリィは静かにこたえる。

「わかりました」

男性が歪に笑った。笑って言った。

「ありがとう。ロックウッドの娘」

ふぅと息を吐き、剣を構えたまま身を屈め、瓦礫で埋まった地を蹴る。無防備に立つ、リリィへと向かって、殺気を放ちながら。

「おおおおおおッ!!」

リリィにとって、この男を殺すのは簡単だ。生かしたまま倒すほうがよほど難しい。火の玉も風の玉もだめだった。けれど、もう一つだけこの目に焼き付けた魔法がある。

リリィは自身の右腕を伸ばして、二の腕から指先までを左手でなぞる。

「――魔法剣」

剣を持って振り回すだけの力は、自分にはない。せいぜいがナイフが限度だ。それだって筋肉がなければ取り落としてしまう。ならば、決して落とさないものを強化するしかない。

鈍い輝きが右腕を包んだ直後、踏み込んできた男性の上段斬りを防ぐべく、魔法剣で強化された右腕を持ち上げる。

痛みは覚悟した。最悪、魔法が不発に終われば腕がなくなるかもしれないとも思った。だが、意外にも。

衝撃――!

刃を受けた肘ではない。肘と繋がる右肩に、重い衝撃を感じた。金属音ではない。まるで決して壊れない中身の詰まった弾力性のある物体とぶつかったかのように、銀閃が弾き返される。

腕は、ある。傷もない。服すら切れていない。

だが。

「あうっ」

魔法剣で強化した右腕こそ問題なかったけれど、上方からの強烈な叩き下ろしで右肩に激痛が走り、気づけばリリィの全身は瓦礫の地面へと叩きつけられていた。

成人男性と少女、肉体差はいかんともしがたい。

背中を打って地面に転がる。

「ぅ……」

そのリリィの首を狙い、男性は剣の切っ先で地面を引っ掻きながら逆袈裟に斬り上げる。一瞬早く右腕を滑り込ませて斬撃を受けたリリィは、今度は高く吹っ飛ばされて崩れ残っていた壁へと側面から叩きつけられた。

地面に落ちて、視界が赤に染まった。

「う、ぅ……」

足音に視線だけを向けると、男性が切っ先をこちらに照準して、高速で迫ってきていた。

だめだ、死ぬ……。

簡単だ。火の玉でも風の玉でもぶつけてしまえばいい。死ねば家族に会えない。自分が家族を愛しているのか、憎んでいるのか、それすらわからないまま死んでしまう。

だったら、殺す……？

嫌だ、嫌だ、嫌だ。誰か助けて。誰か。誰でもいいから。

『はいは～い。承知しましたぁ～』

ナノマシンの声が響いた直後、何かが体内に侵入してくるような奇妙な感覚に包まれた。不思議な万能感が、全身から溢れ出す。

痛みの消失を意識するより先に、壁に叩きつけられて崩れ落ちていたリリィの両手が動いていた。地面を叩き、その反動で高く高く舞う。頭を下に、下半身を上に。

動く。イメージ通りに。肉体が。まるで物語の中の、彼らのように。

空舞う彼女の下で、男性の剣が虚空を貫いた。その様がひどくゆっくりと見えて。

男性の背後に音もなく着地したリリィは、魔法剣で包まれた右腕で、振り返ろうとしていた男性の脇腹を強く払っていた。

「ぁがッぐ……!?」

男性の姿が視界から消えて、右手側の壁が倒壊する音が響く。視線を向けたときにはもう、男性は瓦礫に埋もれて気絶していた。

あっけない決着だった。

その結末に唖然としたのは、リリィだけではない。その場で戦意を失っていた兵士ら全員もだ。

ナノマシンがリリィに囁く。

『先ほど言っていた肉体強化をさせていただきました。獣人族にも魔族にもなっていませんのでご安心くださいな。ちなみにやり方は、私たちナノマシンを体内の隅々にまで取り込むだけです。一時的にですが、リリィさんが望むヒーロー的な肉体性能を手にすることができるのです。速く動きたいと願ったならば速く、力強くなりたいなら強く』

『ほぁ～』

我ながら妙な返事をしてしまった。

『もちろん限界はありますし、あくまでもリリィさんの肉体であることには変わりがありませんから、術式後は副作用で相当苦しい思いをされるでしょうけれど』

『副作用？』

『筋肉痛とか、疲労骨折とか、過労とか、まあ、そんな話ですよ』

リリィがぶんぶんと首を左右に振る。

『やだぁぁぁ！』

『乱用は避けたほうがいいですよ、という話です。ま、今回は時間が短かったので、せいぜい打ち身くらいのものでしょう。今後、長時間の使用を望まれるのであれば、常日頃から肉体を鍛えておくことをおすすめいたします』

ともあれ、助かったことだけはたしかだ。

リリィは右腕の魔法剣を解いて、スカートについた砂を払った。そして戦意を失った兵士らを振り返り、尋ねる。

「人質、解放させてもらうね」

うなだれたまま、誰もその言葉に反応する者はいなかった。

壁に掛けられた鍵を指で引っかけて取り、地下室最奥にある鉄扉に差し込む。少し力を込めると、蝶番を軋(きし)ませながら扉は開き、小さな彼女を受け容れた。

＊　＊

甲高い金属音と火花が何度も夜に散る。

は……やい……！

ハンター養成学校で、とある少女に稽古をつけてもらってから、さらにまた腕を上げたつもりだった。

片腕が使えないこと、大量出血で視界が狭まっていることを差し引いても、目の前で曲刀を振う斡旋屋――あんちゃんの剣の腕が相当なものであるとわかる。

「……ッ」

片腕では、あんちゃんの斬撃を受け切ることができない。力に対し力で応戦しては、剣を弾かれてしまう。

受けて、流す。

力に逆らわず、力の流れる方向のみを変化させる。そうするしかない。左腕が完全に使えなくなった以上は、切り札にしてきた空気弾さえ撃てない。

何度も、何度も。

「やめてくれ、あんちゃん！　なんであんたが帝国兵のために戦ってるんだよ！」

「別にこいつらのためじゃない」

大腿部を狙って払われた斬撃を、寸前で上方へと受け流す。刀身を刀身が滑って、大量の火花が夜空に舞った。

そのたびにアッシュグレイの瞳が闇に浮かぶ。

仰け反るベイルの鼻先を掠めた曲刀の切っ先が、鋭い風を巻き起こした。

「俺はスラムのために戦っている。昨日までも、今日も、明日からもだ」

「わけわかんねえよ！」

体勢を戻しながらのベイルの打ち下ろしを、あんちゃんが半身を引いて躱す。

紙一重。完全に見切られている。信じがたいことではあるが、あんちゃんの剣の腕は、Aランクハンターにも引けを取らないレベルだ。

違法の斡旋屋として、賊を相手にこれまで生き延びてこられたのだから、何ら不思議ではないのだろうが、かつての線の細さや優しさを知る身としては信じがたいことだ。

半身引いた状態からローブを翻し、身体を一回転させて遠心力をのせた曲刀の一撃が、ベイルの横腹を襲った。切っ先を地面に置いて剣を立て、動かなくなった左の肩を峰にあてることで、かろうじて受け止める。

強い衝撃が響き、激痛が全身を走り抜けた。

歯を食いしばって痛みをこらえ、ベイルが叫んだ。

「スラムはもう救われたんだ！　これからもっとよくなっていく！　あんちゃんがスラムのために犠牲になる必要はもうない！　危険な斡旋屋はもう必要ないんだ！」

　スラムは救われた。以前までならば餓死者も珍しくはなかったけれど、十五を超えて残ったベイルの献身と、『赤き誓い』の行った改革のおかげで、いまでは滅多なことでは餓死者など出ない。

　変わり始めているのだ。すべてが。

　踏み込み、剣を繰り出す。けれどベイルのロングソードはあっさりと受け止められ、力任せに押し返された。

「……それでは足りない」

「何がだよ！」

　後方によろけたベイルへと、今度はあんちゃんが深く踏み込む。ベイルの両足の間に、右足を入れて。それは息を呑むほどの、鋭い踏み込みだった。

　死を間近に感じるくらいに。

「幼い弟妹が病に伏せったとき、おまえは治療をしてやれるのか？　高額な治療費を肩代わりしてやることができるのか？」

　受けたロングソードの刃が軋んだ。魔法剣を付与していたにもかかわらずだ。いや、違う。軋んだのは剣の刃ではない。痺れが走った己の右腕だと気づく。

　そして気づいた直後には、ベイルの全身は宙を舞っていた。打ち上げられたのだ。低くはあるけれど、たしかに両足が浮いた。

あの細身の、どこからこんな力が――ッ！

右手の五指に力を込める。抜けそうになる剣の柄を意識的に強く握る。そうしなければ剣を弾き飛ばされて、勝負はもうついていた。

着地。踵が後方に滑った。

「看取ってやることが、おまえのいう救いか？」

「くっ！」

容赦なく喉元を狙って突かれた一撃を、首を倒してかろうじて躱す。その突きが斬撃へと移行する前に、壊れた左肩であんちゃんの胴を強く押し離した。

距離が開く。

視界がまた狭まった。己の頬を伝う液体が血なのか汗なのかさえ、もうわからない。あんちゃんが多重に見えて、ベイルは首を左右に振った。

「俺はな、ベイル。スラムをなくしたいんだ。スラムなんて言葉ごと、もうこの世界から消してしまいたいんだ。そのためなら手段を選ばない。斡旋屋として、盗賊と手を組んだ頃のように」

その発言に、ベイルの表情が変わる。

「どういう意味だ！　あんた、スラムに何をする気だ！」

「勘違いするな。スラムを皆殺しにすると言っているわけではない。ティルス王国を変えたいと言っているんだ。それにはアルバーン帝国を利用する必要がある」

わずか数度の呼吸分、時間があった。

ベイルの目が見開かれる。

「あんた、まさかティルス王国をアルバーン帝国に侵略させるつもりか……？　国境防衛の要であるロックウッド家の一件は、その足がかりだったってことか……？」

「ああ」

あんちゃんが口元に巻いていた布を解いて、足下へとそれを投げ捨てた。ベイルにはそれが、偽りの言葉ではないという証明のように感じられた。

「辺境伯ロックウッド、その一家の命と引き換えに、帝国宰相と密約を交わした。ティルス王国の王都侵略の際には、スラムにだけは一切手を出させないこと。そして、侵略が成ったあかつきには、スラムの民を平民として扱うこと」

「そんな約束、戦時で守られるもんか！　それにそんなことをしなくたって、スラムはもう歩き始めて――――！」

ベイルの言葉が終わらぬうちに、あんちゃんが叫んだ。

「仕事を得ようが浮浪児であることに変わりはあるまい！　それを見ぬ振りで放置していた王侯貴族とて許されるものではない！　わかるか、ベイル？」

あんちゃんに狂気の笑みが浮かぶ。

「王侯貴族もスラムの浮浪児も、みなが等しく同じ平民となるんだ！　これほど素晴らしい解決策が他にあるか!?」

ベイルが歯を食いしばって叫び返した。

「でも！　死ぬだろッ!?　スラムの浮浪児は戦争に巻き込まれなくても、平民や貴族にどれだけの犠牲が出ると思ってるんだッ!!」

「構わない！」

　血走った目を見開いて、狂気の笑みを浮かべたまま、あんちゃんは静かに口を開いた。

「スラムの外で何万人の犠牲が出ようが知ったことではない。王侯貴族も、平民も、これまでそうやってスラムの浮浪児たちが何百と死んでいくのを見捨ててきただろ。当然の報いだ」

　ベイルはうつむく。

「だから、次は、俺たちが見捨てる番だ。罪は相殺され、みなが等しくなる。貴族も、平民も、浮浪児も」

　言葉がなかった。続く言葉が出せなかった。

ただ無性に悲しかった。あれほど優しかったみんなのあんちゃんが、こんな言葉を吐いたことが。

情けなくて、そして悔しかった。

　溢れそうになる涙を、どうにかこらえる。

「……そんなのもう、スラムのためじゃないだろう。あんたがただ、復讐をしたいだけじゃないか……」

「なあ、ベイル。俺とこないか。スラムを捨てて去って行った他の兄姉と違って、おまえはスラムに残る途（みち）を選んだ。俺と同じだ。俺の考えを理解できるはずだ」

　ベイルは声を絞り出す。

「……できないよ、あんちゃん……。……平民にだって、浮浪児を応援してくれてる人たちが沢山いる……」

「改革に犠牲はつきものだ。特にこの国の貴族は、そろいもそろって浮浪児の言葉になど耳を傾ける者はいないだろう。ティルス王国は一度すべて壊して、作り直されなければならない」

ああ、もうだめなのだ、この兄は。己の復讐心を果たすためだけに、スラムの立場をも利用し始めている。もう、人間性が崩壊し始めている。

ベイルが強い視線を上げた。

「リリィは。あんたが帝国に売ろうとしたリリィ・ロックウッドは、あんたのことを優しい人だと言った。スラムのために力を貸してくれてもいる。スラムの子供たちは、彼女のことが大好きになった。彼女も殺すのか？」

「ああ、そうだな。しかし残念ながら、あの娘も貴族だ」

わかっていた。予想通りの返事だ。

言葉にしたところで、この兄には何も伝わりはしないだろう。もう、この男は壊れているのだから。ならば兄弟としてできることは一つだ。

「俺とこい。ベイル。ともにスラムを解放しよう」

あんちゃんが右手を差し出した。しかしベイルは首を振って、ロングソードを右手一本で構える。

「あんたを止めるよ。俺が勝ったら、そんなバカげた計画は忘れて、どこか遠くへ消えてくれ」

一瞬の間があった。

夜の肌寒い風が、両者の間をゆっくりと流れる。

「……残念だ、ベイル。どうやら俺たち兄弟の途は、完全に分かたれたらしい。だが、せめてその約束だけは守ると誓おう。万に一つも、そんなことにはならないがな」

あんちゃんが両手で曲刀を構えた。

ふぅ、と息を吐いて。

ベイルが地を蹴る。ほとんど同時に、それに呼応するようにあんちゃんもまた地を蹴った。

両者の距離が一瞬で縮まる——直前、ベイルは斜め下に構えていたロングソードを渾身の力を込めて、あんちゃんの頭部に投げつけていた。

「おおおおおっ！」

「〜〜ッ!?」

回転しながら迫るロングソードを、あんちゃんがすんでのところで曲刀で弾く。

「おまえ、何を——っ」

言葉が最後まで吐き出されることはなかった。

ほんの一瞬だ。飛来するロングソードに視線を向けてしまったあんちゃんに対して、ベイルは無手ながらすでに、その懐深くまで踏み込んでいた。

低く、低く、低く。体勢を屈めて。あんちゃんが曲刀で払おうとしたときにはもう遅い。

「空気弾」

ベイルの右手から発生した圧縮空気の弾丸が、あんちゃんの鳩尾をまともに貫く。

細い身体をくの字に折り曲げて、口から血の混じった胃酸を噴出させながら、あんちゃんは凄まじい勢いで背中から遺跡の壁へと叩きつけられていた。

「がは――ッ」

ベイルは悠々と剣を拾い上げて、悶絶するあんちゃんの前に立つ。あんちゃんは険しい表情でベイルを睨み上げたあと、表情を緩めてゆっくりと長い息を吐いた。

そうして、かつてのように穏やかにつぶやく。

「俺の負けだ。殺せ」

躊躇いはなかった。

ベイルは剣を一度大きく振るうと、腰のベルトへとロングソードを収める。そして、焦点の定まらない目をして言った。

「約束……守ってもらう……から……な……」

直後、ベイルの上体が大きく前後に揺れる。

「ベイル？」

「……でも……どれだけ遠く……離れたって……、……簡単には……切れない……。……俺だけは……ずっとあんたの……弟で……いてやる……か……ら……」

多重に滲んだ視界が、周囲から侵蝕してきた黒に閉ざされた。

頭の中で何かが切れたような音がした直後、ベイルはすべての力を失って膝から崩れ落ち、あんちゃんに全身でもたれかかりながら意識を失っていた。

「おい、ベイル！　ベイル！」

かつて、幼き日――。

自身がスラムで重い病気に罹ってしまったとき、薬もなく死の淵をさまよった。そのときに名前のない兄だけが、こんなふうに心配そうな声で、一晩中、名前を呼んでくれていたことを思い出しながら。

閉ざされた瞼から、ようやく一筋の涙がこぼれ落ちた。

＊　＊

蝶番が軋む。重い鉄扉が、ゆっくりと開いていく。

細い通路の先には、もう一枚の扉があった。簡単には脱走できないように。つまりはあの部屋の中に、リリィ・ロックウッドの家族がいるのだろう。

少女は石畳の通路を歩きながら、蝶の仮面を取り外した。

足音は自身の一つ分。追ってくる気配はない。兵士たちは完全に戦意を喪失したようだ。

リリィは考える。

最初に、何を言おうか。ここにわたしが現れたら、きっと驚くだろうな。

元気だった？　助けに来たんだよ？

わたしね、耳が聞こえるようになったんだよ？

言葉を話せるように練習したんだよ？

魔法だって使えるようになったんだよ？

お友達も沢山できたよ？

……どうしてあの日、わたしだけを置き去りにしたの……？

……ずっと邪魔だって思ってた……？

二人とも、いい子にしてた？

お父さんとお母さんのこと、ちゃんと支えてあげてた？

泣いてばかりいなかったでしょうね？

……わたしのこと、知ってた……？

……あなたたちには話したこともないお姉ちゃんがいたこと、知ってた……？

歩みが徐々に緩慢になり、やがて通路の途中で立ち止まる。

胸の辺りで握りしめた拳が、微かに震えていた。

怖い。足が前に出ない。

ここまでは家族を助けることだけを考えて、ただ突き進んできた。いざ目の前にそのときが迫ると。

拳の震えが足に伝わり、足の震えが全身に及ぶ。寒くもないのに、歯がガチガチと鳴っていた。

引き返すことはできない。

長距離を走ったときのように呼吸を荒げながら、足を引きずって進む。しばらく進んで、扉に手が触れる段にいたり、リリィは再び足を止めていた。

声が聞こえる。

泣いている弟妹の声と、そしてそれをなだめる母の声だ。

いる。扉一枚を隔てた向こう側に。わたしを捨てた、愛する家族が。

自分でも恐ろしいと感じるほどの大量の汗が、全身から滴っていた。

受け容れられるだろうか。それとも、拒絶されるだろうか。

いっそ鍵だけを開けて、この場から走り去ってしまいたい衝動に駆られる。

だめ、だめだ、そんなこと。無責任が過ぎる。ここに来るまでには、ベイルくんとラフィネの力を借りたのだから。

震える手で鍵を扉へと差し込もうとするも、うまくはまらない。

カチャカチャと鳴るばかりで、鍵は鍵穴に入らない。

急がなくてはならない。兵士たちが我を取り戻す前に。わたしは。

そんなことばかりを考えていたせいで、背後から迫る足音さえ聞こえていなかった。鍵を握った震える小さな手に、温かく柔らかな手がのせられる。

瞬間、鍵は鍵穴へと吸い込まれるように入っていった。

「～～っ!?」

「ここまで来て、いまさらチキってんじゃないわよ。バァ～カ」

耳元で聞こえた声に、緊張で固まっていた全身が緩んだ。

「ラフィネ……」

右の肩越しに振り返ると、そこには濃いブラウンの長い髪をした女性、ラフィネが立っていた。傷だらけで、汗と血を滴らせ、肩で荒い息をしている。

「何よ？」

「ううん。なんでもない。えへへ」

鍵を握ったままの二人の手が、今度は力強くゴッゴッとした手でつかまれて回転させられる。カチャン、と音がして、扉の錠の開く音がした。

左の肩越しに振り返ると、そこには精悍な顔つきに生乾きの血液を浴びた、ベイルの顔があった。急いで駆けつけてきてくれたのだろう、やはり肩で荒い息をしている。

「ベイルくん！」

「ああ。君のおかげで、あんちゃんと話すことができたよ」

生きている。生きていてくれた。よかった。心の底から安堵する。けれど、まるで血を大量に浴びてきたかのように、全身が真っ赤だ。特に左腕がひどい。

「すごいケガ……」

「問題ないよ。傷口は俺が気絶している間にあんちゃんが塞いでくれたみたいだ。立ち去る前にな。たぶん、魔法だと思う」

俺との戦いでは、魔法なんて使わなかったくせに。

そう付け加えて、ベイルは苦い笑みを浮かべた。けれども、どこかすっきりとしたように、少し嬉しそうに。

　顔色は青白いけれど、どうやらその話は本当のようだ。新たに流れ出している鮮血は見当たらない。どこもかしこも、半分乾きかけた血だ。

「それに、動き出しかけていた大きな陰謀も防ぐことができた。けど、その話はまたあとでしよう。いま君にはやらなきゃならないことがあるだろ。俺のほうは決着がついた。今度はリリィの番だ。行っておいでよ」

「心配しなさんな！　どんな形になったとしても、あたしたちがここにいてあげるから。あんたはあのバカ一家に、言いたいこと全部吐き出してきな！」

　ラフィネが扉を蹴り開けると、ベイルがリリィの背中をそっと押し込む。

　リリィはよろめきながら、牢内に足を踏み入れた。

　唾液を飲み下して、恐る恐る視線を上げる。

　そこには憎むべき最愛の家族の姿があった。父ネイハムは少し痩せたか。頰が痩けている。眉根を寄せて驚愕の瞳でリリィを見つめていた。

　母イヴァーナは幼い二人の弟妹を守るように両手で掻き抱いていて、二人の弟妹は不思議そうにきょとんとした顔でリリィを見つめていた。

「あ……」

　喉が詰まる。言葉が出ない。

「う……」

聞こえない、話せなかった頃のように。

最初に口火を切ったのは、ネイハムだった。

「……おまえ、リリィか……？　どうして……こんなところに……」

「う」

ネイハムの頬が歪に歪む。

「は、はは、捕まったのか。せっかく運良く難を逃れたというのに、むざむざ捕まるとは。相も変わらず役立たずの愚図め」

「……」

ああ、言葉が臓腑に重い。鉛（なまり）を飲んだかのようだ。

きっと父は、聞こえていないと思っているのだろう。

ベイルとラフィネが同時に険しい表情をした。だが、動かない。開いた扉の左右、壁向こうで身を隠したままで。

「先ほどの爆発音、万に一つの救いがきたかと思いきや、よりによって見たくもなかった顔が現れるとはな。ついに我らの命運も尽きたか」

リリィが表情を歪めた。一度目を閉じてから薄く開き、喉から声を絞り出す。

「……ち……がう……。……わたし……ここまで……きたんだよ……」

ネイハムとイヴァーナの顔が一瞬で変化した。扉を開けた瞬間のように大きく目を見開いて、口を半開きにして。

リリィが自らの耳に指をあてた。

悲愴だった表情を、必死で笑顔に戻そうとする。けれども、それは引き攣って。

「聞こえるようになったの……。もう……聞こえているんだよ……」

ややあった。

ややあって、辺境伯は後ずさる。

「バカな!? 王都中の治癒魔術師に大金を払ってさえ治らなかった病だぞ！ 宮廷魔術師ですらさじを投げた！ それを、いまさら……？ ほ、本当に、聞こえているのか……？」

高く上擦る声で、リリィは続けた。

「お、お父さん！ わたし、魔法、使えるようになったの。それで悪い人たちをやっつけて、やっとここまで辿り着い……た…………のに…………」

言葉が続かない。

そして本心を知った。知ってしまったのだ。父ネイハムの心の声を。

ああ、やはりわたしはいらない子だったのだ。母は黙り（だんま）を決め込み、弟妹たちはただこちらを不思議そうに見つめているだけ。見たこともない、知らないお姉さんがきた、それだけだ。知らされてさえいなかったのだ。耳の聞こえぬ姉の存在など。

ぎゅうっと胸が痛くなった。泣いて喚い（わめ）て逃げ出したくなった。

「……あは、……そっか……。……そ、だよね……」

うなだれる。全身から力が抜けていく。

追い打ちをかけるように、ネイハムが早口でつぶやいた。

「ま、まさか、私に復讐をしようというのか？　その魔法とやらで、実の父である私を傷つけるつもりか？」

言葉もない。続かないのではない。無駄だと悟った。知るべきではなかった。

ネイハムが怯えた瞳で両手を広げ、大声を上げる。

「そ、そうだ！　リリィ、おまえの耳が聞こえるようになって、言葉まで話せるようになったのならば何も問題はないではないか！　おまえが私たちをここから救い出してくれるならば、もう一度家族の一員として迎え入れよう！」

何もかも、考えていた言葉のすべてを心が消した。醜悪だと思った。

「なぁに、対外的には、赤子の時分に誘拐された長女が実は生きていて、再会できたことにすればいいのだ！　貴族としての幸せな未来が待っているぞ！　ましてやおまえは器量どころか魔法まで兼ね備えて戻ってきた！　そうだ、そうだとも！　将来的にはロックウッド家が王侯入りすることとて可能かもしれん！」

もういいよ。その一言が、どうしても出てこない。

「これまで不遇だったのであるから、存分に幸福を味わえばいい！　私の下へと戻ってこい、リリィ！」

リリィはただうなだれて、肩を落とすことしかできない。

その肩を力強く押しのけて、つかつかとラフィネが辺境伯の前に立つ。

「失礼します。辺境伯閣下」

「ん？　おお、ラフィネか。そなたも無事であっ――な、ぃぐッ！」

次の瞬間、拳がネイハムの頬へと突き刺さっていた。ネイハムは首をねじってその場に倒れ込み、顔を真っ赤に染める。

「き、き、貴様ッ！　私の顔をッ！」

リリィがラフィネの服を指先で摘まんだ。

「いいよ、ラフィネ」

精一杯、意識的に微笑んで、平気そうな口調で言ってのける。

「わたしは愛して欲しくて助けにきたわけじゃないから。愛しているから助けにきただけだもの。だってヒーローだからね。平気だよ？　嫌われたって別にいいもん。ただほんのちょっとだけ、寂しくなっただけだから。ね、わたしのために、そんなことしないで」

ラフィネがフンと鼻で笑った。腕を振ってリリィの手を乱暴に振り払う。

「何を見当違いのこと言ってんの？　勘違いしないでよね。あたしがこの男をぶん殴ったのは、ただ、そこに突っ立っていられると邪魔だったからよ」

「愚弄するかッ！　たかが騎士爵家上がりの平民風情が、雇ってやった恩を忘れおって！」

ラフィネが目を剝いて、ネイハムを睨みつけた。

「……その汚物を垂れ流すだけの臭い口を斬り落とされたくなければ、少し黙れ。無能」

「な――っ!?」

ネイハムの横を堂々と通り過ぎて、ラフィネは二人の子を抱くイヴァーナを見下ろす。

「リリィ様に申し開きはありますか、イヴァーナ様」

イヴァーナは二人の幼い弟妹の背を押してそっと背後の壁際に追いやると、ゆっくりと立ち上がって豊かな胸を張った。薄汚れたドレスとはいえ、そこには気品のようなものがたしかに漂っている。

そうしてイヴァーナは、威風堂々と言ってのけた。

「ありません。言い訳のしようもないでしょう。わたくしも主人も、ティルス国王から国境線を預かる一族の身。あの夜、ロックウッド家の存続とティルス王国の平穏維持のため、優先順位を決めて逃走を図らざるを得ませんでした」

「それで?」

ラフィネが先を促す。

「ええ。そして耳の聞こえぬリリィは、幼く健康的な長男次女よりも順位が低かった。その結果がいまなのでしょう」

イヴァーナは視線を逸らすこともなく、毅然とした態度でラフィネを見返す。

いいや、リリィと同じくする琥珀(こはく)の視線は、ラフィネに向けられているのではない。その向こう側で呆然と立つ、リリィ・ロックウッドへと向けられていた。

イヴァーナがラフィネを迂回してリリィの前に立つ。両手の指を組んで腹部にあて、そして丁寧に腰を曲げて。

「ごめんなさい。リリィ。わたくしたちは、間違いなく一度あなたを見捨てました」

頭を下げた。

「これ以上は何を語ったところで、言い訳にしかならないでしょう。ただ、苦渋の決断であったことだけは――いえ、それもただの言い逃れですね」

「……」

リリィは虚ろな瞳で母を見ていた。

「あなたはもう自由です。ロックウッドに戻るのであれば、わたくしはあなたを正式な跡継ぎの一員として迎え入れることを約束しましょう。わたくしたちに失望し、外の世界を望むのであれば、ただ見守りましょう。自分でお決めなさい」

ネイハムが叫ぶ。

「な、何を勝手に決めているのだ、イヴァーナ！　ロックウッドの家長はこの私、決めるのもこの私だ！　リリィは魔法の素養を持った素晴らしい娘なのだぞ！　ならば王族との間に婚姻を結ぶことも可能だ！　どこにも行かせん！」

イヴァーナの琥珀の瞳がネイハムを刺し貫く。そして強くしっかりとした口調で、けれども静かに冷たく吐き捨てた。

「お黙りなさい、ネイハム」

「ぐ……ぅ」

妻となった女性がもしもイヴァーナでなければ、ネイハムが辺境伯の地位につくことなどなかった。その噂はどうやら真実であったのだと、この場の全員が考える。

イヴァーナが再びリリィに向き直る。毅然とした態度ではなく、今度は少し寂しげに微笑みながら。

「あなたが外の世界へ飛び立つのであれば、わたくしは今後一切、ロックウッドからあなたの行動に制限を設けさせないことを約束します。これが、愛する我が子を置き去りにした母にできる、精一杯です」

リリィの視線が上がった。

ラフィネに視線を向けると、ラフィネは寂しそうに視線を逸らした。ベイルはただ両腕を組んで壁にもたれ、じっと見守ってくれている。

言いたいことが沢山あった。話したいことが山ほどあった。

けれど、そのほとんどが言葉になる前に消えてしまった。だったら、いま空っぽになった自分の中に残っているものは、いったい何だというのか。

リリィは尋ねる。

「ねえ、ラフィネ」

「何よ?」

「……わたしのためにいろいろと調べてくれてありがとう。危険なことに巻き込んじゃってごめんね」

「ふん。何をがらにもなく気にしてんの？　ほんっっと、いまさらで、くぅ〜だらない。あたしがあんたに迷惑をかけられるなんて、あの夜からずっとでしょ。それで？　際の際に言いたいことは

「それだけ？」

「うん」

「そ。だったらさっさと行っちまいな。あたしもやっと一人に戻れてせいせいするわ」

次にベイルへと向き直る。

「ベイルくん」

「ああ」

「あんちゃんさんとは、どうなったの？」

ベイルが腕組みを解いて、血まみれの左腕を眺めた。傷口は完全に塞がっている。気絶していたときに必死で自身の名を呼んでくれる声も聞こえていた。あの瞬間、たしかに斡旋屋は、ベイルの知るあんちゃんに戻っていた。

だからベイルは、薄く笑う。

「どうかな。どこか遠くに立ち去ってしまったから。けど、遠い未来に、どこかの町で偶然再会できたとしたら、今度はただの兄弟として笑って話すことができると思う。全部、きっかけをくれた君のおかげだ。ありがとう、リリィ」

「えへへ、よかった」

「ああ」

リリィに笑顔が戻った。

最後にリリィはイヴァーナ・ロックウッドへと向き直った。視界の隅にだけれど、ネイハム・ロックウッドも入れて。

背筋を伸ばして佇まいを正し、口を開く。

「お父さん、お母さん。わたしを産んでくれて本当にありがとう。耳の聞こえなかったわたしを九年間も見捨てずに育ててくれてありがとう。同じあの家で、弟や妹を見守らせてくれてありがとう」

そうしてリリィは、はっきりとした口調で告げた。

「ロックウッド家のみんなのこと、わたしはいまでも大好きだよ！」

ネイハムが三度、呆然とした表情になった。

「リリィ……。こんな仕打ちをした私たちを、おまえは赦すというのか……？」

イヴァーナが静かに微笑み、リリィを迎え入れるかのように両腕を広げる。

「おかえりなさい、リリィ」

別れの予感に襲われたラフィネは悔しげな表情で耳を閉ざし、ベイルは口元に微かな笑みを浮かべた。

なぜなら、これが彼らの知るリリィ・ロックウッドという人物なのだから。裏切られても世界のすべてを愛していると言ってのけるような、愚かなまでの優しさで満ち溢れた少女なのだから。

しかし、リリィの言葉は終わってはいなかった。まだ終わってなどいなかったのだ。

広げられた母の腕の中に飛び込むことはなく。

「でもね。わたし、いまが最高に幸せなの。だから、ね」

リリィ・ロックウッドはこの日、くしゃくしゃの笑顔で、本当の家族にさよならを告げた。

ハローワールド

結局のところ、アルバーン帝国の密偵たちは、リリィらが人質となっていたロックウッド家の面々を連れて遺跡を出る際には、すでに姿を消していた。

その後、国境の町近辺で噂の盗賊団が出没しなくなったことから、どうやら移動をしたらしいことまではわかったけれど、足取りはつかめなくなった。

彼らがアルバーン帝国に帰国したのか、それともティルス王国内で別の生業を見つけたのかは、いまなおわからない。

同時にスラムの斡旋屋も、その日以降、姿を見せることはなかった。

当初、王都中を賑わせたこの一件は、本当のところは一人のハンターと二人の民間人が、アルバーン帝国からの侵略の足がかりを潰したという前代未聞の大事件ではあったのだけれど、ただの盗賊団退治だったという、どこにでもあるありふれた小さな事件へと収束されていった。

その根拠となったのが、ロックウッド家。辺境伯一家の証言だ。

彼らはいまでも、あの夜に自分たちを襲った一団がアルバーン帝国の密偵だったことを知らない。

辺境伯ネイハム・ロックウッド曰く。

あれらは大規模な盗賊団に過ぎず、ティルス王国に対し身代金を要求するために我々は人質にされてしまった、とのことだった。少なくとも一家は、密偵らにそう聞かされていたのだろう。

スラムの青年にとっては、気の毒な話だ。

一国の危機を救った功労者だというのに、もらった報奨金はギルドからのいくらかの手当と、狭量な辺境伯からの金一封にとどまってしまったのだから。

もっとも、スラムの青年ベイルは、そのことを気にした様子もない。むしろ酒を飲んでくだを巻き、ことの真実を飲み屋で懸命に吹聴（ふいちょう）する女のほうが憐れだ。

人々にとって、この界隈で有名なぐぅたら女、ラフィネ・アルステアの語る話の内容など、酒の肴（さかな）以上のものにはなり得ないのだ。ましてや、その彼女を含むたった三人でティルス王国の危機を救ったなどという夢物語を、誰が信じるだろうか。

そのようなわけで、結局のところ、彼ら三人の暮らしが劇的に変化するような事態には至らなかった。

けれども、リリィ・ロックウッドは満足に思うのだ。

なぜならリリィにとってのヒーロー像は、人知れず悪と戦う者であるからして。

誰にも知られなくたっていい。かつてではない。いまの自分に満足することが、リリィにとっての幸せなのだから。

――でもやっぱり、誰かに褒められるとちょっと嬉しいっ。

「えいさァ！」

リリィの頭頂部に手刀が下ろされる。

「痛っ。痛いよ、ラフィネ～……」

「誰にも知られなくたっていい。褒められなくたっていい。うん。理解できる。ただ、あたしはお金が欲しい。働かなくてもいい。朝早く起きなくてもいい。あたしはお金が欲しいの。ずっと寝てても暮らせるだけのお金がッ、あたしはッ、欲しいのよッ」

ベイルが呆れたように笑いながらつぶやいた。

「ハハ、あいかわらず絵に描いたようなクズ思考ですね、ラフィネさんは」

「おぉん!? うちの食べ物を食い散らかしながら悪口を言うのはどの口!?」

「もー、やめなよ、ラフィネ。お口の中に食べ物入れながら叫ばないの。いっぱい飛んだでしょ。散らかしてるのはラフィネだよ」

ラフィネが片手を後頭部にあててしなを作り、ウィンクをする。

「あんたみたいなガキにはわかんないでしょうけど、美女のそれは男の子にとってはご褒美みたいなものなのよ。ね、ベイル？」

ベイルがこれ以上ないほどの真顔で返した。

「いや、やめていただきたい」

「なんでよ!?」

リリィがラフィネをなだめる。

「どーどー。それにね、ベイルくんがお仕事持ってきてくれないと、その食べ物も買えないんだよ。

依頼をこなしてるのも、ほとんどハローワールド仮面のわたしだし。ラフィネは食っちゃ寝食っちゃ寝してるだけでしょ」

「ンぐう！　あんた、いつの間にそんな逞しくなったの……」

リリィが一片の曇りもない笑顔で返した。

「いつの間にって。わたしはラフィネのことをちゃんと育ててあげないといけないから、自分がしっかりしなきゃって思っただけだよ。とっても手がかかるから、やりがいあるんだけど」

ラフィネの手からフォークが落ちて、カランと音を立てる。

「……ぁ……ぁぁ……そ、育て………え……？」

力なく背もたれに全身を預け、ラフィネが白目を剝いた。その様子に、ベイルがたまらず噴き出す。

丸テーブルを囲んで座り、食事をする。

平民アルステア家の一室だ。

ベイルがギルドから特別な仕事を持ってくる日の朝は、こうして食卓を囲むことが多くなった。

逆にリリィがスラムの子らの常時依頼を手伝うときには、リリィがスラムに出向いてお邪魔する。

いつの間にか、そんな習慣ができてしまっていた。

「ベイルくん。今日はどんなお仕事をするの？」

「表向きは商用馬車の護衛任務だ。王都からほど近い場所にある小さな村までだから、夜には戻れるよ。俺も長い間スラムを空けられないからな」

目玉焼きを丸めて口に運びながら、ベイルがそうつぶやく。

「表向き？」

「実際は小規模盗賊団の誘き出しと捕縛なんだ。最近になって近郊によく出没するようになったらしい。決まって小型馬車だけを狙っていることから、規模はかなり小さいだろうって予想されてる」

ラフィネが尋ねた。

「馬車の中身は護衛がわんさか？　だったら楽できそうだし、あたしも行こっかな！」

「いえ、村へ納品するための農具ですよ」

「じゃあやめとくわ。めんどい」

「あくまでも納品が目的ですからね。商人の目的は商品の納品で、ギルドの目的が盗賊退治なんです。こういう依頼は割がいいもんで。ラフィネさんもきてくれると助かるんだけどな。リリィの小回りがあまり利かない分、腕の立つ人は多いほうがいい」

リリィの魔法は、あいかわらずのバカ威力だ。迂闊に使えば皆殺しにしてしまいかねない。

ラフィネが自分の前から食べ終えた皿を除けて、テーブルに突っ伏す。

「行かない。寝るから」

「なんで食事のときだけ起きてくるんだよ」

「お腹空いたら眠れないからよ」

リリィがにっこり笑ってベイルにうなずく。

「ね、言ったでしょ。この人を育てるのは大変なの」

「身にしみてわかるよ」

ベイルが困った幼子を見るかのような視線をラフィネへと向けた。

「あーんもーやーだー。育ちたくなーいー。あたし、まだ子供のままでいたーい」

「あはは。それはもうかなり手遅れだよ、ラフィネ」

ラフィネの全身が無邪気な辛辣さに、ビクンと、大きく震えた。

食事を終えたベイルとリリィが同時に立ち上がる。

「じゃ、わたしたち行ってくるね。お皿の後片付けはお願いね、ラフィネ」

「あーあー聞こえなーい」

突っ伏したまま耳を塞いだラフィネに、リリィとベイルは苦笑いを浮かべた。ご丁寧にわざとらしく、いびきまでかいている。

リリィがポケットから仮面を取り出して装着した。左手を右肩にのせて、右腕をぐるぐると回しながら。

「よーしっ、そんじゃま、今日も楽しむぞーっ」

「ああ。でも危険だから、浮かれるのはほどほどにしてくれよ」

「うんっ」

玄関のドアを勢いよく開けて、リリィ・ロックウッドは今日もまだ見ぬ世界へと飛び出していく。

あとがき

初めましての方、初めまして。すでに私のことを知っておられる方、お久しぶりです。赤井紅介と申します。

実は私が『私、能力は平均値でって言ったよね！』のスピンオフのお話を最初に編集さんからいただいたのは、もうかれこれ一年以上も前のことでした。

当時は手がけていた仕事があったことと、原作者であるＦＵＮＡさんがすでに完成させている素晴らしい世界観を、自分などが勝手に動かしてしまってよいものかの判断と自信が持てず、僭越ながらお断りさせていただいたのでした。

しかし月日は流れ仕事の切れ間、いつものように薄暗い部屋の隅っこで三角座りをしながら対角線上にある天井の隅のシミなどを数えていたところ、ありがたいことに再び同じお話をいただきまして、このままではシミを数えるだけのヤベー生き物になってしまいそうだったこともあり、思い切ってお引き受けさせていただくことにしました。

その際に原作を読み込み、登場人物たちの明るさや魅力を再認識し、また、緻密に練り込まれた世界観設定に惹かれ、気づけば私自身もまた、この物語に楽しんで触れるようになっていました。

そんなわけで、すでに完成されている世界観や人物イメージなどを壊さないよう、なるべく細心の注意を払いながら書き上げたこのスピンオフを、ＦＵＮＡさんや編集さんに目を通していただき、且つ原作の絵師である亜方さんに最高のイラストをつけていただくなどして生み出されたものが、本作『私、能力は平均値でって言ったよね！　リリィのキセキ』です。

お三方、お忙しい中、本当にありがとうございました。

あまり内容的なことをあとがきで書いてしまうと、あとがきから読んじゃう方々への対策ができないため、シンプルに数行だけ紹介させてください。

人生がどれだけ窮地に陥ったとしても、ポジティブシンキングで脇目も振らず突っ走ってさえいられたなら、きっと世界の方から歩み寄ってきてくれる、そんなお話になっております。

この本を読んでくださった皆様に、ほんの少しでも楽しんでいただけたなら幸いです。

赤井紅介

ラフィネさんは
いろいろ
苦労
しそう…
亜方逸樹

あとがきのようなもの

元気かわいいリリィちゃん、いつかマイルと
からんでいろいろやらかすの見てみたいねー

アニメ
大好評放送中!!
私、能力は平均値でって言ったよね!
FUNA

シリーズ累計
55万部突破!
2億1000万PV超の
大人気転生ファンタジー

副官ヴァイトは
平和な世界でも
大忙し――!?

魔族と人間が手を取り合い、
平和な毎日が流れていくミラルディア。
その一番の功労者である
魔王の副官ヴァイトは、相変わらず
忙しくしつつも、妻アイリアとの
間に生まれた娘フリーデが
成長する姿を日々楽しみにしていた。
そんな偉大な両親の姿を見て
育った娘のフリーデは、母である
アイリア譲りの美貌と知性に加え、
父ヴァイト譲りの人狼の力と行動力を
もった快活な少女に成長していく。
しかし、おてんば故に
とんでもないトラブルに
巻き込まれることもあって……!?

人狼への転生、魔王の副官
二人の姫

漂月
ILL.手島nari。
西E田

最新
13巻

シリーズ好評発売中!

①魔都の誕生 ②勇者の脅威
③南部統一 ④戦争皇女
⑤氷壁の帝国 ⑥帝国の大乱
⑦英雄の凱旋 ⑧東国奔走
⑨魔王の花嫁 ⑩戦神の王国
⑪英雄の子 ⑫新時代の幕開け
⑬二人の姫

私、能力は平均値でって言ったよね！ リリィのキセキ

発行 ―――――― 2019年12月14日　初版第1刷発行

原作 ―――――― ＦＵＮＡ、亜方逸樹

著者 ―――――― 赤井紅介

イラストレーター ―――― 亜方逸樹

装丁デザイン ―――― 山上陽一（ARTEN）

発行者 ―――――― 幕内和博

編集 ―――――― 稲垣高広

発行所 ―――――― 株式会社 アース・スター エンターテイメント
〒141-0021　東京都品川区上大崎 3-1-1
目黒セントラルスクエア　5Ｆ
TEL：03-5561-7630
FAX：03-5561-7632
https://www.es-novel.jp/

印刷・製本 ―――――― 図書印刷株式会社

ISBN 978-4-8030-1371-9